DE KRACHT VAN DE DIAMANT

DE KRACHT VAN DE DIAMANT

Mary J. Sahanaja

Uitgeverij Huis van Mercurius
Almere, the Netherlands
(2026)

www.huisvanm.nl

Editie: 1

Paperback ISBN: 978-90-8355-201-9
E-boek ISBN: 978-90-8355-206-4

NUR-code: 334

Boekomslag © uitgeverij Huis van Mercurius
Kaart van Mulkoin © Alec McKinley
Portretfoto © Createdbysharr
Redactie Joyce Weij

Contentwaarschuwing: geweld, moord, seksueel geweld en andere onderwerpen die mogelijk gevoelig liggen voor sommige lezers.

LIJST MET BELANGRIJKE PERSONAGES

IN DE THEOCRATIE VAN CEPHEUS:

Astraeus Maigrainyu: laatste koning van het Machtige Bosrijk

Athan: een raaf en Scildend van Medea

Fea: pleegkind van Alkaide

Lady Ydrenya: hogepriesteres in de Maantempel en heerseres van de theocratie

Lady D'Haviland: Medea's lerares in de Maantempel

Medea Tjuvavak: leerling in de Maantempel

Philline Bonefacius: Medea's beste vriendin

Sandra Tjuvavak: Medea's moeder

Toma Tjuvavak: Medea's vader

IN DE ARISTOCRATIE VAN DE SCHADUW WEIDEN:

Alexandrei Sjire Alda: verdwenen keizer, Vadims broer

Cayden Silverlaeye: kroonprins van de Zustereilanden

Enora Tjuvavak K'Loua: hogepriesteres in de Zontempel

Imogen Esthaesys: hoofd van een van de drie regerende huizen

Kalliste Tjuvavak: voormalig grootmeesteres van Danai Dea

Natalia Esthaesys: Viktorya's beste vriendin

Tameira Sjire Alda Maigrainyu: verdwenen keizerin

Vadim Sjire Alda: Alexandrei's broer

Vasylis Sontze: Viktorya's coach

Viktorya Maigrainyu: dochter van Yelena Maigrainyu

Yelena Maigrainyu: hoofd van een van de drie regerende huizen

AAN BOORD VAN DE ZEEGODIN:
Fyona: deelnemer toernooi
Rafail: zoon van Demir
Tian: deelnemer toernooi
Winta: krijger in dienst van Parissa Deveraux

GODEN EN GODINNEN:
Alco-Raeye: de Zonnegod, schepper van alles
Alkaide: de Zeegodin, dochter van de Maangodin
Ka-Ralyge: de God van de Onderwereld
Larysse: weefster van het lot
Moigraisse: de Maangodin
Parissa Deveraux: feeënmoeder van de bosdieren
Sea Nymfen: Iza, Kuma, Rana, Shaula. Dochter van de Zonnegod

DE OUDEN:
Kyrhan: diepzeedraak
Robert: lid van de Raad van de Ouden
Sylvy: lid van de Raad van de Ouden

Een Mulkoiniaanse woordenlijst

Da Grull — Een zwarte draak met een zwart hart. In Dienst van Ka-Ralyge.

Draak — Rode draken spuwen vuur; bruine draken spuwen aarde; blauwe draken spuwen water; gouden draken spuwen bliksem. Hun uiterlijk is die van een zeepaardje.

Innod — Een persoon die de energie van flora en fauna kan interpreteren. Zij kunnen ook de muziek horen in alles wat zij aanraken. Zij kunnen de andere rijken waarnemen, alle wezens, van groot tot klein.

Faran — Een persoon die met zijn geest en ziel naar andere werelden kan reizen, naar het verleden, de toekomst en het heden. Zijn lichaam blijft verlamd, vergelijkbaar met slaapverlamming.

Galina — Een vriendelijk zeedier dat in groepen leeft in de diepste delen van de oceaan.

Kirill paard — Een paard geïmporteerd door het Sterrenvolk; het is een paard, maar zijn kop lijkt op die van een zeepaardje.

Scildend — Een dier dat de Faran te allen tijde zal beschermen. Het zal een energieschild om hen heen werpen tijdens hun zielsreizen door een magisch lied te zingen.

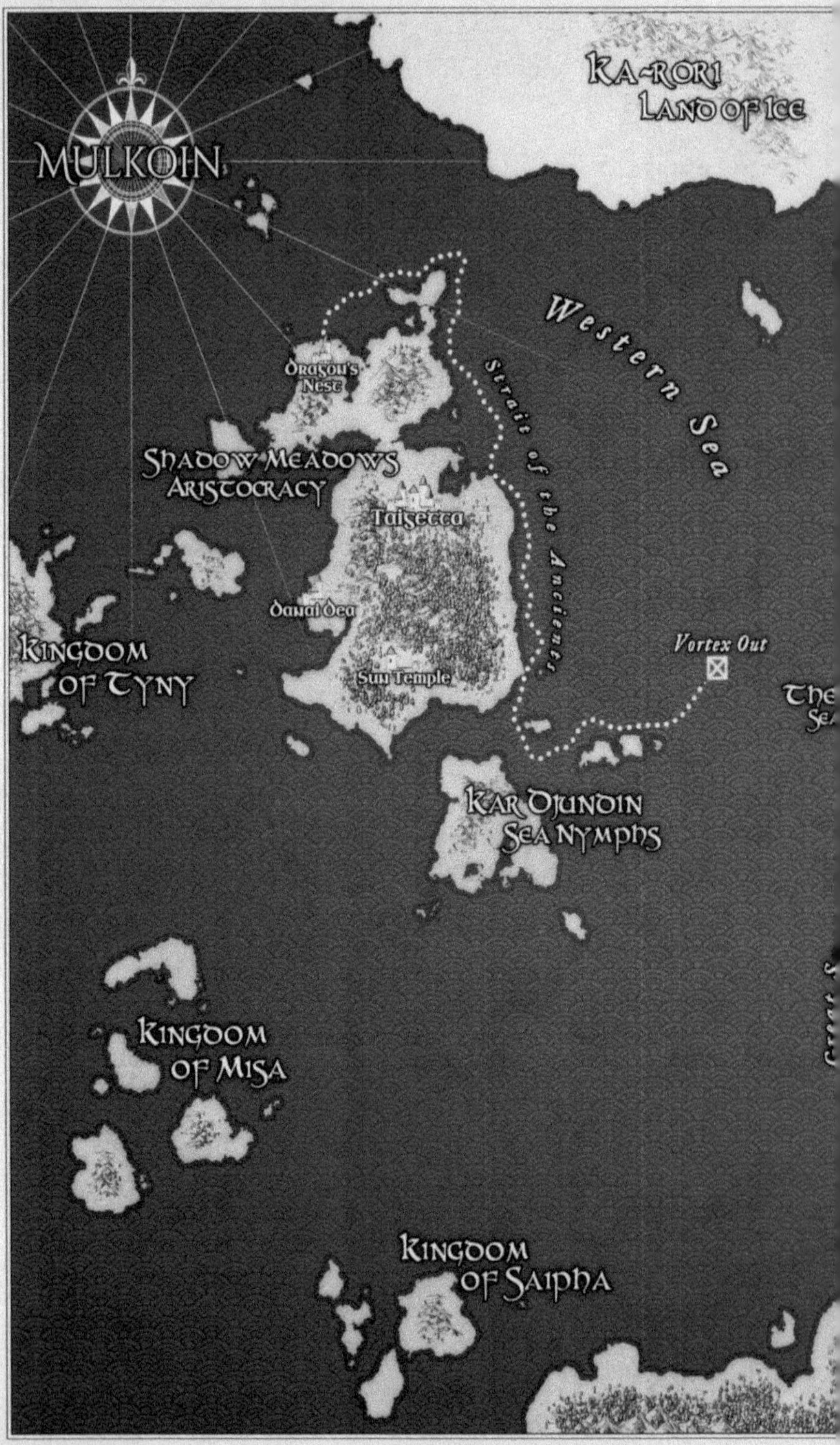

Mulkoin
Ka-Rori
Land of Ice
Western Sea
Strait of the Ancients
Dragon's
Nest
Shadow Meadows
Aristocracy
Taisetta
Danai Dea
Sun Temple
Kingdom
of Tyny
Vortex Out
Kar Djundin
Sea Nymphs
Kingdom
of Misa
Kingdom
of Saipha

Vortex Out
Eastern Sea
Devil's Sea
The Sister
Island Kingdom
Desauru's
Realm
Vortex In
Reef North
Dragon Hill
Theocracy
of Cepheus
Moon Temple
Adlemann
Alfirk
Mount Funud
Da-aru
Shackleshell
Islands
The Sea
Goddess
Dragon Sea
Stingray Islands
Kingdom
of Gamka

PROLOOG

Medea stond buiten adem, handen op haar knieën, in de hevige regen onderaan Mount Funud. Ze staarde boos naar de zwarte vogel die haar gevolgd was, terwijl hij naar een tak vloog en daar ging zitten.

Een bliksemflits onthulde haar positie. Haar voeten zaten vast aan de grond, alsof ze in het moeras gezakt was. Ik wist dat ze iets van plan was.

Mijn partner, een idioot, stormde grommend op haar af, zijn scherpe tanden ontbloot en de klauwen uitgestrekt. 'Stop, dwaas!' riep ik. 'Ze lokt je het moeras in!'

Hij hield halt, terwijl het irritante meisje in een zigzag over de drassige grond wegrende. We zetten meteen de achtervolging in, want we hadden de opdracht haar gevangen te nemen. Medea's hart was zwart geworden en nu behoorde ze toe aan hem: de God van de Onderwereld.

I

MEDEA

De theocratie van Cepheus, het jaar 330

Zodra Vrouwe D'Haviland met haar kalme, heldere stem begon te spreken, gloeide de getatoeëerde zon tussen haar wenkbrauwen goudgeel – een teken van haar enthousiasme. Ze zag er, zoals altijd, indrukwekkend uit terwijl ze voor het schoolbord stond. Haar lange haar viel in krullen over haar rug. Ze droeg een zijden sjaal om haar hoofd, in dezelfde saffraankleur als haar onderjurk, die traditioneel haar enkels liet zien. Met een krijtje in haar hand stond ze voor de klas.

Er ging iets gebeuren. Ik wist niet waarom die gedachte bij me opkwam. Friemelend aan mijn blauwe wollen jurk liet ik mijn blik door het opgeruimde klaslokaal dwalen.

'Med, is er iets mis?' Philline leunde naar me toe.

Ik staarde in haar heldere ogen. 'Het is niets.' Een steek trok door me heen – de leugen gleed te makkelijk van mijn lippen.

In de lucht hing een lichte pepermuntgeur, vermengd met citroen en kamille. De novicen van de Maangodin waren opgeleid in vroedkunde – de wetenschap van leven en dood – en in kruidengeneeskunde. Vandaar de geur. Dit was ons afstudeerjaar.

'Dames,' zei onze lerares met zachte maar zekere stem, 'over vier maanden studeren jullie af.' Vrouwe D'Haviland trok aan de sleep van haar blauwe zijden jurk en liep heen en weer voor de klas. Haar gezicht kreeg een ernstige uitdrukking, waardoor de getatoeëerde zon blauw opgloeide.

'Sommigen van jullie hebben al besloten om lid te worden van de Orde, anderen twijfelen nog. Wie besluit geen lid te worden, krijgt geen zon tussen haar wenkbrauwen getatoeëerd. Dat is volkomen normaal. De zon is het symbool van je toewijding aan de Maangodin, Moigraisse, en je rol als haar priesteres. De keuze ligt bij jou.' De lerares hield haar armen ontspannen voor haar lichaam en vouwde haar handen samen. De getatoeëerde fasen van de maan glinsterden als een armband rond haar polsen. Het was dezelfde tatoeage die alle priesteressen hadden om hun ontwikkelingsfase te tonen.

Vrouwe D'Haviland stopte met ijsberen en wees ons aan met het krijtje. 'De laatste paar maanden staan in het teken van herhaling, herhaling en nog eens herhaling. Alles wat jullie de afgelopen jaren hebben geleerd, komt aan bod.'

Onze lerares viel veelbetekenend stil. In mijn ooghoek zag ik een grote zwarte vogel gevaarlijk dicht langs het raam scheren. Snel draaide ik mijn hoofd naar hem toe. De vogel streek sierlijk in de eik en nam plaats op een van de takken.

De takken van de twee eikenbomen waren met een oude techniek over de gracht rond de Maantempel geleid, hun twijgen verstrengeld tot een natuurlijke brug.

Het stralende middelpunt van Adlemarin, de hoofdstad van de theocratie Cepheus, was de Maantempel. De inwoners wisten dat ze de brug nooit mochten oversteken zonder toestemming van de priesteressen.

Mijn mijmering werd onderbroken door Vrouwe D'Haviland. 'Als je klaar bent, word je ingewijd als neofiet. De komende drie jaar van je studie zal je in de Maantempel doorbrengen. Daarna zien we of je wordt ingewijd als priesteres en waar je wordt geplaatst: hier, bij de Maantempel, of aan de andere kant van het Slangenrif, bij de Zonnetempel.'

Er ging een gemompel door het lokaal en een golf van opwinding trok door de kamer en bereikte mijn hart, dat zich opende voor het idee deel uit te maken van de Orde van Moigraisse.

Ik richtte me op de lerares.

'Je dacht toch niet dat je klaar was? Zelfs na de komende drie jaar, als je eindelijk priesteres van de Orde van Moigraisse bent geworden, zal je nog veel moeten leren. Volgend jaar leer je om contact te maken met het Rijk van de Goden.'

Een opgewonden geroezemoes vulde de ruimte. Stoelen schoven.

Mijn hartslag vertraagde, mijn adem stokte, en mijn hele wezen wachtte gespannen af wat er ging gebeuren.

Vrouwe D'Haviland hief haar wijsvinger om stilte te bevelen. De zon op haar voorhoofd kleurde lila. 'Er is een ding,' zei ze langzaam. 'Moigraisse heeft met de hogepriesteres gesproken.'

Ik ademde uit. Mijn oren suisden. *Daar is het.*

'Er is iemand die ons binnenkort zal verlaten,' sprak Vrouwe D'Haviland zacht.

'Wie dan, mevrouw?' riep iemand.

De lerares liet haar blik over ons gaan en bleef bij mij hangen. ‘Maar ze komt terug voor de slotceremonie, daar ben ik zeker van,’ zei ze.

Ik voelde mijn nek warm worden. Een vreemd, dissonant gevoel maakte mijn hoofd mistig. Mijn polsen begonnen te branden. Ik keek naar de maanstanden die op mijn polsen waren getatoeëerd. Ze verdwenen langzaam onder de ivoren schubben die de afgelopen weken op de meest onverwachte momenten waren verschenen.

Zenuwachtig friemelde ik met duim en wijsvinger aan het maanbedeltje dat aan de zilveren armband hing – een cadeau van pa en ma voor mijn achttiende verjaardag.

Ik voelde Phillines onderzoekende blik, trok snel mijn mouwen over mijn handen, stond op en knikte naar de lerares.

‘De hogepriesteres verwacht je.’ Haar gezicht verraadde niets.

‘Nu?’ vroeg ik hees, terwijl er een gefluister losbrak in de klas.

Vrouwe D’Haviland keek me bedachtzaam aan. ‘Ja, Medea. Nu.’

Met mijn hoofd gebogen stond ik op en liep naar de deur, onzeker wat me te wachten stond. Een flits van een herinnering schoot door me heen.

Als kind was ik van de kleuterschool gestuurd omdat ik er niet bij hoorde. De andere kinderen waren bang voor me. Zou ik weer worden weggestuurd? Een plotselinge golf van angst trok door me heen en liet me naar adem happen.

Vrouwe D’Haviland kwam naar me toe en fluisterde in mijn oor. ‘Wat er ook gebeurt, het is je lot. We zien elkaar vanmiddag bij het mausoleum voor de excursie.’ Ze draaide zich naar de klas en klapte in haar handen. ‘Genoeg. We gaan verder met de les. Wie kan alle fasen van de maan opnoemen?'

De gang boog naar links. Ik keek naar de deuren aan de rechterkant en naar de vloer met mozaïektegels. De pastelgele muren waren versierd met panelen waarop scènes van de Maan- en Zeegodin stonden afgebeeld. Eén paneel trok mijn aandacht.

Een vrouw met krullend rood haar in een saffraankleurige jurk met korte mouwen omhelsde twee draken alsof het haar eigen kinderen waren. De ene draak was rood, de andere goudkleurig. Ze hadden een hoofd als een zeepaardje en een lichaam als een slang – typerend voor draken die van de sterren kwamen. Natuurlijk bestonden draken niet meer. Ze waren onderdeel van fabels en oude verhalen.

Ik had geen tijd om er lang over na te denken, want de hogepriesteres verwachtte me.

Even later klopte ik op haar deur. De zenuwen gierden door mijn droge keel.

Een heldere stem riep: 'Kom binnen.'

De kamer die ik binnenstapte was rond, met een glazen koepel als plafond. Ik was hier nog nooit geweest, hoewel ik al bijna vier jaar novice was.

De kamer leek te ademen als een levend wezen. Mijn lichaam reageerde sterk op de atmosfeer: mijn keel werd nog droger en mijn huid trok samen alsof er iets onder bewoog.

Vrouwe Ydrenya, de hogepriesteres van de Maantempel, stond aan de overkant van de kamer bij een bassin met zwart beklede wanden zodat het water niet verkleurde. De oudere vrouw had het water gelezen – de expertise van de hogepriesteres. Water diende als een portaal naar heden, verleden en toekomst. De echo van de boodschappen hing nog in de kamer als de laatste noten van een harp.

De hogepriesteres kwam achter het bassin vandaan en liep naar me toe. De zon op haar voorhoofd had vier lange stralen tot aan haar haargrens en drie tot aan haar wenkbrauwen: een teken van de hoogste orde. Haar rokken ritselden zacht toen ze tot stilstand kwam. 'Welkom, Medea,' zei ze warm. Ze bekeek me aandachtig, als een wolf die een roedelgenoot inspecteerde. Er was iets wolfachtigs aan haar gezicht: het witte haar, de amandelvormige ogen en de hoge jukbeenderen.

Haar blik gleed van mijn modderige schoenen naar mijn gezicht. Ik wist dat ik moest zwijgen tot ik de beurt kreeg. Tot mijn verbazing keek ze goedkeurend.

De geur van witte salie sloeg me in het gezicht. Ik onderdrukte de drang om te hoesten.

Vrouwe Ydrenya verbrak de stilte. 'Je vraagt je vast af waarom Vrouwe D'Haviland zei wat ze zei.'

De kriebel in mijn keel werd erger. Ik slikte, maar het hielp niet.

De hogepriesteres wierp me een goedkeurende blik toe toen ik begon te zweten en draaide zich om.

Met haar rug naar me toe wreef ik met mijn hand over mijn keel, slikte een paar keer en hoestte zo zacht mogelijk.

Vrouwe Ydrenya stond bij de telescoop in het midden van de kamer. Ze gooide de plooien van haar paarse rok naar achteren en boog zich iets voorover om door de lens te kijken.

Geen van de leerlingen mocht door de telescoop kijken. Dat was alleen voorbehouden aan de leden van de Orde. Toen de hogepriesteres zich omdraaide en me wenkte, verstijfde ik. Mijn gedachten tolden. *Wacht. Is dit een test?*

Vrouwe Ydrenya gebaarde nogmaals.

Aarzelend liep ik naar haar toe, mijn handen klam van het zweet. Ik veegde ze af aan mijn jurk.

Ze duwde me voor de lens. 'Kijk.'

Ik drukte mijn oog tegen het koude glas. Het wazige beeld werd helder toen mijn ogen zich aanpasten aan de lens. Een zucht ontsnapte me. Rillingen trokken over mijn lijf.

De hogepriesteres mompelde goedkeurend. 'Goed meisje. Goed. Goed.'

Er ging een nieuwe wereld voor me open. De sterren van het sterrenstelsel Cepheus fonkelden in rood, blauw en geel rond de donkere wolken van de Zeepaardnevel. Ons land was naar dit sterrenstelsel vernoemd, omdat onze voorouders – het Sterrenvolk – en met hen de zeepaarddraken daar drieduizend jaar geleden doorheen kwamen vanaf een verre planeet. Ik had nog nooit zoiets moois gezien.

Vrouwe Ydrenya trok me bij de telescoop vandaan. Ze leidde me naar twee stoelen bij een tafeltje met thee. Ze schonk in, ging zitten en begon te roeren.

Ik wachtte.

'Moigraisse heeft tot me gesproken, Medea.' Ze keek me scherp aan. 'Je weet wie je bent.'

Verbaasd keek ik op. Het zachte licht van de koepel viel op haar gezicht en wierp een schaduw over haar ogen. Heel even dacht ik dat ze me manipuleerde, maar die gedachte schoof ik meteen opzij. Vrouwe Ydrenya zou me nooit bedriegen.

'Spreek, kind.' De hogepriesteres nam een slokje van haar thee en tuitte haar lippen.

'Moeder, wat bedoelt u?' vroeg ik. Ik schoof op mijn stoel en pakte mijn thee. Ik roerde er te snel en te luid in, tikte met het lepeltje tegen de rand en zette het netjes terug op het schoteltje.

'Ik kom uit Da-aru. Mijn ouders zijn Toma en Sandra Tjuvavak.' Ik trok mijn wenkbrauwen op. Mijn kaken spanden zich aan, mijn handen friemelden aan mijn jurk.

Vrouwe Ydrenya sloot haar ogen, deed ze weer open en keek me rustig aan. 'Leg je hand op je hart. Ga je gang.'

Aarzelend legde ik mijn rechterhand op mijn hart en sloot mijn ogen. Mijn ademhaling werd oppervlakkig en onder mijn hand voelde ik mijn hartslag. De geur van witte salie bleef op de achtergrond hangen. Mijn keel kriebelde niet langer.

'Voel in je hart. Wat vertelt het je? Vraag Moigraisse om je te helpen.'

Een zacht geritsel van haar rokken doorbrak de intense stilte terwijl ik naar antwoorden zocht. Mijn lichaam tintelde. Ik dacht: *Moigraisse, help me alsjeblieft.*

De hogepriesteres zuchtte, en tegelijk hoorde ik een stem in mijn hoofd.

Ga naar Oraku, kind. Daar zal je de waarheid leren. Je weet dat je ouders niet je echte ouders zijn. Je moet naar Oraku gaan. Ik zal je helpen.

Bij de laatste woorden voelde ik een lichte druk op mijn hart, alsof het een bevestiging was. Op dat moment kreeg ik een visioen.

Een vrouw met een gele sjaal over haar hoofd, die haar haren en een deel van haar gezicht bedekte, rende de trap af. De trap leidde naar de oever van de rivier, waar een sloep wachtte. Boven op de heuvel stond een kasteel waarvan de torens tot in de hemel reikten. De vrouw droeg een bundeltje in haar armen. Een andere vrouw volgde haar. Samen stapten ze in de sloep.

Toen vervaagde het zicht.

Ik sprong op. 'Volgens mij heb ik net mijn moeder gezien.' Mijn stem klonk hoog en de emotie dreigde me te overweldigen.

'De Maangodin zegt dat ik naar Oraku moet gaan om de waarheid te vinden.'

Ik wreef mijn handen tegen elkaar en keek op naar de hogepriesteres. 'Moeder, heeft dit iets te maken met de vrouw op het schilderij in de hal?'

'Wat zeg je, kind?' vroeg ze scherp. 'Er hangen geen schilderijen in de hal.'

Mijn lippen trokken strak. Mijn zicht werd wazig en mijn maag draaide zich om. Toen werd alles zwart.

2

Medea

'De koninklijke familie van het Huis van Golderzaeye regeerde driehonderdtwaalf jaar over dit eiland. Nu zijn ze verdwenen.' Onze lerares, Vrouwe D'Haviland, gebaarde naar het vierkante gebouw voor ons. Twee zuilen ondersteunden een dak waarop een stenen draak lag, zijn kop loerend naar de bezoeker. Een trap leidde naar de dubbele deuren met gebrandschilderde ramen.

'Ze liggen hier allemaal begraven. De oudste graven liggen diep onder de grond, waar niemand meer bij kan.'

De bomen bewogen in de harde wind. In de verte rommelde het onweer, maar het bleef droog.

Met een ruk trok ik mijn mantel dichter om me heen. Wanneer houdt ze nou eens op?

Met haar zoetste stem vervolgde Vrouwe D'Haviland. 'Waarom regeert de Maangodin over dit land? Wat zou de reden zijn?'

Haar plan is duidelijk: ons nog langer in de kou te laten staan. Ik wrong mijn handen.

Mijn klasgenoten verplaatsten hun gewicht van de ene voet naar de andere en wreven hun handen samen.

De donder klapte opnieuw, dit keer dichterbij.

Ik rolde met mijn ogen. *Er is geen troonopvolger. Wat een probleem.*

De lerares wees een van mijn klasgenoten aan, wier wangen roze kleurden.

‘Er is geen troonopvolger, mevrouw?’ vroeg het meisje. ‘Omdat ze allemaal gestorven zijn?’

Vrouwe D’Haviland keek peinzend naar de pilaren. ‘Dat klopt. De koninklijke familie had geen kinderen meer. De kinderen van de koning stierven heldhaftig in de oorlog. Tragisch genoeg was de koningin enkele jaren eerder gestorven en de koning stierf kort na de oorlog.’

Ik werd er niet vrolijker van en zuchtte hoorbaar, terwijl ik terugdacht aan mijn audiëntie bij de hogepriesteres.

Na het gesprek met de Heilige Moeder was ik flauwgevallen. Toen ik wakker werd op haar sofa, zat ze geduldig naast me te wachten. Ze gaf me appelsap, waarna ik me beter voelde en ik als de wind naar de begraafplaats was gerend.

‘Mogen we alstublieft naar binnen, mevrouw?’ vroeg ik geprikkeld. Mijn handen waren tot vuisten gebald. Er brandde een vuur in mijn borst. Philline keek me vragend aan.

De hogepriesteres had uitgelegd dat de zon niet tussen mijn wenkbrauwen getatoeëerd kon worden. Ze had niet gezegd waarom, maar ik had mijn eigen conclusie getrokken: die mysterieuze schubben die de afgelopen weken verschenen telkens als ik van streek of onzeker was, waren de oorzaak. Die afzichtelijke dingen waren vast een ziekte die het onmogelijk maakte om inkt vast te houden. En toen had Moigraisse me ook nog verteld dat ik naar Oraku moest reizen.

Ik zal je helpen.

Je moet naar Oraku gaan.

De aanwakkerende wind liet plukjes haar om mijn gezicht dansen terwijl ik naar mijn lerares keek.

Ze staarde terug, maar ik hield vol.

'Dank je, Medea,' mompelde Vrouwe D'Haviland, terwijl ze peinzend naar de grond keek. 'Het is inderdaad tijd om naar binnen te gaan.' Ze trok een grimas en liep naar de deuren. Daar bleef ze staan. 'De bewakers hebben ons een uur gegeven om rond te kijken. Kom binnen.'

Ik rolde met mijn ogen.

Philline liep peinzend naast me. Ze keek me nadenkend aan. 'Waarom ben je zo prikkelbaar? Wat is er?'

Alleen mijn mond glimlachte, mijn hart deed niet mee. 'Niets, ik voel me gewoon niet goed, dat is alles.'

Philline legde een hand op mijn rug. 'De les is zo voorbij.'

Zonder haar aan te kijken knikte ik. Een steek trok door mijn maag.

Philline Bonefacius was zes maanden jonger dan ik, met een prachtig hartvormig gezicht, tere handen en voeten, en een engelengeduld dat haar mijn beste – en enige – vriendin maakte. We hadden elkaar ontmoet toen zij en haar oma bloemen kwamen kopen in de winkel van mijn ouders, Narcissus Bloemen. Ik was vier, zij drie.

Toen ik uit mijn gedachten kwam, liepen Philline en ik langs Vrouwe D'Haviland en stopten bij een ijzeren wenteltrap die naar een lager niveau leidde. We leunden over de leuning. Een zacht licht scheen van beneden. De spanning in mijn lichaam nam toe. Ik krabde aan mijn armen.

Nadat ik de trap was afgedaald, volgde ik Philline naar het midden van de kamer. De muren waren saffraangeel geverfd en achter elke grote steen stond een sarcofaag met een koning erin. Verder viel er niets bijzonders te zien.

De stem van Vrouwe D'Haviland galmde vrolijk door de ruimte. 'We gaan nog een verdieping lager en laten ons verrassen.' Ze liep naar de rechterhoek van het vertrek en drukte op een afbeelding van een bijenkorf met een oog in het midden.

Philline en ik speculeerden druk, onze energie volledig aangewakkerd door deze ontdekking.

'Hoe heeft ze die deur in hemelsnaam geopend?' fluisterde Philline, haar ogen glinsterend van fascinatie.

'En dat oog,' fluisterde ik terug, nauwelijks hoorbaar. 'Dat is een symbool van de Ouden.'

'Ja, als ik me goed herinner is dat het oog van Horus, dat de pijnappelklier symboliseert, waarmee we ons kunnen verbinden met de energie van het universum. Daar krijgen we volgend jaar les over.'

'Inderdaad,' antwoordde ik triomfantelijk. 'En de bij staat voor dood en geboorte, Ka-Ralyge God van de Onderwereld, en Moigraisse, Godin van de Maan.'

We keken elkaar trots aan en de high five die volgde was net iets te hard.

Vrouwe D'Haviland wierp ons een strenge blik toe.

Philline haakte haar arm door de mijne en trok me de smalle, verlichte gang in. De fakkels brandden al. We liepen al niet meer onder het mausoleum, daarvoor was de gang te lang. Mijn onderbuikgevoel zei dat we rechtsaf waren gegaan, richting de Vallei der Verlorenen en het Verboden Meer. Beide gelegen tussen Mount Funud en de begraafplaats waar we ons nu bevonden.

De gang kwam uit op een open ruimte. Daar stond Vrouwe D'Haviland voor een groot standbeeld.

Achter het standbeeld liep nog een gang naar links. Mijn nieuwsgierigheid wakkerde aan. *Zou die doorlopen tot aan de waterkant?* Volgens de legende gaf een geheime deur aan de zuidkant van het meer doorgang aan de Zeegodin, die elke maand in het meer zwom onder het licht van de volle maan.

Ooit een ster aan de hemel, was de Zeegodin Alkaide vervloekt door de Maangodin – haar eigen moeder – omdat een sterveling haar ware gedaante had gezien. Voorbestemd om voor eeuwig over de Drakenzee te heersen. Een triest verhaal. Soms kon Moigraisse wreed zijn.

Onze lerares keek bewonderend naar een levensgrote zwartmarmeren draak, opgekruld op een stenen sarcofaag.

Verse, donkerrode rozen lagen verspreid over de grond. Hun zoete geur hing in de lucht. Op een bordje naast de sarcofaag stond: *niet aanraken.*

Ik bestudeerde de inscriptie op de sarcofaag.

> Hier ligt Astraeus Vladimir Cepheus Maigrainyu, 5116-5157. De laatste koning van het Machtige Bosrijk in Kros Eilean, 5134-5157.

Onze lerares wees met haar wijsvinger naar ons. 'Wie kan mij vertellen in welk jaar we nu zouden leven als de Grote Verschuiving niet had plaatsgevonden?'

Niemand stak zijn hand op. Ik rolde met mijn ogen voor ik het antwoord gaf. 'We zouden nu in het jaar 5489 leven. Koning Maigrainyu stierf twee jaar voor de Grote Verschuiving, en nu zijn we 330 jaar verder in de tijd.' Voor ik verder ging slaakte ik een diepe zucht. 'Ons land en de eilanden zijn delen van het oude Kros Eilean. De rest ligt onder water.' Ik keek mijn lerares aan met een blik die kon doden. Al bijtend op mijn onderlip dacht ik aan mijn eerste week als novice in de Maantempel.

Sommige novicen hadden me toen gepest om mijn uiterlijk. Vrouwe Ydrenya had alle studenten bijeengeroepen en gezegd dat de Maantempel meedogenloos optrad tegen pesten. Een overtreding betekende onmiddellijke verwijdering. Later die dag had Vrouwe D'Haviland me apart genomen. 'Medea,' had ze gezegd, 'laat dit niet met je gebeuren. Als je van school gestuurd wordt voor agressief gedrag, zal het alleen maar erger worden. Sta erboven. Ik zal er altijd voor je zijn. Dat beloof ik.'

Ik had haar met grote ogen aangekeken en geknikt, verbaasd dat iemand anders dan mijn ouders aan mijn kant stond.

'Je doet me zo denken aan mijn jongere zusje,' legde ze uit. 'Ze is...' Vrouwe D'Haviland sloot haar ogen, haalde diep adem voordat ze fluisterend sprak. 'Ze is nu in de Onderwereld. Daar heb ik vrede mee.' Ze vervolgde streng. 'Kom, kind, ga nu naar je les.' Ze knikte en klapte in haar handen. 'Ga maar.'

Vanaf die dag hield het pesten op, maar Vrouwe D'Haviland behandelde me daarna te mild. Ik kon doen wat ik wilde en ze werd nooit boos op me.

Toen ik weer bij de les kwam, voelde ik mijn wangen gloeien van schaamte over mijn gedrag toen én nu. Mijn koppigheid hield me echter tegen om mijn spijt te betuigen.

Ik rommelde aan mijn jurk, wendde mijn blik af en veegde een haarlok uit mijn tranende ogen.

Vrouwe D'Haviland negeerde mijn uitval en schonk me een kleine glimlach voor ze de klas toesprak. 'We wandelen nog even over de begraafplaats en dan mogen jullie naar huis.'

Gemopper weerklonk in de kleine kamer.

Vrouwe D'Haviland klapte in haar handen. 'Naar boven, meisjes.'

Ik kon de verleiding niet weerstaan toen ze de trap opliep. Mijn blik bleef op de draak gericht. Opnieuw las ik het bordje: *niet aanraken*. Een onzichtbare kracht trok me naar het marmer toe. Ik probeerde de drang te weerstaan. *Vrouwe D'Haviland zal het nooit weten. Ze zal het nooit weten.*

In de lucht hing de geur van frisse bosviooltjes, vermengd met het parfum van rode rozen. Een geur die iets diep vanbinnen in mij raakte, waar een zacht lied van verleiding ontwaakte.

Plots hoorde ik een zacht gelach, gevolgd door gefluister dat ik niet kon verstaan.

Mijn blik schoot alle kanten op. Was er iemand achtergebleven? Geen beweging. Toen ik zeker wist dat ik alleen was, liet ik mezelf toe om met het topje van mijn wijsvinger de sarcofaag aan te raken.

Het zal niemand kwaad doen, zong een zoete stem in mijn behoeftige ziel.

Voor ik het wist, lag mijn hele rechterhand op het koele marmer. Een prikkelend gevoel trok van mijn arm tot in mijn vingertoppen.

Daarnaast legde ik ook mijn linkerhand op het marmer.

De voetstappen op de wenteltrap en het gegiechel van mijn klasgenoten verdwenen naar de achtergrond.

Een onzichtbare kracht trok me mee naar een andere wereld. De huid op mijn handen en armen trok samen en ivoren schubben verschenen. Voor mijn geestesoog vormde zich een levensechte zwarte draak die me aankeek met felrode, vernauwde ogen.

Zijn hoofd leek op dat van een groot zeepaardje, kenmerkend voor draken uit het sterrenstelsel Cepheus. Hij had twee elegante oren en twee hoorns in het midden, een geschubd, slank lichaam met vleugels op zijn rug en korte poten. Zijn puntige staart was om zijn lichaam gewikkeld. Eigenlijk zag er hij er best schattig uit.

Het draakje gromde en begon te groeien – groter en groter, tot het op een monster leek. Er was niets schattigs meer aan zijn scherpe tanden en grote klauwen. Een vuur laaide op in zijn opengesperde bek.

Even dacht ik dat het beest me zou aanvallen. Instinctief keek ik terug, kalm en beheerst.

De draak hield op met grommen. Zijn ogen verwijdden zich toen hij naar mijn geschubde handen keek. Zijn blik verzachtte en het beest kromp terug tot zijn oorspronkelijke grootte.

Toen vervaagde het beeld.

Ik liet het marmer los en ademde uit. Pas toen merkte ik dat ik mijn adem ingehouden.

Snel rende ik naar de trap, terwijl de ivoren schubben van mijn huid verdwenen.

Duizelig en bang om weer flauw te vallen, zette ik voet voor voet op de treden en hield me aan de leuning vast. Toen ik boven kwam, happend naar adem, zag ik Vrouwe D'Haviland naar me kijken. Haar blik bleef hangen op mijn polsen.

In een opwelling hield ik mijn handen achter mijn rug.

Een kleine glimlach om haar dunne lippen deed mijn maag samentrekken – of misschien verbeeldde ik het me.

3

MEDEA

Iedereen reisde naar ons dorp via het pad dat langs de westkant van Mount Funud liep en een prachtig uitzicht bood over de Drakenzee en de havenstad Alfirk. Maar ik vond een andere route altijd spannender: het smalle pad dat door de Verloren Vallei liep, naar de lange trap die de berg opging en uitkwam bij het Reynaertbos.

Ik wilde direct na het bezoek aan het mausoleum naar huis om een serieus gesprek met mijn ouders te voeren. Ik kon ze niet aanspreken in de bloemenwinkel, waar vreemden ons konden horen. Het moest thuis gebeuren, in alle privacy en ik wist dat ze vandaag vroeg thuis zouden zijn, zoals altijd op vrijdag. Er moest een eenvoudige verklaring zijn, hield ik mezelf voor. Misschien was mijn moeder ooit met me weggelopen – dat zou alles verklaren. Maar wat ik nu echt nodig had, was een knuffel van ma. Ik versnelde mijn pas en beet gedachteloos op mijn lip.

Ik volgde het pad langs de rand van het plateau. Plotseling verlichtte een bliksemflits de hemel, gevolgd door rollende donder. Ik zette mijn voeten schrap om niet uit te glijden. Langzaam, terwijl ik de steile helling afdaalde, ontvouwde zich een moerassige wereld: zacht gras, natte aarde, riet, kattenstaarten en biezen in het water.

Libellen, zo groot als grijze muizen, schoten door de lucht. Kleine zoogdieren – bruine ratten, bevers en rode vossen – zwierven tussen het riet.

De vallei werd omsloten door bergen, met het Verboden Meer als stralend middelpunt. Het zoete water tussen de bergketens had dit moeras gevormd. Tweehonderd jaar geleden stroomde hier een zwarte rivier, afkomstig van de noordkant van Mount Funud. Hij stroomde langs de Zwarte Waterval, waarnaar ons dorp was vernoemd.

De rivier droogde op, en uit haar bedding ontstond dit moeras. Als voorzorgsmaatregel liet de overleden koning planken over het moeras leggen en waarschuwingsborden plaatsen voor het gevaar van wegzinken. Sindsdien was de vallei alleen toegankelijk tussen zonsopgang en zonsondergang.

Op een dag vervloekte de Maangodin opnieuw een sterveling – iemand die een harde les moest leren. Om te voorkomen dat anderen hetzelfde lot trof, werd het meer tot verboden gebied verklaard.

Een scherpe, licht chloorachtige geur vulde de lucht. Ik versnelde mijn pas. Zodra de storm losbrak, werd de vallei gevaarlijk. De planken konden wegspoelen en het risico op het wegzinken in drijfzand nam toe.

Ik liep behendig over de houten planken, maar kon het niet laten even stil te staan en naar links te kijken. Achter de bomen aan de oostkant van het meer rezen de torens op van het voormalige koninklijke kasteel, nu een museum – een glimp van het verleden. Mijn blik bleef hangen bij het glinsterende water in het licht van de late middagzon.

Ga naar Oraku. Je wist het al. De stem van Moigraisse galmde in mijn hoofd: *je ouders zijn niet je echte ouders.*

Mijn gedachten dwaalden af naar mijn dagelijkse zwaardtraining voor school. De coach had me laten oefenen met een ervaren sparringpartner. Zoals hij daar had gestaan, met het zwaard in beide handen, leek de man groter en breder dan al mijn vorige tegenstanders. Maar ik had geweten dat ik hem aankon.

Mijn sparringpartner viel me aan van boven, met een krachtige slag van rechts. Ik pareerde de slag, draaide mijn hand naar de ongeslepen rand en veranderde mijn greep in een duimgreep, zodat mijn duim het lemmet van onderen ondersteunde.

Hij doorzag mijn plan en probeerde snel een tegenzet. Zijn zwaard ketste af tegen het mijne. Onze bladen kruisten elkaar en we zaten vast in een zogeheten 'bind'. Mijn tegenstander drukte zijn lemmet tegen het mijne, maar dat had ik verwacht.

Voordat hij mijn zet kon doorzien, zwaaide ik mijn zwaard hoog boven mijn hoofd, draaide het horizontaal en flitste het lemmet razendsnel in de open ruimte. Ik raakte hem hard op zijn masker, dat extra beschermd werd door een leren overtrek. Blijkbaar had mijn coach hem gewaarschuwd voor mijn kracht.

Ik stapte terug naar mijn beginpositie. Mijn tegenstander gooide zijn zwaard op de grond en liep weg. Een slechte verliezer, maar hij had het tenminste geprobeerd. Tegen de zwaardvechtkampioen van Cepheus, nog wel.

'Kroaaa! Kroaaa!' klonk het hoog in de lucht, mijn mijmering onderbrekend.

Een grote schaduw gleed over me heen. In het water ving ik een glimp van een weerspiegeling: een raaf. Raven werden als uitgestorven beschouwd sinds de Grote Verschuiving.

Wat als het er een was? dacht ik, terwijl ik de zwarte vogel over het meer zag vliegen, en ik glimlachte. Toen ving ik mijn eigen weerspiegeling op in het water. Mijn glimlach verdween. Ik hurkte neer en boog voorover.

In het water keek een bleek gezicht met hoge jukbeenderen en steil zwart haar me aan. Ogen zo rood als gloeiende kolen staarden naar me – tot ze langzaam zwart werden.

De dorpelingen fluisterden achter mijn rug, niet te hard, dat ik een monster was. Net als de Da Grulls, maar dan in menselijke vorm. De Da Grulls waren zielloze wezens, moordenaars van de God van de Onderwereld. Ze waren enorm: zwarte schubben, klauwen en scherpe tanden. Iedereen die hun pad kruiste, werd zonder aarzelen vernietigd. Ik huiverde bij de gedachte.

Mijn vingers gleden naar het litteken op mijn gezicht. Ongewild kwam de herinnering boven: kinderen die stenen naar me gooiden, 'Da Grull! Da Grull!' riepen en lachten om mijn tranen.

Ik knipperde en kwam overeind uit mijn hurkzit. Ik keek naar mijn handen, daarna naar de zwanen. Ik wenste dat ik net zo sierlijk was als zij, met hun lange halzen, wit verenkleed en oranje snavels. Ik draaide mijn hand van rug naar palm.

De eerste regendruppels begonnen te vallen. Plots vloog de zwarte vogel laag over me heen, alsof hij me wilde waarschuwen om op te schieten. *Nee*, dacht ik. *Ik word gek*. Ik trok de capuchon van mijn wollen mantel over mijn hoofd en begon te rennen, mezelf uitlachend.

Even later beklom ik de vijfendertig meter hoge trap die kronkelend omhoog slingerde. De treden waren van natuursteen, de leuning van eikenhout. Aan de zijkanten groeiden wortels van hoge eikenbomen, bedekt met mos. De trap leidde naar het Reynaertbos, waar stilte als een sluier hing – alsof de dieren mijn stemming voelden en zich verborgen uit angst dat ik hen kwaad zou doen. Ik zou nooit een levend wezen pijn kunnen doen. Nooit.

Plotseling kraakten er takken, alsof er iemand tussen de bomen sloop.

'Wie is daar?' Laat het geen struikrovers zijn. Ik wil niet vechten, ik wil niemand pijn doen. Een paar konijnen schoten uit de struiken aan de overkant van het pad en verdwenen tussen de bomen.

Lachend in mezelf liep ik verder, denkend aan mijn tegenstander die zijn zwaard weggooide tijdens onze sessie.

Er brak opnieuw een tak, waardoor ik opschrok. 'Nee, het is niet grappig! Wie is daar?'

Onverwacht verscheen een parelkleurige eenhoorn op het pad en bleef voor me staan, mijn weg versperrend. Zijn oren bewogen alle kanten op, zijn hoef schraapte over de grond. Zijn adem steeg op in wolkjes, zijn lichte manen golfden in de zachte bries. De eenhoorn stond zo dichtbij dat ik hem kon aanraken – als ik durfde. De glanzende hoorn op zijn voorhoofd schitterde machtig in het vroege avondlicht. Zijn witte vacht glinsterde in alle kleuren van de regenboog.

Ik stond stil, hield mijn adem in en probeerde hem geen angst aan te jagen. Toen hij niet wegliep, fluisterde ik naar het dier. 'Je bent prachtig. Ik zou nooit op je kunnen jagen.' Waarom ik dat woord had gezegd, wist ik niet – het gleed uit mijn mond alsof het gezegd moest worden.

Tot mijn grote verbazing boog de eenhoorn zijn rechtervoorbeen en maakte een lichte buiging. Hij kwam overeind, keek me onderzoekend aan, spitste zijn oren, maakte een sprong naar rechts en verdween tussen de bomen.

Wat gebeurt er? Ben ik gek aan het worden?

Mijn ogen scanden het bos op zoek naar een teken van het wezen, maar het was verdwenen. Donkere wolken pakten zich samen boven mijn hoofd. Binnenkort zou het zo donker zijn dat ik mijn weg op gevoel moest vinden. Ik begon te rennen. Ik volgde het pad tussen de bomen langs de droge rivierbedding, dat leidde naar de verborgen ingang.

Plots kreeg ik het vreemde gevoel dat iemand me in de gaten hield. Snel keek ik om me heen – misschien was het de eenhoorn. Het nu donkere bos leek naar me te observeren. De wind huilde, boomtoppen zwaaiden, takken braken. Ik huiverde. Normaal was ik hier nooit bang voor, maar na vandaag voelde alles anders. Ik zag niemand, dus liep ik verder, bukte en ging de tunnel in.

Zacht gelach reisde mee met de sterke wind en raakte mijn achterhoofd. Ik draaide me om – het konden de dorpskinderen niet zijn. Hun ouders zouden hen nooit buiten laten in de storm. Ik keek weer achterom en liet mijn blik over de omgeving glijden.

Iets glinsterde in de struiken aan de linkerkant van de rivierbedding. Twee glinsterende ogen staarden me aan. Mijn ogen pasten zich aan de duisternis aan. Daar zat een vos, nauwelijks zichtbaar, op zijn achterpoten alsof hij op iemand wachtte. Het pluizige dier keek me kalm aan, zonder angst. Alsof het wist dat ik geen bedreiging vormde. Het leek echter niet vreemder dan een visioen van een zwarte draak.

Ik haalde mijn schouders op en boog mijn hoofd toen ik de kleine tunnel inliep. Met mijn handen gleed ik langs de koude bergwanden. Het huilen van de wind stierf weg. Voor me lag het zandpad dat naar het dorp leidde. Het was bijna helemaal donker. Voordat ik de tunnel uitging, besefte ik voor een fractie van een seconde dat de vos wit was. Zo wit als sneeuw.

4

Medea

Met een stille, bijna fluisterende toon sneed ik door de stilte heen alsof ik in een wedstrijd met mijn zwaard naar het hoofd van een tegenstander uithaalde: dwars door het midden. 'Ben ik geadopteerd?'

Ik had me op die vraag voorbereid, net zoals ik me op een zwaardvechtwedstrijd zou voorbereiden: ik had mezelf opgepompt door op en neer te springen en mezelf in te praten dat ik deze strijd zou winnen.

De stilte die volgde overstemde zelfs de storm buiten. Flits na flits verlichtte de woonkamer, meteen gevolgd door donderslagen. Mijn ouders stonden met open mond daar – hun ogen verbaasd en met een vleugje schuld.

Ik staarde ijzig terug.

'Medea, jongedame, waar haal je die ideeën vandaan?' riep Pa boos. 'Breng je te veel tijd door met dat meisje? Philline? Ze heeft een slechte invloed.'

Als pa boos werd, sprak hij op een luide, gebiedende toon, alsof hij een sergeant was.

De wereld leek op me af te komen om me op te slokken om daarna weer uit te spuwen.

'Betrek mijn vriendin er niet bij!' schreeuwde ik. 'Philline heeft hier niets mee te maken!'

Pa keek naar de grond, zijn handen trilden.

Mijn moeder probeerde me te omhelzen, maar ik duwde haar weg. Haar ogen vroegen om vergeving.

Ik schreeuwde: 'Waarom kunnen jullie niet gewoon eerlijk tegen me zijn? Waarom hebben jullie me dit niet jaren geleden verteld? Het is toch overduidelijk! Kijk dan!' De woorden verlieten mijn mond als vergif.

Blijkbaar had ik de natuur aan mijn kant, want buiten barstte een woedeaanval los: een felle bliksemflits, gevolgd door een donderslag zo hard dat het hele huis trilde op zijn houten palen. Ondertussen had ik mijn armen uitgestrekt en liet ik mijn ouders de ivoren schubben op mijn huid zien.

Uitgeput zakte ik op de sofa. Een stille traan gleed over mijn wang en landde op het zachte leer. Ik klemde mijn hoofd tussen mijn handen. Mijn ogen ontmoetten die van ma, rood en gezwollen. Toen draaide ze zich om, liep naar de kast in de hoek van de woonkamer, pakte er iets uit en kwam terug.

Ma schoof de salontafel opzij en keek naar pa, die zijn hoofd schudde. 'Toma, het kan niet anders,' fluisterde ze.

Ze knielden voor me neer, hun hoofd gebogen, hun blik op de vloer gericht.

Pa's lippen tuitten.

'Schat, we moeten je iets geven,' zei mijn moeder met een zachte, hese stem.

Mijn moeder hield een houten doos vast waarvan ik altijd had gedacht dat het haar naaidoos was. Ze strekte haar armen uit, haar hoofd gebogen, haar gezicht nat van de tranen.

Mijn vader legde zijn hand op haar rug terwijl ook hij zijn hoofd boog.

Terwijl ik naar de spin in de hoek van het plafond keek, zittend in haar web en wachtend op een prooi, hoorde ik de klok tikken, de regen kletteren op het dak en de donder rollen in de verte. Ik dacht dat de spin wel erg geduldig moest zijn. Er waren geen vliegen in huis. Ik probeerde het te negeren en me te focussen.

Ma's handen trilden en ze keek me paniekerig aan terwijl ik het kistje van haar aannam.

Ik had gebeden voor dit moment. Om eindelijk de waarheid over mijn afkomst te kennen. Als kind groeide ik snel en torende ik al gauw boven mijn leeftijdsgenootjes uit. Mijn uiterlijk veranderde: mijn zwarte ogen kregen een rode glans en mijn huid werd bleek als het porselein van een theekopje.

Niemand had me ooit verteld waarom de mensen van Cepheus me verachtten. Natuurlijk kwam het door mijn uiterlijk. Er bestond in ons land niemand die op mij leek. Ik had mezelf wijsgemaakt dat pa's familie van de Sterrenmensen afstamde. Mijn uiterlijk, zo hield ik mezelf voor, had een paar generaties overgeslagen.

Uiteindelijk leerden de mensen van Cepheus me accepteren. Ze hielden uiteindelijk van me, omdat ik hun nationale jeugdkampioen zwaardvechten was. Toen ik een novice werd in de Maantempel, begonnen ze me langzaam te vertrouwen.

Al die jaren had ik alles alleen gedragen. *En nu*, dacht ik, *hielp de Maangodin zelf me*. Dat was bijzonder. Maar waarom?

Nu ik eindelijk kreeg wat ik zo lang had gewild, voelde het bijna onwerkelijk. Die kist moest de waarheid bevatten.

Ik opende het deksel. Op een bedje van paars fluweel lag een zegelring. Ik pakte de ring op en hield hem vlak voor mijn ogen. Aan de binnenzijde van de ring stonden de initialen 'S.A.' gegraveerd. Twee draken hielden een schild vast met daartussen een ster, die hun poten raakte. De ring was duidelijk gebruikt: in het reliëf zaten nog restjes rood kaarsvet. Ik schoof hem om om te zien of hij paste. Hij paste precies om mijn middelvinger.

Mijn ouders hapten gelijktijdig naar adem.

De ring was te breed. Met opeengeklemde kaken trok ik de ring van mijn vinger, maar toen hij het topje bereikte, voelde ik iets verschuiven in mijn energie. Ik bevroor, de ring nog aan mijn vingertop.

Een felle bliksemflits verlichtte de woonkamer, gevolgd door een donderslag zo hevig dat de kamer trilde.

Mijn moeder gilde het uit. In een reflex schoof ik de ring weer om mijn vinger. Hij paste nu, alsof hij er altijd had gezeten. Met grote ogen keek ik naar mijn ouders, die elkaar vastgrepen en niet meer loslieten. Verder gebeurde er niets. Ik probeerde de ring af te doen, maar hij zat muurvast. Plotseling begon de energie als een draaikolk om me heen te wervelen.

'Doe die ring af! Meteen!' schreeuwde pa.

Ma gilde opnieuw.

Ik reageerde niet toen de energie me van de grond tilde.

Mijn haar wapperde in de opwaaiende wind. Mijn jurk zwierde om mijn benen. Een onzichtbare kracht hield me gewichtloos zwevend in de lucht. Ik kon mijn ogen niet openen, want mijn oogleden voelden loodzwaar. Alsof ik in slaap was gevallen, maar mijn geest nog steeds wakker was. Ik kon geen spier bewegen. Dat gevoel kende ik: slaapverlamming. Toch leek het niet helemaal hetzelfde.

De energie wervelde rond mijn hoofd, sneller en sneller, tot mijn ziel door mijn neusgat werd getrokken naar een immense ruimte.

Een zijden rode draad, dunner dan de fijnste zandkorrel, was om mijn wijsvinger gewikkeld. Ik draaide mijn hoofd in de richting waar de rode draad vandaan kwam.

Midden in een uitgestrekt bos stond een enorm handweefgetouw. De bomen, met hun hoge groene kruinen, leken wazig. Lichtstralen braken door het bladerdek en lichtten elfjes en boomgeesten op met hun paarse en blauwe tinten.

Het bos rook naar wilde viooltjes, zoet en bedwelmend.

Op de achtergrond klonken harmonieuze, ondefinieerbare tonen. Misschien waren het engelen die zongen, of iemand die een instrument bespeelde. Het was onbeschrijflijk.

Ook mijn herinneringen waren vaag. Ik wist nog dat ik van Cepheus kwam. Deze wereld heette Mulkoin, al leek dat allemaal niet van belang.

Toen trok iets – of iemand – aan de draad. Voor mijn geestesoog verscheen het gezicht van een jonge vrouw. Haar amandelvormige ogen sperden zich wijd open toen ze me aankeek, en in een oogwenk veranderde ze in een vos – en weer terug. Ik dacht: *de sneeuwwitte vos!*

Een zacht gelach klonk, mijn gedachte bevestigend, gevolgd door het giechelen van andere meisjes.

Met een doffe plof kwam ik neer op de grond, in de schaduwen in een kamerhoek.

Een vrouw stond in de kamer, vlak naast een wieg. Ze keek neer op een baby. Ze droeg een paarse jurk met gouden borduursels. De stof oogde kostbaar. Ook de wieg, met haar gouden sierlijsten, straalde rijkdom uit. Haar donkerbruine haar was strak in een knoop gebonden. Haar lippen waren samengeperst. Ze boog zich over de wieg om naar de baby te kijken, die een roze romper droeg en witblonde, pluizige haartjes had. De vrouw pakte het kind op, dat zacht kirde. Ze schonk haar een warme glimlach, en haar gezicht verzachtte tot dat van een liefhebbende moeder.

'Ze lijkt niet op haar. Dank de Godinnen. Ik had de aanblik van haar moeder niet kunnen verdragen.' Ze legde de baby voorzichtig terug in de wieg en liep langs mij naar de deur. De vrouw draaide haar hoofd naar links, alsof ze iets had gehoord. Ze verstijfde toen ze mij in de schaduw zag staan. De glimlach verdween van haar gezicht, dat plotseling bleek was geworden.

Toen ik bijkwam, lag ik op de bank in onze woonkamer. Ma gaf me een glas water en deed alsof er niets was gebeurd. Ze ontweek mijn blik en keek naar de grond.

Mijn moeder begon te spreken, maar haar woorden vervaagden tot een verre echo.

'Er was een dreiging in het Keizerrijk. Kalliste moest haar huis verlaten en naar ons komen. Zij en de Zeegodin hadden een pact gesloten. We denken dat het nu tijd is om het je te vertellen. De keizer... en toen... Schat, ik vrees dat je biologische moeder er niet meer is.'

Ik keek ma verdwaasd aan. 'Wat zei je net, mam?'

Pa's mond vertrok. Hij vroeg niet wat er was gebeurd. In plaats daarvan sprak hij met een onnatuurlijke stem, alsof hij zijn eigen woorden niet geloofde. 'Je biologische moeder, Kalliste – een verre verwant van mij – kwam achttien jaar geleden hierheen. Ze vertelde ons dat ze jou moest achterlaten, omdat ze zich zou opofferen aan Alkaide, de Zeegodin. Er was geen andere weg, zei ze. Ze had een belofte gedaan, en jij was haar eerstgeborene. Ze was eens de Grootmeesteres van het keizerlijk paleis, Danai Dea, in de Schaduwweiden, en zij en de keizer...' Zijn stem vervaagde, en hij slikte moeizaam.

'Je biologische vader was de keizer,' fluisterde mijn moeder. 'Niemand weet waar hij is, maar men zegt dat hij dood is.' Ze sloeg haar handen voor haar mond en stamelde. 'Je bent een prinses – de troonopvolger van het Rijk der Schaduwweiden.' Haar ogen sperden zich wijd open toen ze de waarheid sprak. Ze reikte naar mijn handen, maar ik week terug – nog steeds vol ongeloof. 'We hebben je geadopteerd, Medea. Je bent onze dochter, en wij zijn je ouders. Dat verandert niet. Nooit.' Mijn moeder zei het met gepaste trots.

5

Medea

Nu ik wist wat mijn biologische moeder had gedaan, hield de oceaan me vast als een magneet met onweerstaanbare kracht. Ik was bij het eerste licht opgestaan en meteen naar de klif gegaan. De storm was voorbij. De zon scheen. De lucht was strakblauw en boven me krijsten meeuwen. Ik ademde de frisse ochtendlucht diep in. De wind streelde mijn gezicht, zoals de handen van mijn moeder dat deden toen ik klein was. Sandra's handen, dacht ik. Niet die van Kalliste.

Mijn longen knepen samen. Een gewicht drukte op mijn schouders. Ik hapte naar adem. Terwijl de golven tegen de rotsen beukten, dacht ik: ik moet de dood van mijn moeder accepteren. Ik huiverde bij de gedachte dat Kalliste beneden op de stenen had gelegen.

En toen herrees de feniks van de hoop uit de as van mijn pijn: misschien viel Kalliste in het water, werd ze meegesleurd door de stroming en spoelde ze aan op een vreemd strand, haar geheugen verloren. *Nee*, dacht ik, de feniks stierf aan de harde werkelijkheid. *Kalliste zou naar me zijn teruggekeerd als ze het had overleefd. Geen moeder laat haar kind achttien jaar vrijwillig achter.*

Mijn moeder was dood, en dat moest ik accepteren. En er werd beweerd dat ook mijn vader dood was. De waarheid drong tot me door. *Bij Moigraisse! Ik ben een wees.* De feniks zou nooit meer herrijzen.

Ik dacht eraan om weg te lopen, maar ik verwierp dat idee meteen. Waar moest ik heen? Ik dacht eraan mezelf op te offeren aan de Zeegodin – dan zou ik tenminste bij mijn ouders in de Onderwereld zijn. *Lijk ik op haar of op hem?* Had mijn vader ook zo'n afzichtelijke huid als ik? Of was ik in mijn eigen familie óók een monster?

Ik huilde tot ik geen tranen meer had. Ik schreeuwde tegen de wind in, en toen ik lang stilstond en naar de zee staarde, overviel me een vreemde rust: ik kon de werkelijkheid niet veranderen. Ik kon mezelf niet veranderen. Ik moest blijven leven. Om wraak te nemen op degenen die verantwoordelijk waren voor mijn moeders dood. *Haar offer mag niet tevergeefs zijn.*

Met hernieuwde energie haalde ik het houten kistje uit mijn tas en hield het voor me. Koortsachtig inspecteerde ik de zijkanten, de bodem en deksel en klopte er met trillende handen op. Ik hoopte binnenin een verborgen luik te vinden. Een gevoel van teleurstelling nestelde zich in mijn schouders, waardoor mijn spieren verkrampten. Hitte kroop omhoog in mijn nek en wangen, het zweet brak uit op mijn voorhoofd.

Er is niets te vinden, dacht ik. Ik had voor niets met die stomme doos gesjouwd. Ik sloeg met mijn hand op mijn voorhoofd. *Stom. Stom.* Een traan liep over mijn wang toen ik het deksel opende en naar de ring keek. Ik nam hem uit het doosje en bestudeerde de draken, terwijl ik me verdoofd voelde.

Uit het niets schoot een meeuw voorbij en tikte tegen mijn hoofd, waardoor het doosje met een klap op de grond viel. Geschrokken liet ik de ring los en zag hoe hij van me af stuiterde. Ik bukte me om de doos op te rapen. Tot mijn opluchting was hij niet beschadigd.

'Stomme vogel!' riep ik en voelde aan mijn hoofd. Ik keek naar mijn vingers: geen bloed. Opgelucht ging ik op mijn hurken zitten, reikte naar de ring en pakte hem op. Mijn ogen vielen op de paarse fluwelen voering van het doosje, dat een meter verderop lag. Ik raakte het aan en mijn adem stokte. Een ader in mijn keel begon te kloppen, zenuwen gierden door mijn lijf. Ik knipperde een paar keer.

Er lag een brief op de grond, netjes opgevouwen tot een vierkant en verzegeld met een rood zegel waarop het familiewapen stond: twee draken die een schild met sterren tussen hun poten vasthielden.

Vuur laaide op in de as van mijn wanhoop en de feniks rees hoog op in zijn vlammen. Ik slikte een gil in en dwong mezelf tot stilte. Zonder aarzelen verbrak ik het zegel met een zachte klik. Met trillende vingers vouwde ik de brief open en streek hem glad op mijn mantel. Toen hij gladgestreken voor me lag, hield ik hem omhoog.

Een onverwachte windvlaag rukte de ongelezen brief uit mijn handen en blies hem weg over het bergpad dat langs de westflank van Mount Funud liep.

'Nee!' riep ik. 'Kom op... waarom?!'

Terwijl ik de brief achterna rende, had ik oog voor slechts één ding: het woord dat me ontnomen was – een boodschap van mijn ouders.

Alsof hij me wilde lokken, vloog de brief recht over het pad de berg af.

Voor ik het besefte, botste ik tegen iemand op.

Mijn hoofd tolde toen ik opkeek naar de brede borst van een lange gestalte. Ik was overweldigd door zijn lengte. Ik voelde me klein naast hem, ook al was ik drie koppen groter dan de gemiddelde inwoner van Cepheus.

Twee goudbruine, gloeiende ogen keken me arrogant aan.

Terwijl de blos op mijn wangen opkwam, deed ik een stap achteruit en keek alle kanten op, behalve naar de jongeman voor me.

Ik voelde zijn blik branden op mijn huid.

Philline had me ooit verteld over de vlinders in je buik als je iemand aantrekkelijk vindt. Maar dit waren geen vlinders, dit waren wilde, stekende bijen.

Ik had het heet en wilde iets zeggen, maar mijn stem weigerde, alsof ze me wilde behoeden voor iets stoms.

De aantrekkelijke jongeman keek me onderzoekend aan en liet zijn blik toen zakken naar het papier in zijn hand.

'Is dit wat je zoekt?' vroeg hij, terwijl hij de brief net buiten mijn bereik hield.

Zijn hooggeboren accent irriteerde me. *Wie denkt hij dat hij is?*

In plaats van mijn gedachten uit te spreken, zei ik kortaf: 'Ja, de wind nam hem uit mijn handen. Geef terug.' De zwerm bijen in mijn buik negerend, stak ik mijn hand uit.

'Alsjeblieft,' zei de jongeman droog.

'Dank je,' antwoordde ik beleefd, terwijl ik mijn hand uitgestrekt hield.

'Wilt u alstublieft de brief teruggeven?' Zijn stem droop van spot.

De denkbeeldige bijenzwerm prikte zo fel dat ik moest grommen. 'Je hebt de brief nog steeds,' beet ik hem toe. 'Hoe kan ik hem dan aan je teruggeven?' Mijn ogen boorden zich in de zijne.

Aan de kleine glimlach rond zijn lippen zag ik dat het hem amuseerde.

Zijn outfit trok mijn aandacht: een donkerblauw fluwelen jasje met gouden knopen, een smetteloos wit overhemd, gouden manchetknopen, en zijn glanzende zwarte leren rijlaarzen. Hij zag eruit als een rijkeluiskind – arrogant en zelfverzekerd.

Ik balde mijn vuisten om me te beheersen. 'Wat?'

De knappe jongeman trok een wenkbrauw op. 'Wat bedoel je?'

Ik deed hetzelfde met mijn wenkbrauwen. 'Pardon? Wat denk je dat je doet?' Ik keek de jongeman boos aan. 'Ben je een dwaas? Is dat het?' Mijn armen en benen trilden, en mijn stem ook. *Een rijke dwaas, wel te verstaan.*

De jongeman glimlachte en rechtte zijn rug. 'Je bent onbeleefd, dus ik corrigeer je. De beleefde manier om te reageren is: "Wilt u alstublieft de brief teruggeven?"' Zijn ogen glinsterden, zijn tanden wit en glanzend. Hij duwde zijn borst naar voren en streek een haarlok uit zijn gezicht.

Ik onderzocht hem van top tot teen. *Arrogante rotzak.* Maar wel een knappe, met zijn perfecte haar en strakke spieren.

De jongeman kleedde me praktisch uit met zijn ogen. Hij spande zijn spieren en ging nog rechter staan.

'Mag ik alsjeblieft mijn brief terug?' vroeg ik droog, terwijl ik mijn onrust probeerde te verbergen.

De bijenkolonie was verdwenen, maar hun gif joeg door mijn aderen. Mijn hoofd bonsde en mijn zicht werd wazig. Toen hij me de brief gaf, streken zijn vingers even langs mijn handpalm. Het gif danste inmiddels op mijn zingende bloed.

De jongeman floot zacht tussen zijn tanden terwijl hij naar de zee keek. Hij kwam recht voor me staan. Zijn pupillen verwijd, zijn blik gevangen in de mijne. Hij boog zich naar me toe. 'Je bent me er eentje.' Zijn hete adem streelde mijn huid. 'De beste zwaardvechtster in dit deel van de wereld – en nog arrogant ook. Wat een lef om zo tegen een kroonprins te spreken.' Hij ging rechtop staan, lachte luid en gaf me een klap op mijn schouder. 'Ik was op weg naar je huis om Toma te ontmoeten.'

De geur wekte iets oerouds in me – een verlangen naar iemand met wie ik mijn leven wilde delen. Ik wist niet waar dit gevoel vandaan kwam. Het overspoelde me. Mijn wangen gloeiden opnieuw. Beschaamd keek ik naar beneden, stopte de brief in mijn mantel en negeerde zijn laatste woorden.

Het besef trof me als een klap in mijn gezicht. 'Cayden Silverlaeye, troonopvolger van de Zuster Eilanden,' mompelde ik. 'Aangenaam kennis te maken.' Ik draaide me om en rende weg.

'Wacht, ik heb iets voor je!'

6

ATHAN

De theocratie van Cepheus, het jaar 330

Op een stille nacht in het Reynaertbos zat Athan, een grote zwarte vogel, op een tak van de oude eik aan de rand van het dorp Zwarte Waterval.

Het was zaterdagavond, en de meeste mensen lagen al te slapen.

De gedachten van de vogel dwaalden af naar eerder die dag, toen hij over het grote gebouw met het ronde dak in de stad was gevlogen. Daar, achter het glas, zat het jonge meisje dat hij al een tijdje in de gaten hield. Daarna was hij haar gevolgd naar de plek die de mensen 'de begraafplaats' noemden, en van daaruit naar de vallei. Hij had haar gewaarschuwd voor de naderende storm. Tot zijn verbazing had het meisje hem begrepen – ze was weggerend.

Athan voelde dat ze belangrijk voor hem was, al wist hij niet waarom. Hij volgde simpelweg zijn instinct.

Het was een lange dag geweest, en nu wilde de zwarte vogel niets liever dan slapen.

Net toen Athan bijna in slaap dreigde te vallen, zweefde de zachte zuidenwind over zijn tak en fluisterden door het bos.

'Sst... straks wordt ze wakker... waarom kom je hier? Ze is veilig, waarom moet je het verpesten?'

'Ik beloofde het... aan haar moeder... Ze moet naar de Schaduwweiden. Over minder dan vijf weken wordt ze achttien.'

'Ze hoeft niets meer te doen... Ze is nu onze dochter. Dit is haar thuis.'

Nieuwsgierig liet de zwarte vogel zich van de tak vallen, vloog naar het dorp en streek neer op de rand van het dak van het huis van het meisje – recht boven de buitengewoon lange jongeman die met haar moeder sprak.

'Ja. U weet dat haar huid verandert. Haar hele lichaam bereidt zich voor op de transformatie. U kunt het niet tegenhouden.'

'Haar moeder had haar hier nooit mogen achterlaten. Ze had haar moeten toevertrouwen aan de Schaduwweiden, bij grootmeesteres Yelena Maigrainyu.'

'Vrouwe Ydrenya heeft u verteld over Moigraisses plan, nietwaar? U weet waarom het belangrijk is dat Medea naar de andere kant van de wereld reist?'

Athan boog zich iets voorover om beter te kunnen zien.

Een man verscheen in de deuropening – haar vader. 'Koninklijke Hoogheid, hoe gaat het met u? Wat brengt u hierheen?'

'Het doet me goed u weer te zien, meneer, na al die jaren. Ik heb uw dochter uitgenodigd om naar de Schaduwweiden te reizen voor een toernooi, waar ze een duel zal uitvechten met Viktorya Maigrainyu, de regerende junior-kampioen zwaardvechten.'

'Met háár? Medea heeft ons niets verteld. Misschien gaat ze niet mee – dat is niet nodig. Wij zijn haar familie.'

'U wilt de Maangodin toch niet tarten?'

'Oké... we zullen Medea niet in de weg staan. Maar het is moeilijk om haar los te laten, nu we weten wat er gaande is.'

7

VIKTORYA

De aristocratie van de Schaduwweiden, zes maanden voor het toernooi

De muurschildering boven mijn hoofd gaf me een gevoel van melancholie. Dit gebouw stamde uit de tijd van ridders die flirtten met jonkvrouwen.

We leefden nu in een moderne wereld.

En dat was goed, dacht ik. *De oude tijd lag achter ons en de toekomst moeten we omarmen.*

Dit huis had ooit toebehoord aan de hertog van Oraku, hertog Tjuvavak. Het was ruim tweehonderd jaar in zijn familie geweest.

Moeder en ik woonden hier nu. Weggaan kon ik me niet voorstellen, al zou dat vanzelf gebeuren als ik ging trouwen.

Het huis was van hout en aan de buitenkant wit geschilderd. Het had drie verdiepingen. Een veranda sierde de voorkant, een glazen tuinkamer de achterkant.

De bedienden sliepen op zolder.

De kelder was het domein van onze privé-kok, die de heerlijkste maaltijden voor ons bereidde.

Mijn lievelingsplek was de tuinkamer, met uitzicht op de binnenplaats aan de rand van het oude D'Cybannebos, waar suikeresdoorns van meer dan driehonderd jaar oud groeiden. Ze werden nooit afgetapt – de wet verbood het. De gevleugelde zaden verwijderden we snel uit de tuin, omdat ze giftig waren voor de Kirill-paarden – een ras van het Sterrenvolk dat deed denken aan zeepaardjes. Hun ogen konden afzonderlijk bewegen, zoals bij echte zeepaardjes, en daarom droegen veel Kirill-paarden oogkleppen. Gewone mensen vreesden hen, overtuigd dat ze ooit door hekserij waren gesmeed.

Mijn gedachten werden onderbroken door moeder, die me riep.

'Viktorya, waar ben je?'

'In de zitkamer, moeder,' riep ik, terwijl ik meteen opstond.

'Wat doe je, kind? Ben je nog niet omgekleed? Je moet naar zwaardtraining.'

'Helemaal vergeten.' Ik rolde met mijn ogen en zuchtte.

'Schiet op. Vasylis komt je zo halen. Ik laat Vuurvliegje voor je zadelen.'

'Dank u.' Ik zakte kort door mijn knieën, keek naar de grond en weer omhoog naar mijn moeder.

Moeder schonk me een instemmende blik. Ze was niet mijn echte moeder. Van jongs af aan had ze ervoor gezorgd dat ik dat wist. Er mocht geen twijfel over bestaan dat ik geadopteerd was. Toch hield ik net zoveel van haar alsof ze mijn eigen moeder was. Ik wist dat haar liefde voor mij even groot was. Zij en de voormalige keizerin waren familie, achternicht of iets in die richting. Ze droegen dezelfde achternaam: Maigrainyu. Ooit was moeder de

Grootmeesteres van het oude keizerlijk paleis Danai Dea geweest. Nu vormden de Schaduwweiden een aristocratie, geleid door drie machtige huizen: Huis Maigrainyu, Huis Esthaesys en Huis Setralunya.

In de hal tilde ik mijn rok op en nam de trap. Bovenaan passeerde ik een van onze kamermeisjes. Ze hielden het hoofd gebogen toen ik voorbijliep. Zoals me was geleerd, schonk ik haar geen aandacht – ze telde niet mee.

Terug in mijn kamer haalde ik mijn trainingskleren uit de kast, kleedde me snel om en liep even later de trap af met mijn zwaard schuin op mijn rug. Hoewel het slechts een trainingszwaard was, had moeder het handvat laten bezetten met amethisten en diamanten. Het lemmet was van sterk metaal. Het had geen scherpe punt en de zijkanten waren stomp, maar het was flexibel genoeg om te buigen als ik mijn tegenstander te hard raakte. Mijn gevechtszwaard was van een ander kaliber. Het lag achter slot en grendel in de wapenkamer, en ik gebruikte het alleen in noodgevallen – die zich nooit voordeden.

Moeder wachtte me op in de hal. Ze zag er zoals gebruikelijk streng uit: haar donkerbruine haren strak naar achteren, haar hazelnootbruine ogen waakzaam, haar lippen beheerst op elkaar geperst. Ze liep naar me toe en bleef al zuchtend voor me staan.

'Je haar, dochter.' Moeder knipte met haar vingers naar haar kamermeisje, dat in een hoekje stond te wachten. 'Doe iets met haar haren. Kom op, we hebben niet de hele dag.'

De oudere vrouw vermeed mijn moeders blik. Ze liep met gebogen hoofd naar me toe, haalde een borstel uit haar schort, vlocht mijn blonde haar en bond het vast met een fluwelen lint.

Altijd voorbereid, dacht ik glimlachend.

Moeder schonk me een goedkeurende blik. ‘Goede keuze, dochter. Het blauwe shirt onder je trainingspak laat je ogen beter uitkomen.’

Een warme gloed trok door mijn borst. Onwillekeurig glimlachte ik naar haar.

Moeder negeerde het kamermeisje volledig en liep naar de voordeur.

Onze butler, Mitchell, opende de deur. Hij droeg een zwart pak met daaronder een onberispelijk wit overhemd en hield zijn gezicht in een stoïcijnse plooi. Toen ik langs hem liep, klemde hij zijn kaken op elkaar, maar zijn ogen verzachtten toen hij naar mijn moeder keek.

Vasylis Sontze, mijn trainer, zat al op zijn paard. Achter hem hield een stalknecht mijn paard bij de teugels.

Sontze glimlachte naar moeder. ‘Goedemorgen, Vrouwe Yelena. Mooi weer, nietwaar?’

Zijn snerpende stem raakte altijd een gevoelige snaar.

Mijn oren suisden. Ik draaide mijn hoofd naar mijn coach, hopend dat hij zou zwijgen.

Sontzes gezicht was altijd gladgeschoren en zijn haar kortgeknipt, zoals het soldaten betaamt. Hij droeg een donkerrode jas, een witte broek en hoge rijlaarzen. Over zijn linkerschouder hing een donkerblauwe wollen mantel. Aan zijn linkerheup hing een zwaard.

Sontze kwam me elke week persoonlijk halen. Toen ik twaalf was, vond ik het gewoon. Nu, op mijn zeventiende, vreemd. Maar ik zei niets. Binnenkort zou ik toch trouwen en kinderen krijgen. Dan zou ik mijn eigen huishouden runnen – en de baas zijn.

Even later zat ik op de rug van Vuurvliegje, mijn lievelingspaard.

Een zachte wind, ongewoon voor deze tijd van het jaar, streek langs mijn wangen. Ik sloot mijn ogen en ademde de wereld om me heen in. De herfst liet op zich wachten. De bladeren kleurden langzaam oranje, rood en geel, nog altijd vastgeklonken aan de takken. Ik dacht terug aan de oktobermaand uit mijn kindertijd. Toen, in deze tijd van het jaar, lag er al een bont herfsttapijt op de grond, waar ik doorheen galoppeerde met een jonge Vuurvliegje, die de bladeren om ons heen deed opwaaien.

Vuurvliegje leek blij buiten te zijn. Hij huppelde over de weg alsof hij deelnam aan een dressuurwedstrijd.

Ik moest om hem lachen.

Sontze keek de andere kant op en zuchtte gelaten.

Ik wist dat hij zich soms ergerde aan mijn 'gevoeligheid' en gegiechel wanneer ik op Vuurvliegje reed. Ik had niet alleen een feilloos gevoel voor mijn paard, maar ook een gave om alle dieren aan te voelen en met hen te communiceren. De gave van de Innods leek op die van een Empaat, maar reikte veel verder. Ik kon communiceren met de elementen, de feeën van het bos, met flora en fauna, de geesten en zelfs met de ether. Een Innod hoorde muziek in alles. Wanneer ik een bloem aanraakte, zong die haar mooiste melodie. Mijn moeder had me opgedragen dit geheim te bewaren, want mensen zouden me voor heks kunnen houden.

Als kind ving ik gewonde beestjes op en bracht ze naar de stalmeester om te worden verzorgd. Bijen die de poortwachters de toegang tot hun bijenkorf weigerden – dronken van gefermenteerde nectar en doelloos rondvliegend – bracht ik naar een aparte korf, waar ze konden ontnuchteren voordat ze terugkeerden naar huis. Bijen waren belangrijk voor onze wereld – een wereld die 329 jaar geleden was verwoest. De rauwe honing die ze produceerden, bevatte stoffen waarmee de overlevenden zich na de ramp hadden genezen.

Ik streelde Vuurvliegjes zachte, lange nek waarbij zijn ruwe, oranjebruine haar tussen mijn vingers door gleed. Hij hield mij met één oog in de gaten en met het andere waar hij liep. Ik had hem nooit oogkleppen laten dragen, dat was te min voor hem.

Sontze glimlachte achteloos, terwijl ik Vuurvliegje aaide en in zijn oor fluisterde hoe prachtig hij was. Een zachte warmte trok er door me heen toen ik mijn coach aankeek. Hij was er mijn hele leven voor me geweest. Sontze en mijn moeder waren al tientallen jaren bevriend. Volgens haar had hij ooit de keizerlijke familie getraind – als instructeur voor de Koninklijke Garde.

'Waar zit je met je hoofd, kind?' vroeg Sontze. 'We zijn er al.' Hij sprong van zijn paard en overhandigde de teugels aan de stalknecht, die geduldig wachtte tot ik zou afstijgen.

'Het spijt me, meneer. Ik dacht aan het bal volgende maand.' Mijn wangen werden rood en warm. Onder spanning schoten er schubben tevoorschijn, maar de spreuk van mijn moeder verdoezelde ze zoals altijd. Niemand zag wie ik werkelijk was. Voor hen was ik een klein, onopvallend blond meisje met blauwe ogen. In werkelijkheid had ik rood haar, groene ogen en was ik lang – veel langer dan de meeste vrouwen. Alleen mijn moeder en Coach Sontze wisten van de spreuk, maar zelfs zij konden de illusie niet doorbreken.

'Natuurlijk,' zei Sontze zacht. 'De verjaardag van je moeder op 25 november.' Zijn glimlach bereikte zijn droevige ogen niet.

'Eerst trainen,' zei ik opgewekt. 'Zullen we naar binnen gaan?'

Sontze tikte met de bovenkant van zijn houten staf op de grond om het begin van het duel aan te kondigen.

Zoals verwacht stormde Jov, mijn trainingspartner, recht op me af. Ik blokkeerde de aanval en liet mijn zwaard over dat van Jov glijden, tot het zijn wapen deed kantelen. Nog voor mijn tegenstander kon reageren, sprong ik naar voren en liet mijn zwaard soepel over het zijne glijden, tot ik hem raakte op zijn gevoerde nekbeschermer – niet te hard. Eén punt.

Sontze tikte op de grond en hief zijn staf.

We keerden terug naar onze startpositie. Jov viel opnieuw aan, zijn slagen wild ongecontroleerd. Ik ving al zijn slagen op, tot ik genoeg had van dit kinderspel. Met een uitval zo snel en krachtig dat Jov hem niet zag aankomen, dook ik naar voren. De platte kant van mijn zwaard trof zijn pols, waardoor zijn wapen met een doffe klap op de grond belandde.

'Bij de Zonnegod, Vik! Waar haal je die kracht vandaan?' riep Jov, zijn hand schuddend.

'Viktorya, beheers jezelf,' siste Sontze.

Ik knikte.

Sontze keerde terug naar zijn plaats en tikte weer op de vloer. Jov haalde opnieuw wild naar me uit. Geïrriteerd sprong ik opzij. Jov miste me op een haar na. Zijn zwaard zwaaide hoog door de lucht, waardoor zijn lichaam onbeschermd was – precies het moment om te pareren.

Ik hief mijn zwaard hoog boven mijn hoofd en draaide het lemmet razendsnel horizontaal, voordat ik uithaalde in de open ruimte. Ik hield me in – zoals altijd. Met een lichte tik raakte ik zijn hoofddeksel bij de slaap, daarna trok ik me terug naar mijn startpositie.

De trainer tikte weer op de vloer met zijn houten staf.

Twee punten. Ik had gewonnen.

Toen hij zijn masker afzette, slikte Jov zichtbaar. Hij keek me aan alsof ik zijn idool was. Ik gebruikte die slag alleen wanneer ik de verveling van me af wilde vechten.

Jov stapte met een uitgestoken hand op me af. 'Dank je, Viktorya. Ik heb weer veel geleerd. Misschien word ik op een dag kampioen.'

Ik glimlachte, schudde zijn hand en klopte hem op zijn schouder. 'Misschien op een dag, Jov. Misschien op een dag.'

'Viktorya, wat was dat daarnet? Dat kan je niet nog eens doen.'

Vuurvliegje bokte toen hij de doordringende stem van mijn trainer hoorde. Ik bleef ternauwernood in het zadel.

'Ik vond het zo saai, meneer. En ik had geen zin meer om te doen alsof.' Ik rolde met mijn ogen en wierp de oudere man een strenge blik toe.

Sontzes gezicht kleurde rood. 'Ik begrijp het, maar het is voor je eigen veiligheid.'

Ik trok te hard aan Vuurvliegjes teugels.

Het paard stuurde me een gedachte: *stop ermee. Straks lig je tussen die oranje bladeren, oké?*

'Je beseft dat je sterker bent dan Jov?' zei Sontze. 'Je speelde vals, dat weet je toch?'

'Waarom moet ik nog steeds betoverd zijn, meneer Sontze? Zeventien jaar in de schaduw leven wordt me te veel.' Mijn stem brak en ik communiceerde naar mijn paard. *Vlieg, let op. We gaan zo rennen.*

Vuurvliegjes spieren spanden zich aan – klaar om te galopperen.

'Je moeder wil je beschermen. De wereld zit vol slechte mensen.'

'Ik wéét het,' kapte ik hem af. 'Maar het is zeventien jaar geleden dat iemand me probeerde te vermoorden, meneer. Waar zijn ze dan?'

Ik gaf Vuurvliegje een schop tegen zijn flank en slaakte een zucht. Vuurvliegje zette direct de galop in.

Na de training had ik mijn strakke vlecht losgemaakt, en nu danste mijn haar in de wind. Tranen stroomden over mijn wangen, terwijl vrijheid als een golf over me heen spoelde. Ik klampte me vast aan dat gevoel: mezelf zijn. Dat was voor mij de ultieme vrijheid.

Moeder zou me nooit toestaan de betovering te verbreken. Ik kende haar en ze was altijd bang me te verliezen. Het voelde oneerlijk om opgesloten te zitten in mijn eigen lichaam. Ik wilde mezelf zijn, mezelf laten zien. Niet dit blonde meisje met die lege blauwe ogen. Ik wilde dat de wereld mijn rode haar zag schitteren, mijn bleke huid, mijn sproeten – duizenden, als sterren verspreid – omdat ik diep vanbinnen wist dat ik sprekend op mijn moeder leek. Elke keer als ik in de spiegel keek, keek mijn echte moeder terug – door mijn ogen heen – en telkens wenste ik dat ik haar kende.

Hoeveel mijn pleegmoeder ook van me hield, het vulde nooit de leegte die was ontstaan toen mijn echte moeder me had achtergelaten.

8

Medea

De theocratie van Cepheus, het jaar 330

Misschien stond er niets bijzonders in. Of juist alles. Mijn hand reikte naar de brief op mijn bed. Eindelijk – een teken van mijn ouders. Ik voelde me dronken van verwachting. Een onzichtbare hand klemde zich om mijn hart en kneep tot ik geen adem meer kreeg.

Ik probeerde me te concentreren op de blauwe inkt, licht vervaagd door de tijd. Ik las de brief haastig.

Medea, dochter,

Ik schrijf deze woorden in allerijl, met een zwaar gemoed. Er is geen tijd om uit te wijden.

De woorden raakten een gevoelige snaar in mij, bespeeld als een harp, terwijl ik huilde en elk woord verslond.

Omdat je in veiligheid moest worden gebracht, moest ik je laten gaan, dochter. Het spijt me zo. Je leest dit in het jaar 323. Je bent elf geworden op 18 april.

Je moeder gaf je voogden duidelijke instructies. Ze vertelde hun dat ze je van jongs af aan moesten laten weten dat je geadopteerd bent – en dat je na de basisschool weer naar huis zal gaan.

Je zal inmiddels weten dat je naar de Schaduwweiden moet reizen. Al je vragen worden daar beantwoord. Daar heb ik voor gezorgd.

In deze brief kan ik je niet alles vertellen. Het is te gevaarlijk nu, maar je zal veilig zijn. Je hebt altijd mijn liefde.

Ik veegde de tranen weg en stond op. Er stond dat ik pas op 18 april jarig was, nog ruim vier weken te gaan. Mijn hoofd tolde. Zuur brandde in mijn maag. Een scherpe pijn trok door mijn lichaam. Ik bedekte mijn mond en kokhalsde. Ze hadden me zeven jaar geleden al de waarheid moeten vertellen!

De herinnering aan de viering van mijn verjaardagen kwam terug: mensen die lachten, zongen, dansten, samen aten, pa die gitaar speelde – en daarna gingen we naar de klif om papieren lotusbloemen los te laten. Terwijl ze op de zachte golven dreven, gloeiden ze zacht, als door magie verlicht. Het gebeurde voor het eerst op mijn dertiende verjaardag. Het was, volgens mijn ouders, een teken dat ik novice moest worden in de Maantempel. Wat had ik genoten van elke verjaardag. Alles was een leugen geweest. Misschien probeerde de Maangodin mijn ouders te waarschuwen schoon schip te maken. *Stom! Stom!* Ik stampte met mijn voeten op de vloer.

Met een wildvuur dat door mijn lichaam gierde, liet ik de brief op mijn bed liggen en stormde naar de keuken, waar mijn moeder bezig was met het avondeten.

Mijn vader zat in de woonkamer op de bank te lezen.

Ma liet de lepel vallen. Haar ogen werden groot, haar mond vertrok. Ze veegde haar handen af aan een theedoek en deed een stap achteruit.

'Waarom hebben we mijn verjaardag al gevierd?' schreeuwde ik. 'Is het nog niet erg genoeg dat er mijn hele leven tegen me gelogen is? Nu weet ik dat zelfs mijn geboortedatum niet klopt!' Mijn huid zette schubben op. En ik hield me niet meer in.

Ma zakte neer op een keukenstoel, haar handen voor haar mond. 'Wat bedoel je?' Haar ogen stonden vol pijn.

Pa rende de keuken in. 'Wat is er?' Zijn ogen lichtten op van herkenning. Hij hief zijn handen en maakte sussende gebaren, ging naast ma staan en legde een hand op haar schouder – mijn teken dat ze één front vormden.

'Jullie hadden me vanaf het begin moeten vertellen dat jullie niet mijn echte ouders waren, maar verre familie! Hoe konden jullie dit al die jaren geheimhouden?' De woorden stroomden eruit als hete lava uit een vulkaan. Vuur borrelde in me op en even dacht ik dat ik echt vuur zou kunnen spuwen.

Pa bleef zwijgen. Wat me alleen maar bozer maakte. Hij wist meer, maar hield het voor zich.

Ma verstijfde in paniek. Nog steeds hield ze haar handen voor haar mond, alsof ze zichzelf het zwijgen wilde opleggen.

Ik sloeg mijn armen om mijn middel. De wereld kwam op me af.

Met een overdreven kalme stem, met gevaarlijke ondertoon, fluisterde ik. 'Je kreeg van mijn echte moeder de opdracht me alles te vertellen. Dus zeg het, wie ben ik?'

Pa ging er ook bij zitten, zijn gezicht lijkbleek. 'We dachten dat we het juiste deden,' mompelde hij, zijn ogen even gesloten. Hij haalde een zakdoek uit zijn zak en veegde het zweet van zijn voorhoofd. 'Kalliste is er niet meer. Achttien jaar ben je bij ons geweest. Jij bent ónze dochter.'

'Nee. Ik ben nooit je dochter geweest.' Ik balde mijn handen tot vuisten.

Ma stond op, haar handen bewogen onrustig. 'We wisten je geboortedatum niet meer. Alles ging zo snel. Kalliste kwam hier op 28 november 312, tijdens een maansverduistering. Ze praatte voortdurend, maar schreef niets op. Wij ook niet. Toen ze weg was, hebben we je verjaardag moeten raden. Het spijt ons, lieverd.'

Ik staarde mijn moeder aan, draaide me met een ruk om, beende weg en smeet de slaapkamerdeur zo hard dicht dat hij bijna uit de sponning vloog. Verraden door de enige familie die ik kende, liet ik me op de rand van het bed zakken. Toen sprong ik overeind en trapte tegen de kast, die van zijn plaats verschoof.

De familie van wie ik hield – ze waren alles voor me. Ik had niet tegen hen moeten schreeuwen. De scherpe pijn trok opnieuw door mijn lichaam. Mijn hoofd bonsde. Mijn koppigheid nam het over. Ik móést meer weten.

Ik greep de brief van mijn bed.

> Medea, mijn geliefde dochter, kom naar huis. Je zal niet alleen zijn. Er wacht iemand op je. Nog even, en alles komt goed met je. Dat beloof ik.

De brief was ondertekend met Je vader. Meer niet.

Een storm raasde door me heen. Ik hunkerde naar een woord van mijn moeder, maar ze bleef een mysterie. Ik balde mijn vuisten tot ze pijn deden. *Nog even? Alsof al die jaren niet meer waren dan een zucht in de wind.*

Ik liep naar de spiegel. Ik ging ervoor staan en streek met mijn vingers over de ivoren schubben die mijn hele gezicht bedekten. *Een krokodil? Nee, een hagedis. Ik ben een hagedis. Heilige Moigraisse. Wie heeft me vervloekt?* In een opwelling draaide ik me om, pakte het doosje van de plank boven mijn bed, haalde de zegelring eruit en schoof hem om mijn gepantserde vinger. Hij paste – deze keer – perfect. Een vertrouwde klik weerklonk diep in mijn lichaam. Een lichtflits verblindde me. Mijn lichaam verstijfde. Een draaikolk van energie trok me uit mezelf – door mijn neus naar buiten geslingerd. Alsof ik een naald was, geleid door een onzichtbare hand door het weefgetouw, vloog ik opnieuw door het delicate web. De geur van verse aarde en wilde viooltjes deed mijn hoofd tollen. De onechte muziek deed me denken aan mijn thuis. Een thuis waar ik naar verlangde, maar dat ik me niet herinnerde. Ergens, diep in mij, lagen herinneringen aan waar ik ooit woonde. Achtergelaten, ver buiten mijn bereik. Onbewust trok iets aan de delicate rode draad. Het vossengezicht van het jonge meisje flitste voor mijn geestesoog. Een zacht gelach weerklonk door het rijk. En toen stond ik in de schaduwen, tegenover een slagveld.

Chaos regeerde: rinkelende zwaarden, geschreeuw, de zware geur van metaal, opgestapelde lichamen, overal bloedspetters. Achter de menigte rees een standbeeld op van een vrouw op een onbekend dier. Daarachter glooide de heuvels, met daarboven de toppen van huizen. Een uitgestrekte stad, een doolhof van steegjes. Een bos beschermde de metropool, met in het midden reusachtige bomen. De hoogste die ik ooit had gezien. Ik draaide me om.

Een enorm paleis domineerde de uitgestrekte vlakte. Een tinteling trok over mijn rug en dwong me weer om te draaien.

Een lange vrouw, geheel in het zwart gehuld, stond een paar meter van mij af doodstil. In haar linkerhand rustte een lang zwaard. Door een smalle opening in haar helm gluurde ze met haar tot spleetjes geknepen ogen. Ze leken niet helemaal menselijk, want ze hadden een rode gloed. Op haar zwarte jas schitterde een embleem: twee draken die een schild met sterren vasthielden. Het familiewapen van Huis Sjire Alda. Het huis van mijn vader. Het kroontje boven het schild verraadde haar rang: keizerin. De gedachte schoot door me heen: *deze vrouw is niet degene uit mijn eerdere visioen. Die was kleiner, veel kleiner.*

En de keizerin leek me niet te herkennen.

Achter haar kroop een man, zijn zwaard geheven boven haar hoofd.

Mijn ogen sperden zich open. De adrenaline gierde door mijn lijf. Ik wilde roepen, maar de woorden bleven steken in mijn keel.

De keizerin draaide zich in een reflex om, hief haar zwaard en pareerde de klap. Haar aanvaller stortte neer in haar armen. Ze legde hem neer en haalde haar zwaard door zijn keel.

Mijn maag draaide zich om. Ik had nog nooit iemand vermoord zien worden. Met trillende handen trok ik de ring van mijn vinger. Met een plof viel ik terug in mijn lichaam.

Verdwaasd opende ik mijn ogen. Mijn lichaam gierde van de pijn, mijn hoofd tolde.

Misselijk veegde ik mijn neus af. Op mijn vingers zat bloed. Mijn zilveren armband met het maanbedeltje was verdwenen. Het cadeau van mijn ouders voor mijn valse achttiende verjaardag. *Nee... nee... nee...* dacht ik in paniek. Het moest gevallen zijn voordat ik terugkeerde in mijn lichaam. Hoe kon dat?

De wereld begon te draaien. Mijn gezicht tintelde, mijn lippen werden gevoelloos, en het licht week voor duisternis.

9

MEDEA

'Heb je je armband al gevonden, Med?' Philline keek me met heldere, vragende ogen aan, terwijl ze aan de punten van haar krullende haar trok.

Het was zondagavond en we zaten samen in de tuin. Ik had de dag met mijn beste vriendin doorgebracht en haar alles verteld wat er de afgelopen dagen was gebeurd.

Philline had geluisterd en liet me alles herhalen, zo vaak als nodig was.

Haar oma kwam van tijd tot tijd langs met thee en koekjes.

Ik trok mijn mantel strak om mijn schouders en klemde de warme beker in mijn handen, maar hij verwarmde mijn koude hart niet. Niets kon dat nog. De visioenen en het nieuws over mijn ouders waren te veel geweest.

Terwijl ik een slok van de hete thee nam, dwaalden mijn gedachten af naar de magnoliaboom. De dikke knoppen stonden op het punt open te barsten. *Net als ik.*

'Nee, mijn armband is weg. Hij was toch onder valse voorwendselen gegeven, dus het kan me niet schelen.' Ik speelde met de zoom van mijn mantel en beet op mijn onderlip. Daarna fluisterde ik, meer tegen mezelf dan tegen haar. 'Wie wil er nou naar de andere kant van de wereld reizen? Dit is mijn thuis.' Bij die woorden verstijfde ik.

Philline keek me nadenkend aan, legde haar hand op mijn schouder en gaf me een advies. 'Ik zou het doen als ik jou was. Burgers als wij reizen niet naar de Schaduwweiden, maar nu heb je een uitnodiging. Ben je dan niet nieuwsgierig?'

Ik pakte haar hand liefdevol vast en zuchtte. 'Ik ben de erfgenaam van een vergeten troon. Wat een puinhoop.'

We lachten allebei, maar diep vanbinnen voelde ik dat er hogere krachten aan het werk waren. *Ben ik betoverd? Of vervloekt?*

'Bij de Maangodin!' riep ik uit. 'De uitnodiging! Ik heb er al die tijd niet aan gedacht! Ik heb het niet eens gelezen. Nadat de kroonprins me achternaging en het me gaf, gooide ik het in de hoek van mijn kamer.' Beschaamd keek ik weg. 'Daarna schopte ik zo hard tegen de kast dat hij bijna omviel. En vandaag schopte ik er wéér tegenaan.' Ik begon hysterisch te lachen.

'Echt niet!' riep Philline, terwijl ze haar handen voor haar mond sloeg. Tranen sprongen in haar ogen toen ze begon te lachen.

'Ja, echt,' zei ik, met een zwaardere toon. 'Cayden Silverlaeye, de beruchte kroonprins van ons buurland, de Zuster Eilanden, kwam achter me aan rennen en gaf me persoonlijk de uitnodiging. En wat deed ik? Ik liet hem daar staan. Wat moet hij wel niet van me denken, Phi Phi? Ik herkende hem niet eens.'

'Maak je geen zorgen, hij vergeeft het je wel. Ik zou hem ook niet herkend hebben. Hij heeft tenslotte het grootste deel van zijn leven aan de andere kant van de wereld gewoond.' Ze fronste.

Ik zette het theekopje neer op de tuintafel en trok mijn mantel nog strakker om me heen. ‘Wat ik wél weet, is dat ze me in het visioen heeft gezien. De voormalige keizerin van de Schaduwweiden. Een andere vrouw zag me ook, in een kinderkamer.’ Een koude rilling trok door me heen, van mijn handen tot mijn voeten. Mijn kaak verstrakte. ‘Twee vrouwen zagen me al die jaren geleden. Wat moet ik doen?’

Philline stond op, kwam naast me staan en omhelsde me. ‘We gaan dit uitzoeken,’ fluisterde ze. ‘Ik weet al aan wie we het kunnen vragen. Er is iemand die misschien de antwoorden heeft.’

‘Wie? Vrouwe D’Haviland? Vrouwe Ydrenya?’ Ik stond op, draaide me van haar af en keek naar de donkere boomtoppen. Ik rilde. Het voelde alsof iemand me gadesloeg.

Precies op dat moment kwam Phillines oma de tuin in, op haar gebruikelijke, rustige tempo. Ze begon de tafel af te ruimen.

‘Omie, Med en ik gaan een avondwandeling maken.’

Haar oma knikte. ‘Prima. Ik ga naar bed. Kom niet te laat thuis, Philline.’

Philline kuste haar oma op de wang.

Buiten keek ik mijn vriendin vragend aan. ‘Waar gaan we heen, Phi Phi?’

Philline had een grote glimlach op haar gezicht. ‘We gaan naar het mausoleum. Jij gaat met de Zwarte Draak praten.’

Twintig minuten later stonden we voor de dubbele deuren. Ze waren op slot en konden alleen open met toestemming van de bewaking. Maar toestemming vragen? Dat waren we niet van plan. Niemand mocht weten wat we gingen doen.

'Bij de Godin, kan deze week nóg erger worden?' Ik zakte op mijn hurken.

'En waarom moet ik de draak weer ontmoeten, Phi Phi?' Ik sloeg mijn armen om mezelf heen.

'Ik weet gewoon dat die draak hier iets mee te maken heeft,' mijmerde Philline terwijl ze heen en weer liep.

Philline stak haar wijsvinger op. 'Vrouwe D'Haviland zei dat we altijd onze intuïtie moeten volgen. De draak weet iets, zeg ik je.' Ze draaide zich naar me toe en haar ogen glansden alsof er licht in brandde.

'Denk, Med, denk,' zei ze. 'Is er een manier om hier vandaan contact te maken met de draak?' Ze pulkte nerveus aan de nagels.

Ik stond op en begon te ijsberen. Mijn blik gleed van de bomen naar de dubbele deuren. Ik dacht terug aan vrijdag, toen ik de marmeren draak aanraakte en dat visioen kreeg. Ik draaide me om en keek Philline recht in de ogen. 'Wat als ik weer een visioen krijg door iets aan te raken dat met de draak verbonden is?'

Philline grijnsde van oor tot oor. 'Ja! Natuurlijk, dat is briljant,' ratelde ze enthousiast. 'De draak ligt ergens onder ons. Ga op de trap zitten, leg je handen erop en sluit je ogen. Concentreer je. Focus.'

Net toen ik mijn ogen sloot, sneed een bekend 'Kroaaa! Kroaaa!' door de stilte, gevolgd door een laag Grok-grok-grok. Ik opende mijn ogen en keek omhoog. *Volgt die vogel me nog steeds? Op dit uur van de nacht? Is hij degene die me in de gaten houdt?*

De tijd drong. Ik schudde mijn gedachten van me af en stelde me de sarcofaag voor met de zwartmarmeren draak boven op het deksel. Donkerrode rozen lagen verspreid over de vloer. Mijn gedachten gingen naar de draak die me vrijdag in mijn visioen had aangekeken – een levende draak, met rode ogen.

Er klikte iets achter in mijn nek, vlak onder mijn schedel. Ik raakte eraan gewend. De kolkende sensatie was minder intens dit keer. Mijn lichaam verstijfde – en toen trok de wervelende kracht me door mijn neusgat naar buiten, het fijnmazige net van draden van het grote weefgetouw in.

Ik bevond me weer in het bos, het grote weefgetouw in het midden, maar niet voor lang.

Tot mijn verbazing stond ik in een oogwenk in het mausoleum. Het voelde alsof ik helemaal hier was, alsof mijn lichaam niet verlamd op de trappen buiten lag.

Kippenvel kroop over mijn huid. Even aarzelde ik. *Wat heb ik gedaan? Wat als de draak me aanvalt? Waarom luisterde ik naar Philline? Een draak kan toch niet praten? Stom, stom, stom.*

Mijn ogen schoten door de donkere kamer. *Niemand te zien.* Ik trok mijn wollen mantel dichter om me heen en rilde. Ik strekte mijn hand uit naar de marmeren draak, maar nog voor ik hem aanraakte, schoof het deksel van de sarcofaag open met een akelig, slepend geknars. Geschrokken deinsde ik achteruit.

Een fel licht vlamde omhoog en kaatste tegen het plafond. Een donker figuur rees op uit de kist en greep de randen vast. Zijn kleren waren zwart, zijn haar zilver, zijn ogen tot spleetjes geknepen.

Geschrokken stapte ik achteruit.

Een droge hoest vulde de kamer en kaatste tegen de muur terug. Het hoesten zwol aan terwijl hij zich op de grond liet zakken. Hij veegde zijn mond af met een zakdoek en draaide zich daarna naar me om.

Zijn haar was glad achterovergekamd, zijn gezicht gladgeschoren. Ondanks het zilver in zijn haar, leek hij niet ouder dan halverwege de dertig. Zijn ogen glinsterden. 'En wie ben jij?' Hij vroeg met een melodieuze toon.

Mijn gedachten tolden. Ik stond gereed om weg te rennen.

'Na al die jaren van verbanning is het nog niemand gelukt om het deksel te openen,' zei hij.

Verbazing gierde door me heen. Waar had die man het over? 'Ik heb het deksel niet geopend. Ik heb het niet eens aangeraakt.' Mijn gedachten tolden. Ik staarde de vreemdeling met grote ogen aan.

'Je opende het met je geest. Iets wat alleen een echte Faran kan. Jij, meisje, bent een Faran. Of, zoals jullie ook wel genoemd worden, een Zielenreiziger.'

Zijn ogen werden groot, terwijl hij me aandachtig bekeek. 'Nee,' fluisterde hij. 'Onmogelijk.'

'Wat is onmogelijk?' vroeg ik. *En wat bedoelt hij met dat ik een Faran ben? Vrouwe D'Haviland had me heus wel verteld dat ik een zogenaamde 'zielenreiziger' was.* Ik blies in mijn handen om ze te verwarmen.

'Jij bent het,' zei hij. 'Je bent hier eerder geweest, met je klasgenoten. Je lijkt sprekend je vader. Dat dacht ik ook toen ik je voor het eerst zag.' Zijn mond vertrok. Hij liep naar me toe en glimlachte flauwtjes. 'Hij moet je vader zijn, die oude vos. Geen twijfel mogelijk. Wat kan ik voor je doen?'

'Het spijt me, maar… je bent een mens. Hoe kon je me afgelopen vrijdag zien? Er was hier een draak.' Verwarring greep me aan en mijn al tollende hoofd droeg op hol te slaan.

'Dat weet ik,' zei de man rustig. 'Maar waarom ben jij hier?'

'Ik heb antwoorden nodig,' zei ik, terwijl ik negeerde dat hij mijn vraag ontweek. 'Mijn naam is Medea Sjire Alda.' Ik kon net zo goed mijn vaders naam gebruiken. *Ik ben tenslotte de dochter van Alexandrei Sjire Alda.*

'Heel goed, Medea Sjire Alda,' zei hij, terwijl zijn ogen zich vernauwden alsof ik iets onbegrijpelijks had gezegd. Zijn stem bleef neutraal toen hij zichzelf voorstelde. 'Ik ben Astraeus Vladimir Cepheus Maigrainyu, laatste koning van het Machtige Bosrijk van Kros Eilean – zoals in steen gebeiteld op mijn sarcofaag.' De koning keek me indringend aan, wierp daarna een blik naar het plafond en streek door zijn dikke, zilveren haar.

'Beloof me dat je je Scildend altijd dicht bij je zal houden.' De koning staarde me doordringend aan en glimlachte toen. 'Weet je wel wat een Scildend is, kind?'

Ondanks de warboel in mijn hoofd knikte ik. Natuurlijk wist ik wat het was. Vrouwe D'Haviland had me goed opgeleid.

Tot mijn frustratie klopte mijn hart mijn keel uit. Zweet parelde op mijn voorhoofd.

De koning zuchtte. 'Een dier heeft jou gekozen. Het is je schild. Je beschermer, uit vrije wil.'

Ik negeerde zijn woorden. 'De Maangodin vertelde me dat ik naar Oraku moest gaan om de waarheid te achterhalen. Wat weet u daarvan? Welke waarheid?' Mijn maag trok samen, een golf van misselijkheid kwam op.

Koning Maigrainyu haalde weer een hand door zijn haar. 'Ik kan je slechts zeggen dat je vader niet is wie je denkt dat hij is. Maar het is niet aan mij om dat te openbaren.' Hij zweeg even. 'Je hebt met je ziel door de schaduwen gereisd. Je bent gezien.'

Ik trok verbaasd mijn wenkbrauwen op.

'Maar dat is ook niet aan mij om te zeggen.'

En toch heb je het net gezegd, dacht ik.

'Waarom niet?' vroeg ik, mijn stem trillend. 'Ik heb alle informatie nodig die ik kan krijgen. De geheimen zijn al te lang verborgen gebleven. Ik word over vier weken achttien, maar we hebben het een paar weken geleden al gevierd. Nu weet ik dat mijn ouders niet mijn echte ouders zijn. Alstublieft... ik móét het weten. Ik wil de wereld niet rondreizen.' Ik legde een hand op mijn buik, zenuwen gierden door mijn lijf. Toen drong de realiteit tot me door: was ik niet al met mijn ziel op reis? Mijn lichaam achtergelaten op de trappen van het mausoleum? Natuurlijk, ik was een Faran. Mijn blik ontmoette die van de laatste koning van het Machtige Bosrijk.

Koning Maigrainyu glimlachte teder en keek me vragend aan.

Zijn woorden echoden in mijn hoofd. *Je vader is niet wie je denkt dat hij is.* Vermoeidheid dreigde de overhand te nemen. Mijn ogen waren zwaar en ik onderdrukte een geeuw.

'In de Schaduwweiden zal je de waarheid vinden. De Zeegodin vertrekt dinsdag. Neem je Scildend met je mee.'

'Maar ik heb geen Scildend,' stamelde ik en zocht steun bij de sarcofaag.

'Jawel,' zei de koning. 'Ga nu.' Hij wuifde een haastige beweging met beide handen. 'Kom pas terug als je zoektocht ten einde is.'

Ik sloot mijn ogen, klaar om terug te keren in mijn lichaam.

'Nog één ding. Neem rode rozen mee – ze zullen je kracht geven. En nog iets: als je niet gaat, zal je hart zwart worden.'

'Rode rozen?' herhaalde ik. 'Mijn hart zal zwart worden? Een zoektocht? Niemand heeft iets gezegd over een–' Er klikte iets in mijn nek en ik werd teruggeslingerd in mijn lichaam, dit keer met een zachtere klap.

Ik opende mijn ogen en keek recht in Philline haar bezorgde gezicht.

Philline pakte mijn handen en wreef ze warm. 'Ze zijn ijskoud. En je neus bloedt.'

'De Zwarte Draak is de oude koning,' mompelde ik met trillende stem. 'Hij zei dat ik een zoektocht moet ondernemen naar de Schaduwweiden. Als ik niet ga, zal mijn hart zwart worden.' Ik veegde het bloed met de zakdoek af die Philline me had aangereikt. 'En rode rozen zouden me kracht geven. Ik weet niet wat dat betekent.'

Toch voelde ik geen vertrouwen. Een deel van mij hoopte dat Philline me zou tegenhouden – me beschermde tegen een reis naar de andere kant van de wereld.

In plaats daarvan riep Philline uit, vol enthousiasme: 'Ik wist het.' Ze haalde een schone zakdoek uit haar zak en veegde voorzichtig mijn neus verder schoon. Daarna sloeg ze haar armen om me heen. 'Het komt allemaal goed, Medea. Echt. Je moet gaan – om te ontdekken wie je bent.'

10

ATHAN

In een herinnering, diep begraven onder lagen van tijd, wist Athan dat draken en raven ooit bondgenoten waren. Niemand had hem dit ooit verteld. De zwarte vogel dacht: vreemd, herinneringen die ik zelf nooit heb beleefd – en toch droeg hij ze bij zich.

Athan was Medea gevolgd naar de begraafplaats, waar zij en haar vriendin voor een klein, stenen gebouw stonden. De lucht was donker, bijna nacht, terwijl ze fluisterden over de manier waarop ze contact konden maken met een zwarte draak.

Een draak? Hier? Athan moest het weten. Hij vloog naar een tak van de dichtstbijzijnde boom en keek naar Medea – zoals hij al maanden naar haar keek, sinds hij zijn moeder had verloren en alleen in het bos leefde.

Een zwaan had hem grootgebracht. Zijn ei was per ongeluk uitgekomen in haar nest. Het enige wat hij nog van zijn echte moeder bezat, was een zwarte veer. En die droeg hij altijd bij zich. Athan boog zich iets voorover om beter te zien en stopte de veer weg tussen zijn borstveren.

Toen Medea op de trap ging zitten en haar ogen sloot, begonnen Athans vleugels en syrinx te jeuken. De vogel bekeek zijn veren. *Heb ik vlooien? Moet ik baden? Waarom jeukt het zo?* Hij krabde met zijn snavel aan zijn veren, maar niets hielp. Toen kwam er een lage brom uit zijn keel, alsof het vanzelf gebeurde. Hij had er geen controle over. Terwijl hij neuriede, opende hij zijn ogen en keek over de rand naar beneden.

Medea zat roerloos op de treden voor het mausoleum, alsof haar ziel was verdwenen. Philline stond naast haar en streek zacht met haar vingers over Medea's hand. Het meisje deinsde achteruit en sloeg haar handen voor haar mond. Toen stapte ze weer naar voren en fluisterde, nauwelijks hoorbaar. 'Medea, je kunt dit. Ik sta op wacht, lieverd.'

Athan zag hoe een paar tranen over Phillines wangen gleden. Philline zakte op haar knieën. Ze vouwde haar handen en bad hardop tot de Maangodin. 'Lieve Moigraisse, Heilige Moeder, breng mijn vriendin veilig terug in haar lichaam. Ik smeek U.'

Een laag, zoemend geluid zwol aan in Athans hoofd. De vogel sloot zijn ogen. Voor Athans geestesoog stond Medea naast een man. De zwarte vogel besefte dat ze zich bevonden in wat mensen een grafkamer noemden. Athan neuriede zo hard hij kon. Toen Medea terugkeerde in haar lichaam en met Philline wegliep, volgde hij haar. Hij moest dicht bij haar blijven. Medea had zijn bescherming nodig. Hij zou waken over haar. Altijd.

II

MEDEA

Na een korte, rusteloze nacht pakte ik mijn plunjezak in met de spullen die ik normaal meenam naar een zwaardwedstrijd met overnachting. Terwijl ik schoon ondergoed in de tas stopte, dacht ik aan hoe vreemd het voelde het land van mijn jeugd te verlaten, de plek die altijd als thuis had gevoeld. Een thuis dat me ontnomen was, en daarmee mijn identiteit. Nu moest ik een nieuwe wereld ontdekken, in de hoop mezelf daarin terug te vinden.

Verloren ging ik op de rand van mijn bed zitten, mijn leren broek in mijn hand.

Mijn blik viel op de verfrommelde brief in de hoek, naast de kledingkast. *De uitnodiging. Die heb ik nodig om aan boord te komen.* Ik gooide de broek in mijn tas en liep naar de kast, waar ik door mijn knieën zakte. Terwijl ik het papier opraapte, zag ik een eenzame sok naast de kast liggen. Ik boog voorover, greep naar de sok en merkte iets op dat tussen de kast en de muur geklemd zat. Iets wat ik nooit had gezien als ik laatst niet tegen de kast had geschopt. Ik stond op en tastte met mijn hand tussen kast en muur. Met mijn voet en knie duwde ik de kast een stukje van de muur en kon het pakken: een in leer gebonden notitieboekje.

Een broze nieuwsgierigheid maakte zich van mij meester. *Een dagboek... misschien van mijn moeder.* Voorzichtig sloeg ik het open en bladerde erdoorheen.

Ik was nog steeds niet bekomen van de schok van de afgelopen dagen. Mijn gedachten waren troebel. Ik stopte het dagboek voorzichtig in mijn tas. *Maakt niet uit. Ik heb het nu, en ik lees het aan boord van de Zeegodin.*

In een opwelling brak ik het zegel van de uitnodiging. Ik ging op de rand van mijn bed zitten, vouwde het papier open en streek de plooien glad. Het papier voelde aan als dik katoen van hoge kwaliteit. De woorden waren elegant geschreven met rode inkt, die de boodschap een gevoel van urgentie gaf.

Beste Medea,

De kampioen van de Republiek van de Schaduwweiden, Viktorya Maigrainyu, daagt je uit tot een duel met het langzwaard in de Grote Galerij van het voormalige keizerlijk paleis Danai Dea.

Je wordt verwacht bij de paleispoort op de vijftiende dag van de vierde maand. Het duel vindt plaats op de zeventiende dag, de inhuldiging van de kampioen op de achttiende.

Er is een accommodatie gereserveerd in de plaatselijke herberg, de Rode Luifel. Bevestiging van ontvangst is niet vereist.

Als je niet verschijnt, wordt je uitdager automatisch uitgeroepen tot wereldkampioen langzwaardvechten.

Met vriendelijke groet,

Vasylis Sontze
Hoofd van de Oraku-trainingsschool

Ik ging rechtop zitten. *Het voormalige keizerlijk paleis... Danai Dea.* Een knoop trok zich samen in mijn maag. *En wie is Viktorya Maigrainyu? Is zij degene die op me wacht?* De feniks herrees uit de as van de pijn en vulde mij met een plotselinge drang om zo snel mogelijk naar de Schaduwweiden te vertrekken. Maar ik moest geduld hebben, want de reis nam een maand in beslag.

Gisteren waren Philline en ik naar het loket in Adlemarin gegaan voor reisinformatie over de Zeegodin. De vrouw achter de balie had uitgelegd dat de Zeegodin het anker zou lichten op het exacte moment van de volle maan – één minuut en drieënveertig seconden voor acht uur 's avonds.

Philline en ik wisselden een blik. 'Dat is nogal specifiek,' zei ik.

De kaartjesverkoper had met een uitgestreken gezicht geantwoord. 'Dat is het moment waarop de maan vol is. Daarna is ze officieel niet vol meer. De Zeegodin vertrekt altijd op tijd.' De vrouw had ons spottend aangekeken, alsof we dwazen waren omdat we het niet wisten.

'Twee kaartjes?'

'Ik heb een uitnodiging van Viktorya Maigrainyu,' antwoordde ik. 'Is dat voldoende?'

'Maigrainyu, zegt u?' De vrouw keek op een lijst. 'En uw naam?'

'Medea Tjuvavak.'

'Ja, ik zie het staan. Je plaats is al gereserveerd voor de negentiende dag van deze maand. Vergeet niet je uitnodiging mee te nemen.'

'Wanneer vertrek je, dochter?' Pa zat op de bank in de woonkamer, de uitnodiging stevig in zijn hand geklemd. Ma zat naast hem en veegde met een zakdoek haar natte gezicht af. Op de salontafel stond rozenthee en kokos-roosmuffins, die ma de avond ervoor voor me had gebakken. *Weet ma het?* dacht ik, terwijl ik op mijn onderlip beet. *Dat rozen me kracht geven?*

Ik vertelde mijn ouders over de brief die ik in de doos had gevonden. Ik had de inhoud niet voorgelezen – die wilde ik privé houden – maar genoeg gedeeld zodat ze begrepen dat de brief de bron van mijn frustratie was. Ik herhaalde de woorden in mijn hoofd: *je zal niet alleen zijn*. Het plotselinge besef van de realiteit deed me twijfelen aan alles. *Ik ben zeven jaar te laat. Wat als diegene niet meer op me wacht?*

Pa's ogen zochten de mijne.

'Morgen om twaalf uur. Ik moet er rond zeven uur zijn,' antwoordde ik verstrooid. Gaat hij hier niet tegenin? Waarom zegt hij niets? Hij wil van me af nu hij weet dat ik de waarheid ken. Die gedachte trof me als een mokerslag en een steek in mijn maag deed me opspringen van de bank. Ik haalde mijn hand door mijn haar, terwijl de tranen in mijn ogen opwelden.

Toen barstte mijn moeder in tranen uit. 'Maar je blijft maanden weg!' snikte ze. 'De reis is gevaarlijk, het schip kan zinken. Medea, lieverd, blijf alsjeblieft hier. Je bent ónze dochter.'

'Waarom huil je? Ik ben degene die alles kwijt is!' Ik stampte met mijn voet, als een kind dat zijn zin niet krijgt. Mijn stem sloeg over. 'Jij bent mijn moeder en jij, pa, mijn vader. Maar jullie zijn blijkbaar verre familie. Waarom begrijpen jullie niet dat ik in de war ben?' Ik sloeg mijn hand voor mijn mond en slikte mijn tranen weg.

Ma en pa huilden. Ik ontweek hun blikken terwijl er opnieuw een steek door mijn maag trok.

'Waarom moet ik me verantwoorden...?' Ik wuifde met mijn hand. 'Weet je wat?' Mijn koppigheid nam het over. Met een grote stap liep ik naar pa en griste de uitnodiging uit zijn hand. Ik draaide me om, rende naar mijn kamer. 'Laat maar!'

12

VIKTORYA

Vijf maanden voor het toernooi

Jaloezie is een groen monster, en groen past mij niet. Hoe hard ik me ook verzette, het denkbeeldige monster won altijd.

Ik wachtte in de tuinkamer, mijn lievelingsplek, op mijn beste vriendin Natalia. Natalia en haar moeder, Vrouwe Esthaesys, kwamen altijd op mijn moeders verjaardagsfeestjes, want onze moeders heersten samen over dit land.

Wat zou ze dragen?

Natalia's moeder wist haar dochter altijd te laten opvallen.

Zij heeft tenminste haar biologische moeder. Natalia heeft zoveel geluk. Diep vanbinnen klonk een brul. Het Groene Monster werd wakker door mijn jaloerse gedachten.

Moeder had een lavendelblauwe jurk met ruches en parels op de rok voor me uitgezocht. Op het lijfje waren kralen geborduurd. *En toch zie ik er gewoontjes uit.*

Een konijn dat over het gazon huppelde, onderbrak mijn gedachten. Ik voelde zijn kalmte terwijl ik in de tuinkamer zat, een warme witte bontsjaal om mijn blote schouders en een dikke deken over mijn schoot tegen de herfstkou. Dat vond ik het mooiste aan dieren: ze leven in het moment en lijken dankbaar zodra je ze helpt, al is het maar één keer. Zoals de zwarte kat die ik vond tijdens een van mijn eenzame ritten op Vuurvliegje door het bos.

Ik vond haar rillend in een plas. Haar ogen stonden venijnig.

Ik stapte van Vuurvliegje af en ging bij het arme ding zitten, zelf onder de modder. Haar ogen waren opgezwollen en er sijpelde pus uit. Het was alsof iemand had geprobeerd haar in brand te steken. Haar vacht en snorharen waren aan één kant verschroeid.

Ik reikte met mijn gedachten naar haar. Ik ben hier niet om je pijn te doen. Ontspan alsjeblieft. Ik ben hier om te helpen. Je kunt me vertrouwen.

De kat keek me met vernauwde ogen aan en ontspande zich. Ze slaakte een kleine zucht en haalde haar schouders op. Zwarte katten golden als een bedreiging voor het grote publiek, dat geloofde dat het vermomde heksen waren – net als raven, die men hier niet meer zag.

De kat maakte me niet bang. Helemaal niet. Ze voelde dat ze me kon vertrouwen en bleef stil toen ik haar in mijn mantel wikkelde. De kat spinde de hele weg naar huis.

Zodra we terug waren, liet de stalmeester de dierenarts komen om haar na te kijken en schoon te maken. Later nestelde ze zich op mijn schrijftafel, in een warme handdoek en gaf me haar naam: Parissa. Ze was een poes en had een lange reis achter de rug.

Parissa toonde beelden in mijn hoofd: ze was als verstekeling van Cepheus naar de Schaduwweiden gereisd aan boord van de Zeegodin. In de eerste week van de reis at ze dode ratten en restjes aan boord. Na aankomst in de haven ging Parissa op weg naar Oraku. In het bos werd ze overvallen door een groep jongens. Een van hen stak haar in brand. Ik kwam net op tijd. Iets later en Parissa was gestorven.

Na een tijdje vroeg ik Parissa waarom ze hierheen was gekomen.

'Ik zoek iemand. Maar hij is er nog niet.'

'Wat bedoel je? Wie is deze persoon? Ken ik hem?'

Parissa vertelde het me nooit. Ik gaf het op. Vanaf dat moment volgde ze me overal.

Sontze liep op me af met een pamflet in zijn hand en rukte me uit mijn gedachte. Lezend kwam hij dicht bij me staan. Toen hield hij het pamflet voor mijn ogen.

Ik duwde zijn hand voorzichtig weg en las de woorden 'Jeugdkampioen' en 'Cepheus'.

Sontze zwaaide opgewonden met het pamflet. Terwijl hij een stoel naast me trok, ratelde hij: 'Viktorya, je daagt je rivaal uit voor een duel. We hebben vijf maanden om ons voor te bereiden.' Hij blies luid uit, zijn lippen al geopend om door te ratelen.

'Mijn rivaal?' vroeg ik droog. 'Wie dan?'

'Kijk.' Hij duwde het pamflet praktisch in mijn gezicht. 'Medea Tjuvavak. Kampioen langzwaardvechten van de theocratie van Cepheus en de naburige eilanden. Juniorkampioen op haar zestiende. Net als jij.' Buiten adem pauzeerde hij en keek me aan alsof hij iets wilde vragen. Ik keek om, maar begreep het niet.

Parissa sprong op mijn schoot. Terwijl ik haar zachte vacht aaide, keek ik op. 'Ik denk niet dat de Schaduwweiden ooit Cepheus heeft uitgedaagd, of andersom. Het is ongeveer een maand reizen per schip. Misschien is het daarom nog nooit gebeurd.'

Sontze keek me aan, ogen licht verward, wenkbrauwen opgetrokken.

'De reis is bepaald niet goedkoop of gemakkelijk, dus misschien daarom nog nooit?' Ik haalde mijn schouders op.

Sontze hield het pamflet vast en dacht hardop na. 'Ze gaan door de Draaikolk, dus dat zou geen probleem zijn.' Hij wreef over zijn kin en keek nadenkend.

'En waarom nu?' vroeg ik, inwendig lachend om zijn dramatiek.

Sontze gaf niet op.

'Volgend jaar viert de aristocratie van de Schaduwweiden haar vijftiende verjaardag, en april is de maand van de Gouden Draak,' vervolgde hij, pauzerend om zijn gedachten te ordenen. 'In die maand word je achttien, en dan is het tijd voor...' Hij stokte. Een koortsige blik maakte zijn woorden dringend.

'Dus, ik word achttien... en dan?' vroeg ik, terwijl ik de opwinding uit mijn stem probeerde te houden.

'Viktorya, ik beloof je: het wordt snel duidelijk. Geloof me, je wilt Medea Tjuvavak ontmoeten.'

De twinkeling in zijn ogen en de gretigheid in zijn toon wekten mijn interesse. We woonden nu in een huis dat ooit van de hertog van Tjuvavak toebehoorde. *Misschien is ze een verre verwant. De naam bestaat niet meer in ons land.*

Ik had Sontze nog nooit zo opgewonden gezien. Hij gedroeg zich als een kleuter die voor het eerst een koekje kreeg.

'Ik organiseer een toernooi, Viktorya,' zei Sontze, nerveus. 'Morgen leg ik het voor aan Vrouwe Esthaesys en vraag of we de Grote Galerij van het oude paleis mogen gebruiken. Zij organiseert de grote evenementen. Vijf maanden is genoeg om alles rond te krijgen.'

'Het oude paleis?' Ik klapte in mijn handen en slaakte een gilletje. Beschaamd sloeg ik mijn handen voor mijn mond en keek om me heen. Het was lang geleden dat ik me zo enthousiast had gevoeld, want tot nu toe was het leven zo saai geweest.

Het leek Sontze te ontgaan, want hij las het pamflet nogmaals.

'Ik ben er nooit geweest. Dat mag niet van mijn moeder. Ze denkt dat ik van streek raak, omdat ik daar ben geboren.' *Waarom zou ik van streek raken om iets waar ik geen herinnering aan heb?*

Sontze ging verder. 'Het is tijd dat de twee landen nader tot elkaar komen. Historisch gezien hadden onze naties een goede relatie.'

'Ja,' zei ik, 'voor Vadims samenwerking met Ka-Ralyge, de God van de Onderwereld, die zijn Da Grulls naar het Koninkrijk van Cepheus stuurde in december 311.'

'Dat diende als afleiding, zodat Cepheus niet het hele leger kon sturen terwijl Vadim een staatsgreep plande.'

Ik knikte naar Sontze. 'Vadim werd gek. De hele koninklijke familie werd uitgeroeid, er bleef geen troonopvolger over.'

Sontze wreef even over zijn kin en schudde zijn hoofd. 'Moigraisse, de Maangodin, moest het overnemen. Vrouwe Ydrenya, hogepriesteres van de Maantempel, is haar marionet.'

'De natie hoort geen republiek te zijn,' zei ik. 'Ook al is ze aristocratisch, het voelt niet goed. Regeert Alco-Raeye, de Zonnegod, niet werkelijk over dit land?'

Een korte blik van bewondering trok over Sontzes gezicht.

'Waarom is dat? De keizerlijke familie regeerde lang, en goed.'

Sontzes kaak spande. 'Je hebt gelijk, Viktorya. De Maangodin regeert over Cepheus. De Zonnegod regeert in het geheim over de Schaduwweiden.'

'Vadim en Alexandrei waren toch een tweeling?'

De maan goot zilverkleurig licht over mijn gezicht, alsof ze me liet weten dat ze me hoorde. Het gaf me de kriebels.

'Ja, een eeneiige tweeling. Vadim is vijf minuten eerder geboren dan zijn broer, Alexandrei.' Sontze volgde mijn blik naar de hemel en kneep zijn ogen samen.

'En toch belandde Alexandrei op de troon. Waarom?' Ik negeerde de blik van de maan.

Sontze zuchtte. 'Vadim bleek een ziener en profeet te zijn en voerde taken uit voor het Rijk in de Zonnetempel. Zijn broer erfde de troon om zijn krijgerskwaliteiten en bleek een groot strateeg.'

De zenuwen gierden door mijn keel terwijl het maanlicht aanzwol bij zijn laatste woorden. Mijn benen spanden zich, mijn borst verstrakte. Ik kalmeerde mezelf en ademde langzaam in en uit. *Honingbijen, hommels, libellen, vlinders, scarabeeën.* Ik somde de namen van de insecten op in gedachten om te ontspannen.

Parissa, nog steeds op mijn schoot, merkte mijn stemming op. Ze drukte haar warme lichaam tegen het mijne en spinde zacht.

De paniek begon af te nemen.

Parissa sprong van mijn benen en liep rustig naar het bos. De zwarte kat verdween in de duisternis.

We waren allebei in gedachten verzonken.

Na een korte tijd verbrak ik de stilte. 'De hoofden van de drie belangrijkste families besturen dit land: Vrouwe Imogen Esthaesys, Heer Alastair Setralunya en mijn moeder. Toch vind ik dat we geen aristocratie zijn, maar in een theocratie. Net als Cepheus.' Ik keek mijn trainer strak aan.

Sontze keek de andere kant op.

Ik leunde naar mijn trainer, en hij naar mij. 'Ik hoorde moeder en de andere hoofden praten over een dreigende oorlog, onrust in de wereld, en mensen die het Rijk terug willen omdat de keizerlijke familie de vrede heeft bewaard. Vrouwe Esthaesys wilde er niets van weten.'

We zaten opnieuw een tijdje zwijgend na te denken over wat er was gezegd.

Na een moment nam ik het woord. 'Men zegt dat Vadim alle kinderen van zijn broer heeft vermoord, omdat zijn eigen kinderen waren vermoord door iemand van de keizerlijke familie. Er gaan ook geruchten dat Vadim de coup in scène zette, uit wraak, omdat hij valselijk werd beschuldigd van de moord op zijn familie.' Ik hapte naar adem. 'Het lijkt me niet meer dan eerlijk dat we nu in een republiek leven, maar toch…' Ik maakte mijn zin niet af. Ik trok mijn wenkbrauw op. 'Vrouwe Esthaesys gelooft dat de rebellen proberen een staatsgreep te plegen, zoals Vadim destijds deed.'

Sontze en ik keken elkaar in de ogen.

'Vrouwe Esthaesys beloofde de rebellen te laten arresteren en op te sluiten.' Ik haalde mijn schouders op.

Sontzes gezicht werd rood en zijn ogen vernauwden zich. 'Als men ons zo hoort praten, zal men denken dat wij de rebellen zijn.'

Ik begon te lachen, maar stopte toen hij me ernstig aankeek. 'Vertel niemand over het toernooi, Viktorya. Absoluut niemand. Zelfs je moeder niet.'

Ik knikte. 'Waarom zijn de keizer en keizerin weggegaan? Ze hebben het Rijk in de steek gelaten.'

Sontze keek me droevig aan. 'Als jouw familie morgen werd weggevaagd, zou je dan niet ook weg willen?'

Al snel kwamen de gasten, en Natalia voegde zich bij hen in een prachtige jurk met zilveren zomen en lange zijden handschoenen. Mijn beste vriendin kwam glimlachend op me af, draaide een rondje en haar jurk wervelde prachtig. Haar slanke enkels en delicate voeten waren in zilveren muiltjes gestoken.

Het Groene Monster in mij begon te grommen. Ik schudde het van me af en bood Natalia mijn arm. We wandelden naar de balzaal aan de andere kant van het huis, waar het orkest al inzette.

Het gonsde van gelach en klinkende glazen. Het orkest speelde een oude romantische wals. Natalia nam de hand van een knappe jongeman aan, en hij begeleidde haar naar de dansvloer. Natalia danste met iedereen.

Ze is zo populair. Waarom voel ik me zo saai?

Ik wachtte tot Natalia terugkwam. Soms kletsten we over de slechtste danser, en dan lachten we als kleuters. Maar voordat ze terugkwam, rolden de eerste tonen van een nieuwe wals door de balzaal.

Een jongeman met scheve voortanden leidde me de dansvloer op. We draaiden snel rondjes, en hij telde het ritme, met de nadruk telkens op de één. Hij staarde naar de vloer. 'Eén, twee, drie, één, twee, drie, één, twee, drie...'

Mijn wangen kleurden toen mijn moeder goedkeurend toekeek. Ik moest de hele tijd lachen toen we rond en rond dansten.

Cayden, de meest begeerde vrijgezel in de kamer, keek me nonchalant aan terwijl hij in de verte met een meisje danste. Toen hij om me heen draaide, glimlachte hij niet. Ik schoof het op concentratie.

Cayden is werkelijk knap. Ik bekeek mijn jurk en lijfje. Natalia's jurk toonde meer decolleté. *Natalia oogt zo volwassen. Ik ben nog maar een tiener, een meisje dat nooit loskwam van haar moeder – met het Groene Monster in haar schaduw.*

Toen de muziek stopte, zwaaide Cayden zijn partner gedag en liep naar Natalia. Zij keek hem dankbaar aan, maar hij liep haar voorbij.

Mijn hoofd begon te duizelen toen Cayden mijn warme hand in de zijne sloot. Hij begeleidde me naar de doodstille dansvloer. *Iedereen kijkt naar ons. Eindelijk zien ze me.*

De klanken van een oude polka zweefden door de lucht en zetten onze benen in beweging. We draaiden sneller en sneller tot we over de dansvloer vlogen. Alle ogen waren op ons gericht. In één vloeiende beweging gleden we. Cayden hield zijn blik de hele tijd op mij gericht.

Cayden Silverlaeye – dik donker haar, gespierd lijf en stralend witte tanden. Elk meisje in de zaal hunkerde naar zijn aandacht. De kroonprins van het Koninkrijk van de Zuster Eilanden kon trouwen met wie hij wilde. Maar Cayden kon niet voorbij mijn betovering zien. Niemand kon dat. Hij zag mij als het blonde meisje met lichtblauwe ogen dat er tamelijk gewoon uitzag, en toch wilde hij met me dansen.

Waarom heeft Moeder mij zo'n vermomming gegeven? Ik lijk een grijze muis naast Natalia. Ik ben het spuugzat mijn ware ik in de spiegel te zien. Het voelde verwarrend. Zo oneerlijk. Ik schudde de gedachten van me af te en volgde Cayden, die de leiding nam als de kroonprins die hij was.

De rest van de avond dansten Cayden en ik samen.

Natalia leek te willen wegzinken telkens wanneer we langs haar gleden, en het Groene Monster in mij viel voor de rest van de avond in slaap.

De kroonprins had mij gekozen. Mij. Het gewoon uitziende meisje.

Net voor middernacht wandelden Moeder en ik hand in hand door de lege tuin. Elk in een bontjas, onder een volle maan, met Parissa naast ons, terwijl we de purperen en blauwe lichten aan de fonkelende nachthemel bewonderden.

Alle gasten waren vertrokken. De avond was een succes. Moeder was de koningin van de avond geweest.

Ik rustte mijn hoofd op Moeders schouder. Ik besefte dat ook zij de illusie zag die de spreuk had gecreëerd: mijn valse ik. Mijn ware ik bleef ook voor haar verborgen. *Stop met piekeren. Het is niet Moeders schuld maar die van de magiër*. Ik duwde de ongewenste gedachten weg.

Moeder kuste me op de wang en zei, met een langzaam, zingend accent dat niet bij haar paste: ‘Zeventien jaar geleden, schat, kwam je in mijn leven en maakte je van me de gelukkigste vrouw ter wereld. Ik zou mijn leven voor je geven, mijn dochter. Vergeet dat nooit.’

Ik schoof het af op de alcohol.

13

MEDEA

Rond het middaguur vertrok ik naar de haven om aan boord te gaan van de Zeegodin. Ik liep over het westelijke bergpad met mijn plunjezak, de hoes met mijn oefenzwaard en een strijdzwaard over mijn rug. Ik had nog nooit een strijdzwaard gehad.

Mijn gedachten gingen naar gisteravond, toen pa na het eten onverwacht naar mijn kamer kwam.

Pa had geklopt en gewacht tot ik hem naar binnen riep. Binnen keek hij naar de vloer. 'Ik wil je dit geven.' Met tranen in zijn ogen gaf pa me het strijdzwaard dat hij in 312 als dank van de koning zelf had gekregen. Een paar dagen later was de koning onverwacht overleden.

Ik wist niet wat ik moest zeggen.

Met pijn in zijn stem was pa verdergegaan. 'Mijn zwaard is van jou, nu en voor altijd. Ik kan niet met je meegaan om je te beschermen, dus mijn zwaard moet het doen.'

Ik nam het zwaard van mijn vader en bekeek het van alle kanten. Het was gemaakt van buitenaards staal, en het handvat was ingelegd met robijnen en smaragden. 'Pa, dit is te veel. Ik kan dit niet accepteren. Het is te kostbaar.' Mijn ogen waren waterig en brandden. ‘Het spijt me hoe ik me gisteren heb gedragen. Het is... het is allemaal zo pijnlijk.’ Ik liet mijn hoofd hangen. ‘Je zal altijd mijn vader zijn.’

Mijn ogen zochten die van pa. Mijn vaders pupillen verwijdden zich heel even. Er verscheen een blos op zijn wangen.

‘Jij bent belangrijk. Jij bent de kroonprinses van de Schaduwweiden en ik heb gezworen je met mijn leven te beschermen.’ Pa had die norse blik en vastberadenheid die ik maar al te goed kende. Tot mijn verbazing ging mijn vader op één knie en boog hij zijn hoofd. ‘Keizerlijke Hoogheid.’

Instinctief legde ik mijn hand op zijn schouder en antwoordde eerbiedig. ‘Zo zal het zijn.’

Mijn vader hief zijn hoofd, keek me recht in de ogen – iets wat niet in zijn aard lag – en antwoordde. ‘Het zal gebeuren.’

Dat was gisteren. Ik had geen idee wat hij met die laatste woorden bedoelde. *Het zal gebeuren.*

Vanochtend zat ma alleen op de bank in de woonkamer. Mijn vader was al naar Narcissus Bloemen gegaan om de winkel te openen. Ma stopte een linnen zak met eten en drinken in mijn hand. Ze kuste mijn wang. ‘Je zal altijd mijn dochter zijn. Ga. Ontdek wie je bent.’

Ze spreidde haar armen wijd.

Ik viel er huilend in. ‘Het spijt me...’ Ik verslikte me. ‘Sorry, ik weet niet wat me bezielde... Ik hou van je.’

Ma glimlachte en streek door mijn haar. Ze fluisterde met een betraande stem. ‘Ik weet het, gekkie. Ik weet het. Ik hou ook van jou.’ Nadat ze me had uitgezwaaid liep ze huilend naar binnen.

En nu liep ik door het Treurbos, een klein bos vol bloeiende bomen met brede treurkronen die al roze kleurden, waardoor het bos gloeide.

Ik had een lange wandeling voor de boeg. Het zou minstens drie uur lopen zijn naar het havenstadje Alfirk.

Verloren in gedachten aan ma – die kaas en brood en een kan water voor me had ingepakt, met extra kokosroosmuffins – liep ik al een tijdje in de motregen. Ik droeg een lange jurk met laarzen eronder en een mantel met capuchon. *Zal ik de muffins nu opeten of wachten tot ik bij het schip ben? Had ik mijn leren broek niet aan moeten doen? Wie gaat er nu op een queeste in een jurk?*

Ik liep door, hoofd vol twijfel, en zag de wolf niet tussen de bomen vandaan komen.

De wolf spreidde zijn voorpoten en liet zijn kop zakken. Hij gromde en toonde zijn tanden. Zijn vacht zette uit, waardoor hij twee keer zo groot leek.

Ik stond verstijfd. Zijn agressieve blik hield me gevangen. Pa had gezegd dat je nooit moest wegrennen als je een wolf zag. Pak iets, zwaai, schreeuw. Maak jezelf groter, daar jaag je hem mee weg. Ik keek om me heen en zag niets om mee te dreigen. 'Moigraisse en Alkaide samen! Waarom kan ik geen stok vinden als ik er een nodig heb?'

De wolf kroop dichterbij, gromde en maakte zich klaar om aan te vallen. Hij hield zijn kop laag terwijl zijn ogen zich vernauwden.

In een flits wist ik het: *mijn zwaard*. Onhandig probeerde ik het uit de schede te trekken. Ik trok en trok, maar het kwam niet los. Het duurde te lang. *Nee, nee, nee. Wat moet ik doen?*

Mijn huid had haar pantser al gevormd, maar het had geen effect op de wolf, die besefte dat ik me niet kon verdedigen. De wolf rende op me af en maakte zich klaar om te springen. Ik sloot mijn ogen, draaide mijn hoofd en hield mijn handen voor mijn gezicht.

Op dat moment joeg een ijzige gil me de stuipen op het lijf. Er suisde iets langs me heen. Ik opende mijn ogen. Het ging recht op de wolf af: een zwarte bal viel hem genadeloos aan.

De wolf vocht terug en beet naar de zwarte bal. Hij rees op zijn achterpoten en sloeg naar het ongelooflijk snelle zwarte ding, maar de aanvaller vloog hem van alle kanten aan en raakte kop en rug.

Met geschreeuw en slagen joeg de zwarte bal de wolf weg. De wolf vluchtte met zijn staart tussen zijn poten. De zwarte bal keerde langzaam terug naar zijn normale grootte. Het bleek een vogel te zijn. *Bij de godinnen. Dit is de vogel die me al die tijd volgt.*

14

MEDEA

Aan boord van de Zeegodin, het jaar 330

Er lagen vier grote houten schepen voor anker in de haven. De Zeegodin was de enige driemaster. Het houten beeld van Alkaide, de Zeegodin, met een ster als kroon sierde de boeg. De stralen van de ondergaande zon streelden haar houten gezicht en naakte torso. De lucht kleurde perzikoranje en deed me denken aan de zomer. Het voelde zwoel, terwijl de lente nog maar net begonnen was.

De kapitein stond op de kade met Cayden, de arrogante rotzak met de mooie ogen. Ze hadden een onderonsje. Er vormde zich een knoop in mijn maag bij het zien van de kroonprins. Wat zou hij van me denken?

'Athan, vlieg naar het schip,' fluisterde ik tegen de zwarte vogel die me eerder bij de wolvenaanval had gered. 'Trek geen aandacht. Ik zie je aan boord.'

De plunjezak werd lichter. Zachte vleugelslagen vulden de lucht.

Daar, in het bos, had ik mijn redder leren kennen. Toen de vogel de wolf had verjaagd en tot rust gekomen was, had ik hem water, brood en kaas gegeven. Het was tot me doorgedrongen dat de oude koning in het mausoleum gelijk had gehad. Deze zwarte vogel moest mijn Scildend zijn, mijn beschermer.

De zwarte vogel bekeek me met zijn zwarte kraaloogjes en ging op mijn tas zitten, die ik net op de grond had gezet. Hij had zijn ogen gesloten en begon te zoemen.

Instinctief haalde ik de zegelring uit het kleine leren zakje dat ik aan een koord om mijn nek droeg en schoof hem om mijn ringvinger. Daarna zakte ik in kleermakerszit en sloot mijn ogen.

Ik zweefde door een web van fijne draden en kwam met een klap terecht in een bos vol oeroude bomen. Ze moesten meer dan driehonderd meter hoog zijn geweest en wel honderd meter in doorsnee. Door een van de reusachtige stammen liep een tunnel. Het deed me denken aan de bomen uit mijn eerdere visioen.

De vogel vloog de tunnel in en ik volgde hem.

Aan de andere kant opende zich een heel andere wereld.

Mijn redder zat in het frisse gras, terwijl abnormaal grote bijen nectar verzamelden van de bloemen in het veld. Ik wreef in mijn ogen. Had ik dat goed gezien? Er zat een elfje op de rug van een bij. *Zijn die niet uitgestorven, Net als draken en andere mythische wezens?* Ik droomde. Er was geen andere verklaring.

Ik liep op mijn tenen door het hoge gras, voorzichtig om geen bij te pletten. *Zelfs in een droom wil ik geen moordenaar van droomwezens zijn.*

De vogel sprak in mijn hoofd, niet in woorden, maar ik begreep hem. In dromen is natuurlijk alles mogelijk.

Ik ben Athan. Aangenaam kennis te maken.

Ik knikte verward. *Ik ben Medea. Aangenaam kennis te maken.*

Athan en ik staarden elkaar nieuwsgierig aan.

Ineens klonk een lage, krakende stem. ‘Medea, we hebben lang op jou en je Scildend gewacht. Welkom in Saerlea.’

Ik draaide me om. Daar stond een oude man, gehuld in een lang gewaad, leunend op een stok. Hij leek op een tovenaar uit de verhalen die ma me vroeger voorlas. Ik trok mijn wenkbrauwen vragend op.

De man, die inderdaad op een tovenaar leek, vatte mijn blik op als een uitnodiging en ging verrassend behendig in kleermakerszit naast me zitten. Hij zwaaide, en een meisje kwam aangelopen met een dienblad vol glazen ijsthee en borden met cakejes.

De stem van de koning in het mausoleum galmde door mijn hoofd. *Neem rozen mee. Ze geven je kracht.*

Ik schudde mijn hoofd en keek naar het tweede bord in haar handen. Athan kreeg wormen en water geserveerd.

‘Athan is jouw Scildend,’ zei de oude man. ‘Een fijne draad bindt jullie. Waar jouw ziel gaat, volgt de zijne.’ De oude man glimlachte. ‘Zijn ziel omhult de jouwe als een schild van bescherming.’

‘O,’ zei ik, te verward om iets zinnigs te zeggen.

‘Jullie zijn voor elkaar gemaakt.’ Zijn ogen dwaalden af, en een nerveus trekje rond zijn mond verraadde dat hij iets had gezegd dat niet helemaal klopte.

Dat wist ik maar al te goed. Geheimen. Iedereen had ze.

‘Eet,’ zei de oude man. ‘Dat zijn rozencakejes. En dat is rozenijsthee. Drink.’ Zijn knokige vingers wezen naar de glazen. ‘Rozen sterken je.’ De man – waarschijnlijk een echte tovenaar – knipoogde naar me.

Versuft keek ik van de oude man naar de grote zwarte vogel, die zijn wormen één voor één naar binnen slurpte. Ik werd misselijk van het geluid. Toen dronk Athan uit de kom met water, gulzig slurpend. Zijn veren zagen er wat verfomfaaid uit. *Moet deze sjofel uitziende vogel mij beschermen op mijn reis door het doolhof?* Dat doolhof met het prachtige geluid op de achtergrond, geen muziek, maar iets ondefinieerbaars?

Alsof Athan mijn gedachten had gelezen, begon hij zachtjes te neuriën, een melodieuze toon, die me deed denken aan het geluid in het doolhof.

Met een geeuw strekte ik mijn armen, alsof ik in slaap gesust werd. 'Wat is er met die rozen?' Ik gaapte nogmaals. Een prikkel in mijn rug deed me omkijken.

Een lange man met zwart haar stond verscholen achter een boom aan de rand van het veld. Zijn hoofd stak achter de stam vandaan.

Ik haalde mijn handen door mijn haar en negeerde hem. *Ik ben zo moe. Laat me even mijn ogen sluiten.*

'Je moet naar de Schaduwweiden. Word wakker.' De stem van de oude man leek op die bevelende, strenge toon van pa.

Geschrokken opende ik mijn ogen. Ik had al die tijd geslapen. De zon stond al ver in het westen en zou over een paar uur onder gaan.

'Athan!'

De vogel kwam meteen dichterbij. 'Dea.'

Ik glimlachte naar Athan. 'Dus het was geen droom. Goed om te weten. Kom maar op mijn tas zitten, vogel.'

En nu stonden Athan en ik op het punt aan boord van de Zeegodin te gaan.

Ik liep naar de kapitein.

Hij sprak Cayden aan op respectvolle toon. 'Ik begrijp het volkomen, Uwe Hoogheid.' Hij boog licht.

Caydens handen zwaaiden op en neer. 'Alsjeblieft, ik wil niet dat mensen het weten.'

Ik grinnikte.

Beide mannen draaiden hun hoofd en trokken tegelijk hun wenkbrauwen op.

Ik staarde ze aan.

De kapitein keek naar de hemel en Cayden sloeg zijn ogen neer.

Ik gaf Cayden een harde klap op zijn rug. 'Goed je te zien, man. Doe je ook mee aan het toernooi?'

De kapitein hoestte. Zijn witblonde haar viel voor zijn babyblauwe ogen.

Caydens gezicht kleurde rood.

'Hoe heet je ook alweer?' vroeg ik droogjes.

Cayden keek me intens aan. Het denkbeeldige bijengif kroop loom door mijn aderen. Mijn hart maakte een vrije val. Mijn wangen brandden.

Met uitgestreken gezicht antwoordde de kroonprins beleefd. 'Cayden Illiamak, Vrouwe. Het is goed om te zien dat u de uitdaging aanneemt.'

Mijn gezicht verraadde ook niets. *De achternaam van zijn moeder. Heel slim.* 'Laat dat "Vrouwe" maar achterwege, Cay. Ik behoor tot het gepeupel, zoals jij... natuurlijk.' Ik probeerde een strak gezicht te houden, draaide me om en liep naar het schip.

'Juffrouw, hebt u geen bagage?' riep de kapitein.

Ik draaide me om en wees naar de tas naast Cayden. 'Cay kan het wel dragen voor dit schorriemorrie, toch Cay?' Ik knipoogde en liep de loopplank op.

Op het dek zaten mannen en vrouwen te wachten. Een voor een stelden ze zich aan me voor. Fyona, klein van stuk met een hartvormig gezicht en donkerrood haar, droeg een zwarte leren outfit. Naast haar lag een korte stok. Duidelijk een stokvechter.

Tians boog en pijlen lagen achter hem. Hij was middelgroot, met donkerbruin krullend haar. Zijn lichaam was breed, bijna vierkant, gespierd onder zijn strakke tuniek. Tian had een lieve, vriendelijke glimlach, lichtbruine ogen, een olijfkleurige huid en een kort baardje.

Winta, het zwaard op haar rug, oogde als een mooie, donkerhuidige krijger. Haar haren in kleine vlechtjes die strak op haar hoofdhuid lagen. Ze was groter dan ik, zelfs groter dan Cayden. Haar lange vlechten waren samengebonden en vielen bijna tot haar voeten. Ze bestudeerde de anderen als een panter haar prooi, maar toen onze blikken elkaar vonden, verzachtte haar blik. Ze kneep haar ogen samen als een kat, alsof ze me wilde zeggen dat ik veilig was.

Cayden gedroeg zich als de legerofficier die hij waarschijnlijk was. Hij droeg zijn zwaard, maar ik betwijfelde of een kroonprins aan een toernooi zou deelnemen.

Toen kwam de kapitein aan boord, zijn haar in een paardenstaart naar achteren getrokken. Hij droeg een zwarte steekhoed. De jong ogende man stond voor ons, voeten op heupbreedte, handen in de zij. Hij hief zijn brede kin en keek ons minachtend aan. We kwamen allemaal overeind en stonden als in de houding, klaar om hem aan te horen.

‘Mijn naam is Pieter Vandeburen,’ riep hij, met een accent dat me onbekend in de oren klonk. Zijn moedertaal was duidelijk niet die van Mulkoin. ‘Jullie zijn passagiers, geen bemanning.’ De kapitein keek om zich heen met een boosaardige uitdrukking.

De bemanning verzamelde zich om ons heen. Ze leken op piraten: minachtende blikken en littekens. De een met een ooglapje, de ander met een haak als linkerhand. Eentje had zelfs een houten been. Ze grijnsden venijnig.

Mijn huid reageerde. Geen schubben, wel een rimpeling eronder die ik niet kon verbergen. Ik probeerde mijn ademhaling onder controle te houden.

De bemanning reageerde fel op mijn verschijning. Ik hoorde ze fluisteren.

'Wie is dat?' 'Haar huid, haar ogen.'

'Ze lijkt op die verrader, Vadim,' mompelde een van de jongens.

'Ze lijkt ook op zijn broer.'

Er werd gelachen.

'Klopt. Alexandrei en Vadim waren een tweeling. Misschien een drieling.'

Er klonk een spottend gelach.

Twee jongens drukten hun duimen op de plek tussen hun wenkbrauwen en spuugden op de grond: het teken om het boze oog af te weren.

Mijn gedachten gingen terug naar die zomerdag, zo lang geleden. Ik liep met ma over de markt, op zoek naar het kraampje met gevouwen papier. Ik was negen.

Ma en ik stonden in de rij bij een van de kraampjes. Zoals gewoonlijk omringde het geroezemoes me. Sommigen giechelden. 'Ze is zo groot, ze is toch pas negen? En kijk die nek eens, net een gans,' riepen anderen.

Ik rechtte mijn rug en deed alsof ik de kinderlijke ganzenimitatie niet hoorde. 'Gak, gak, gak.'

Plots botste een kind van een jaar of vier tegen me aan.

Ik keek omlaag. De jongen huilde en klemde zijn armen om me heen.

Een schok trok van mijn benen naar mijn hoofd. Zijn handen waren warm en mijn benen waren koud. Hij liet me niet los.

Een vrouw schoot naar me toe en trok hem van me weg. De jongen huilde nog harder. ‘Laat hem gaan!’

Ik zei niets.

De moeder greep het kind bij zijn middel en tilde hem op.

Ik wilde haar kalmeren en stak mijn arm uit om haar tegen te houden.

Maar ze liep door, maakte het boze-oogteken en spuugde op de grond. Toen verdween ze om de hoek.

Ma had niets gemerkt en ik had het haar nooit verteld.

Aan boord had ik dezelfde ervaring. Bemanningsleden raakten, net als de kajuitjongen, de plek tussen hun wenkbrauwen aan. Sommigen spuugden op de vloer. Ik negeerde hen en probeerde stoïcijns te blijven. Mentaal lukte dat, maar mijn lichaam deed iets anders. Mijn huid trok samen. Onder mijn kleren kwamen één voor één schubben op. Ik reguleerde mijn ademhaling en de schubben trokken weg.

Toen legde de kapitein de regels uit, terwijl hij ons een voor een aankeek met zijn helderblauwe ogen. ‘Ontbijt om zeven uur, lunch om twaalf, avondeten om zeven. De kok luidt de bel. Wie te laat is, krijgt geen eten. Vechten wordt niet getolereerd...’

Wat tref ik aan daar aan de andere kant van de wereld? Wie wacht er op mij? In de brief stond “je bent niet alleen”, dus er moet iemand in leven zijn.

‘...en elke ochtend bij het ontbijt hoor je hoe laat je kunt sparren.’

De laatste woorden deden me aan Cayden denken. Misschien zou ik met hem sparren. De gedachte vrolijkte me op. Hoe lang zou hij het volhouden tegen mij? Ik won het kampioenschap van Cepheus niet voor niets. *Maar Cayden is een echte krijger. Ik ben maar een meisje dat doet alsof.*

Caydens blik ging over mijn hele lichaam. Toen merkte ik dat hij naar mijn blote arm staarde, mijn huid bestudeerde.

Plotseling voelde ik me belachelijk – een rariteit, een speling van de natuur, zoals altijd. Mijn wangen bloosden. Ik pakte mijn tas en zwaard op en liep met gebogen hoofd naar de hutten.

'Dat is voorlopig genoeg,' zei de kapitein streng. 'Ga naar je hut en blijf daar tot morgenochtend. Ik ben geen reisleider. Alle hens aan dek! Stelletje schooiers! Breek de lijnen!'

15

ATHAN

Zonder land in zicht kon een vlucht over zee gevaarlijk misgaan. Barstte er een storm los, dan kon je niet snel naar de kust uitwijken voor beschutting. En dan was er nog de afstand. Vliegen over de oceaan, langs het Grote Slangenrif, duurde te lang. Schuilen bij het Slangenrif om even te rusten? Onmogelijk. In dat deel van de oceaan joegen te veel roofdieren op vogels. Sommige vogels sliepen al vliegend, maar Athan hoorde daar niet bij.

Van zijn zwanenfamilie had Athan geleerd: blijf zo dicht mogelijk bij de kust en vlieg nooit door een storm, maar eroverheen. En vlieg nooit alleen naar een ander land, maar met de groep.

Athan dacht aan zijn pleegmoeder, met haar lange, sierlijke nek en haar witte pluizige veren. Haar glimlach stond hem nog helder voor de geest. Zijn moeder had hem liefgehad vanaf de dag dat zijn ei in haar nest uitkwam, ondanks de ontzette blikken van de hele zwanenfamilie toen het kuiken krijste. Niet de zwarte veren – zwarte zwanen bestonden – maar om de vorm van zijn lijf, snavel en poten.

Eén bepaalde zwarte veer betekende alles voor Athan. Ze lag naast zijn ei op de dag dat hij uitkwam. Hij wist zeker dat de veer van zijn moeder was, dus droeg hij het overal mee naartoe. Zo had hij altijd een stukje van zijn echte moeder bij zich.

Gelukkig hoefde Athan niet over de oceaan te vliegen. Hij lag in Medea's hut op een handdoek op tafel, veilig aan boord van de Zeegodin. *Ik hoor nu bij mijn eigen zwerm.*

De vogel vloog naar de ronde patrijspoort en streek neer op het kozijn.

De lege horizon vloeide samen met de lucht. Zoals ook de gevoelens en de geest van de grote vogel samensmolten.

Wat doe ik hier? dacht Athan, ineens wanhopig. *Ik had bij mijn vriend, de vos, kunnen zijn. En ik ben mijn veer nog kwijt ook.* Bij de gedachte aan Larysse, de vos, maakte zijn hart een sprongetje.

In zijn herinnering keek de vos hem aan met lichte ogen en moest lachen toen hij bijna van een tak kukelde. Larysse rolde op haar rug en maaide met vier poten in de lucht. Haar witte, pluimige staart zwiepte over de vochtige bosgrond en deed hem denken aan de dag dat ze elkaar voor het eerst ontmoetten, toen hij het vrouwtje voor een mannetje hield.

Haar lach werkte aanstekelijk en Athan kon niet anders dan meelachen. Wat had hij zich vergist. *Het is een meisje, en ze is grappig.* De geur van viooltjes en vochtige aarde kwam van Larysse af en vulde zijn neusgaten. Het deed hem denken aan de vroege ochtend, als er een grijze sluier optrok en de blauwpaarse ochtendhemel tevoorschijn kwam. Larysse bleek de beste vriendin die hij ooit had gehad. Soms speelden haar twee jongere zusjes met hen mee.

De vogel vloog terug naar de tafel en krulde zich op in een deken. De herinnering aan de liefdevolle ogen van zijn zwanenmoeder, samen met Larysses aanstekelijke lach, maakte dat hij zich minder verloren voelde.

Medea woelde en draaide in bed. Haar ogen schoten van links naar rechts.

Plotseling gilde Medea. 'Nee!'

Athan stapte naar het voeteneind en sloot zijn ogen. Het gebeurde weer: het lage gezoem van zijn syrinx. Hij kon het niet stoppen. Hij wilde het ook niet, want een kracht sterker dan hijzelf nam bezit van hem.

Al snel reisde Athan met haar door een doolhof van fijne draden, tot zij in een kamer belandde. Athan bleef in het doolhof en neuriede om Medea te beschermen.

Medea stond in de hoek van een kamer waar zes andere jongeren zaten, elk met een vogel op schoot.

Het zachte licht van de olielampen gaf de kamer haast een unheimische sfeer.

Athan vroeg zich af waarom Medea had gegild, tot hij het bloed uit haar neus zag. *Zo wordt ze elke keer uit haar lichaam gerukt wanneer ze door de tijd reist.* De gedachte maakte hem even duizelig. Hij neuriede door om het beeld vast te houden, maar begon te trillen toen hij de andere raven zag. Zijn hart maakte een sprongetje van vreugde.

Medea staarde met open mond naar het tafereel. Ze veegde haar neus af en keek naar het bloed op haar hand.

Een diepe stem klonk. 'Je bent laat, Medea. Kom. Hier is je stoel, en Athan mag op schoot.'

Medea keek een beetje verdwaasd.

Voor hij het wist, zat hij bij haar op schoot. Niet langer toekijkend via zijn geestesoog, alsof ze hem daarheen had gedacht. Een lichte misselijkheid trok door hem heen. Zijn droge tong stak uit zijn snavel. Het felle licht joeg tranen in zijn ogen. Een subtiele rozengeur keerde bijna zijn maag om.

Medea's benen brandden alsof een vuurzee door haar lichaam trok. Athan verschoof en tilde zijn poten om beurten op.

Uit het niets hield Medea een papieren zakdoekje in haar hand. Ze veegde het bloed van haar vingers.

De stem vervolgde. 'Welkom in Saerlea. Jullie zijn in de Trainingsschool voor Farans en Scildends, en ik ben jullie mentor. In een van de volgende sessies stelt iedereen zich voor. Vandaag hebben we weinig tijd, dus beginnen we direct met de training.'

Training? Welke training? En we zijn terug in Saerlea? Wat is er aan de hand?

Nieuwsgierig keek de zwarte vogel rond. De andere zes raven deden hetzelfde. Verbaasd namen ze een verwachtingsvolle houding aan.

De zes anderen kwamen hem bekend voor, alsof ze elkaar in een vergeten droom al eens hadden ontmoet. Een naam schoot Athan te binnen: Constantin. De jongens en meisjes met wie ze zaten, herkende hij niet.

De stem klonk: 'De eerste les: hoe beschermt de Scildend zijn Faran? Zoals jullie weten, zijn de raven de Scildends.'

Plotseling verscheen een gevaarlijk uitziende vreemdeling in een zwart harnas. Hij bewoog kalm tussen het publiek. Iedereen verstijfde toen hij zijn zwaard trok. Het zilveren lemmet ving het flakkerende licht van de olielampen. De man in het zwart stapte op een jonge vrouw af en stak, zonder aarzeling, zijn zwaard in haar borst. Hij hief het zwaard opnieuw en hakte de kop van haar raaf af.

Afschuwelijk geschreeuw vulde de lucht. Enkelen barstten in tranen uit. 'Ik wil naar huis. Laat me gaan!'

Een paar raven vlogen weg, maar stuitten op een onzichtbare barrière. Ze bleven cirkelen onder het plafond.

De stem dreunde geërgerd door de kamer. 'Dit is slechts een droom! Saerlea is in een ander rijk, het droomrijk voor mensen. Niemand sterft hier echt, dus hou op met zeuren.'

Het publiek verstomde, op één snikkende leerling na. Enkelen knepen hun ogen dicht en trilden van angst.

'Maar dat wist jij al, nietwaar, Medea?' zei de stem met een zweem van bewondering. 'Je vertrok geen spier.'

De jonge vrouw die was neergestoken zat weer op haar stoel, ogen gesloten, zonder wond. Ze huilde, terwijl de raaf op haar schoot was flauwgevallen van angst. Ze hield hem stevig, streek door zijn donkerblauw-zwarte veren en fluisterde. 'Dit is geen droom... het is een nachtmerrie'.

Medea zweeg en knikte kort.

'Wil je uitleggen hoe dat komt, Medea?'

'In een droom klopt er altijd één ding niet. In dit geval het zwaard, want het is van hout.'

De man bulderde van het lachen.

Applaus vulde de zaal.

'Goed gedaan, uitverkorene. Je kunt lucide dromen – een zeldzame gave voor een Faran. Als je er tenminste een bent.' Toen verscheen uit het niets een reus van ruim twee meter vijftig, die vlak voor Medea bleef staan. Zijn schenen raakten bijna haar knieën. Zijn lange, zwarte haar viel over zijn schouders. Zijn wenkbrauwen trokken samen boven diepliggende, goudkleurige ogen met de vorm van amandelen. Hoge jukbeenderen vingen het licht, en zijn schouders leken breed genoeg om elk drie raven te dragen. Gouden schubben bedekten zijn huid als een pantser.

Voor een moment vervaagden de geluiden om hem heen.

Hij dacht aan een wezen, half mens, half draak. Hij herinnerde zich een vlucht hoog boven een uitgestrekt bos, waar een lange man al rennend in een gouden draak veranderde. *Kennen wij elkaar?* Op dat moment voelde

Athan zijn blik. De grote man bestudeerde hem. Heel even meende Athan herkenning te zien in die gouden ogen.

De indrukwekkende man sprak vol trots. ‘De eerste les draaide om het verschil tussen dromen en werkelijkheid. Alleen Medea en Athan zijn vandaag geslaagd.’

Hij keek naar Athan en knipoogde.

Hij liep naar de hoek van de kamer en greep een zwaard. ‘En dit,’ zei de man, wijzend op de snikkende jongen, ‘is een echt zwaard.’

De jongen gilde en zakte bewusteloos ineen. Zijn raaf kraste geruststellend. Zijn hoofd zakte voorover, de kin rustend op de borst.

De man hief zijn zwaard hoog en sloeg naar Medea – die plots ook zwaard in haar hand had en de klap afweerde.

Athan keek snel over zijn schouder.

In de deuropening stond een vrouw. Blauw haar, grote bruine ogen. Zij had het zwaard naar Medea gegooid.

De man keek bewonderend toe terwijl Medea opstond en zich gereedmaakte voor de strijd.

‘Nu weet ik het weer. Je staarde me aan vanachter een boom, in mijn vorige droom.’

Athan vloog op en streek neer op de rand van de stoel.

Uit Medea straalde een rauwe, ontembare kracht die de vogel de stuipen op het lijf joeg. Haar huid veranderde in razend tempo. In een mum van tijd stond een jonge vrouw in een harnas van ivoren schubben tegenover een reus in een harnas van goud.

Nee! Medea is een halve draak?

‘Laten we beginnen,’ zei de man met het gouden harnas. ‘Laat zien wat je kan. En ja, inderdaad. Ik hield je in de gaten.’

De goudgeschubde man stond uitdagend met zijn lemmet naar de grond gericht. Spieren gespannen, een stap naar rechts. Hij hief zijn zwaard en liet het op Medea neerkomen.

Medea week uit het midden en sloeg in één beslissende beweging op zijn lemmet. Ze hield druk op zijn zwaard om hem onder controle te houden. In één snelle beweging gleed de punt van haar zwaard naar zijn keel – recht op de goudgeschubde hals.

De schubben vormden een beschermend schild, maar de klap kwam hard aan. Zonder dat pantser had ze hem gedood.

Hij hoestte, spuugde bloed op de vloer en keek hij op. Een mengeling van bewondering en irritatie in zijn blik.

Schreeuwen van ontzag en afschuw gingen door de zaal. De leerlingen zaten op het puntje van hun stoel, vogels dicht tegen zich aan.

Medea hield haar tegenstander in het vizier, las zijn volgende zet en anticipeerde.

Ze viel van boven aan en stapte in op rechts, buiten de lijn van een tegenaanval. Haar zwaard daalde recht omlaag, maar hij week uit, haakte haar lemmet en zocht haar nek.

Medea stapte opzij en trok haar hoofd uit de gevarenzone. Ze dreef zijn lemmet naar links en bracht haar zwaard omhoog, waarbij ze zijn zwakke kant met haar sterke kant wegdrukte. Onderwijl schakelde ze over naar de duimgreep, zodat het zwaard haar beweging volgde. Ze sloot af met een harde stoot tegen de goudgeschubde borst.

Er klonk een bescheiden applaus. De man keek haar bewonderend aan.

Twee indrukwekkende figuren – ivoren schubben tegen over goud – cirkelden om elkaar, zoekend naar een opening. Medea viel aan en verraste de grote man volledig met een barbaarse techniek. Ze slingerde het zwaard ver achter haar hoofd en liet de val werken, terwijl ze instapte. Zo claimde ze de ruimte.

Hij moest wel wegduiken.

Medea viel meteen aan en stootte naar het gezicht van de man.

De man week struikelend achteruit, hief handen en zwaard en legde in die reflex zijn hele lijf open.

Zijn wankel evenwicht liet zijn lijf onbeschermd en Medea trapte hem zonder aarzelen in de maag en joeg hem verder achteruit.

De man had een geschokte blik en ongeloof in zijn ogen.

Door deze kwetsbare positie was het hoofd onbeschermd, en Medea vervolgde met een snelle aanval. Ze sloeg hem hard met de platte kant van haar zwaard. Doden was niet haar doel, laten zien wat ze kon wel.

De vrouw met het blauwe haar glimlachte, alsof ze al wist hoe sterk Medea was.

De leraar stapte achteruit, wenkbrauwen hoog, trots glinsterend in zijn ogen. Hij floot instemmend, liet zijn zwaard zakken en zijn blik door de zaal gaan. 'Iedereen komt terug voor een herhaling van les één. Pas naar les twee als je een droom herkent.'

Gefluister golfde door de ruimte. 'Ik wil niet terug... volgende keer haal ik het wel.'

Onverstaanbaar gemompel, gekreun en zachte kreten – Athan voelde zijn veren trillen. Moesten deze kinderen echt terugkomen?

De vrouw boog zich naar de man toe en fluisterde in zijn oor. 'Alexandrei, wees de volgende keer milder voor Medea. Ze heeft al zoveel doorstaan.'

'Ze kan het aan. Medea is sterk.'

Medea liet haar blik door de klas gaan, zich onbewust van hun gesprek over haar.

Athan kon haar niet vertellen wat hij had gehoord. Hij was maar een vogel, de woorden ontbraken. *Haar echte vader woont in Saerlea. Nu begrijp ik het. Ze zijn van een ras van half mens, half draak. Alexandrei bereidt zijn dochter voor op wat komen gaat.*

Vol ontzag keek Athan naar de man van wie hij begreep dat hij Alexandrei Sjire Alda was, de voormalige Keizer van de Schaduwweiden. Hoe hij dat wist? Hij volgde slechts zijn instinct.

'Goed, Medea. Jij gaat door naar les twee. Maar niet vandaag.' Alexandrei klapte in zijn handen.

In een oogwenk was Athan terug op het schip. In plaats van op de tafel in Medea's hut, zat Athan nu op een touw achter de hoofdmast.

Toen zijn zicht opklaarde, zag hij de bemanning al druk in de weer. Een paar kajuitjongens maakten schoon schip.

Een plotselinge beweging op het achterdek trok zijn aandacht.

Cayden klom naakt aan boord, zout water druipend van zijn gespierde lijf. Hij liep naar een stapel kleren en kleedde zich aan.

Een vrouw, groter dan Medea, kwam het dek op. Ze straalde gevaar uit, bekeek haar omgeving zonder op te kijken. Athan had haar eerder Winta horen noemen.

Voorzichtig kroop de vogel naar de andere kant van de mast en gluurde eromheen.

Winta wierp de vogel een blik toe en richtte zich toen op Cayden. Ze glimlachte. 'Zo, al ontbeten?'

'Ja.' Cayden veegde zijn mond af, waar nog wat krill hing. Hij grijnsde. 'Zeedraken eten krill, haring, ansjovis of plankton. We lijken op walvissen. Dat wist je al... Stop met lachen.'

Winta's glimlach verdween. 'Heb je haar al kunnen bijpraten?'

'Nog niet,' zei Cayden. 'Ik ken niet alle details, maar ik weet dat Toma en Sandra, haar pleegouders niets hebben verteld.' Hij vloekte binnensmonds. 'Gedane zaken nemen geen keer. Tijd om haar alles te vertellen.'

Winta pakte zijn hand en keek hem strak aan. 'We mogen niets vergeten.'

Cayden knipperde en keek weg.

'Je voelt iets voor Medea, nietwaar?' vroeg Winta, met onmiskenbare stelligheid. 'Vreemd, want je vertelde me ooit over Viktorya. Maar goed, gevoelens veranderen.'

Ze stonden zwijgend naast elkaar en keken uit over het water, waar dolfijnen over de golven gleden.

'Het is inderdaad zo. Sinds die nacht in het bos met Viktorya, klopt er iets niet meer.'

Winta legde geruststellend een hand op zijn schouder. 'Er zijn onzichtbare krachten aan het werk, mijn vriend.'

Athan wilde naar Medea, maar bleef bezorgd schuilen tussen mast en zeil.

Toen de zon boven de horizon klom en de lucht oranje kleurde, leek het zeewater nog blauwer. De bel ging, tijd voor ontbijt.

Athans maag rommelde. Zijn gedachten gingen naar de jachten met Larysse. *Zou ze vandaag een haas vangen, of een paar muizen?* Altijd goedhartig, liet Larysse altijd restjes voor hem achter.

Zijn gedachten dwaalden naar het bos waar hij maandenlang alleen had geleefd. De zwanenfamilie had het Verboden Meer moeten verlaten, omdat mensen hem hadden ontdekt. De mensen hadden een hekel aan raven en wierpen stenen naar Athan en de zwanen. Zijn zwanenmoeder was gevlucht en nooit teruggekeerd. Het besef van zijn verlies trof hem. De zwarte vogel knipperde een traan weg.

Na een korte tijd kwam Medea naar hem zoeken.

Ze liep naar de mast waar Athan zat en floot zachtjes.

Als een mot naar het licht vloog Athan gelukzalig naar haar toe en streek neer op haar schouder. Hij raakte haar wang aan met zijn voorhoofd – zijn versie van een kus. Medea had spek en worst voor hem meegenomen – een echte traktatie! Athan begon alles op te slurpen.

'Deze droom...' mompelde Medea terwijl ze toekeek hoe hij at. 'Zo vreemd. Die enorme man met gouden schubben... Hij voelde als familie.'

Hij is je vader. De vrouw noemde hem Alexandrei.

Maar Medea hoorde Athans zijn gedachten niet.

Ze streek door zijn veren en fronste. 'Hoe ben je hier gekomen? De deur en het raam waren dicht.'

Met volle maag leunde Athan tevreden tegen haar aan. Toen hield hij zijn kop schuin en hief zijn vleugel op.

Medea grinnikte. 'Juist, je hebt geen idee waar ik het over heb, hè? Een mysterie dus.'

Athan knipoogde en kraste zacht. 'Oké.'

Medea schoot in de lach. 'Je bent zo slim, Athan. Verbazingwekkend.'

Ze trok de vogel tegen zich aan. Alsof ze op dat moment hun eeuwige band bezegelden.

16

MEDEA

‘Heeft iemand je ooit gezegd dat je op hém lijkt? Alleen kleiner.’ Cayden keek op mij neer met een blik in zijn ogen die me belachelijk zelfbewust maakte.

Na een week voelde ik me thuis aan boord. De zee maakte me soms misselijk, maar het hielp om met Cayden te praten – knap en overduidelijk geïnteresseerd.

‘Hem?’ vroeg ik, quasi-verbaasd, terwijl ik de vlinders in mijn buik voelde. ‘Kan je wat specifieker zijn?’ Ik dacht aan onze eerste ontmoeting en glimlachte een klein beetje. ‘Alsjeblieft?’

‘De oude keizer van het Schaduwweidenrijk,’ antwoordde Cayden kort. ‘En ook op zijn broer Vadim, de voormalige hogepriester van de Zonnetempel, de verrader die een coup in scène zette en de nazaten van zijn broer uitroeide.’

Een schok ging door me heen. Ik hapte even naar adem en stapte naar voren. Ik keek de knappe kroonprins recht aan. ‘Vertel me alles over die oude keizer, Cay,’ zei ik, mijn stem ongewoon hees.

Cayden pakte mijn arm en leidde me naar het achterdek, waar het hout kraakte, water tegen de boeg klotste en stemmen en hoesten naar de achtergrond verdwenen.

De oceaangeur drong niet alleen mijn neus binnen, maar mijn hele lijf en ziel. Daaroverheen hing het zweet van de bemanning, die zelden een bad namen. Alles went.

We zaten met onze rug naar bakboord op het bad dek, het domein van de bemanning, waar ze muziek maakten, spelletjes speelden of een sketch opvoerden.

Ik trok mijn knieën op en sloeg mijn rok strak om me heen.

Cayden zat met gekruiste benen naast me en schudde een krul uit zijn oog. Hij droeg nog steeds geen kleding die bij zijn status paste: een strakke broek, rijlaarzen, een eenvoudig wit hemd en een leren jasje. Voor een kroonprins oogde hij gewoon, niet zoals op de dag dat we elkaar ontmoetten. Toen zwermden er vlinders door mijn buik en werd mijn bloed vergiftigd met valse liefde, alsof iemand me vervloekte. Ik huiverde bij de gedachte.

Toch voelde ik me als kind zo blij toen de knappe kroonprins op een zachte toon sprak. Zijn hooggeboren accent was onveranderd chic.

'De oude keizer van de Schaduwweiden, Alexandrei Sjire Alda – krijger van zuiver bloed – kon een volk leiden. Iedereen onder zijn bevel bewonderde en respecteerde hem.' Cayden pauzeerde en veegde weer een haarlok uit zijn oog.

Met warme stem vervolgde hij. 'In november 312 voeren we met dit schip varend over de ijzige Duivelszee, langs de ijsmuren van Ka-Rori – het Land van IJs, in het uiterste noorden. Ik was net achttien, vers van de Militaire Academie. De keizer gaf me één taak: jouw moeder begeleiden naar Cepheus.'

Caydens blik zocht de mijne.

Met mijn armen om mijn middel geslagen, staarde ik hem aan. Hij kende mijn moeder. Verdriet overspoelde me. Ik knikte hem bemoedigend toe.

'We bereikten de draaikolk,' zei Cayden, zijn blik ver weg. 'De poort naar de Drakenzee, waar Cepheus ligt. Daar vielen de Da Grulls in december 2012 bruut aan. Ze roeiden duizenden soldaten en de hele koninklijke familie uit, vanwege de broer van de keizer: Vadim.'

Cayden slikte zichtbaar. Hij balde zijn handen tot vuisten en zijn kaakspieren trokken strak.

Mijn gezicht brandde bij het besef. 'Vadim, hij wilde mij toch ook doden? Daarom vluchtte mijn moeder naar Cepheus. En ik lijk op hem? Waarom heeft niemand me dat verteld? Dan had ik begrepen waarom de mensen me haatte. Door Vadim stierf de hele koninklijke familie. Duizenden stierven.' Ik zakte door mijn knieën en haalde diep adem.

De Maangodin greep de macht via de hogepriesteres, Vrouwe Ydrenya. Ze vaardigde een nieuwe wet uit: spreken over het Huis van Sjire Alda werd verboden, op straffe van de dood.'

Cayden stak zijn hand uit en ik nam hem aan. Hij trok me overeind en hield me dicht tegen zich aan. Warmte gloeide op in mijn onderbuik. Ik liet zijn hand los en stapte achteruit.

Cayden sprak verder, ogen op een beeld dat alleen hij zag. 'Winta, destijds soldaat in onze missie, vroeg of ik aan de monsters dacht. Ik zei "ja". Ze zei: "Een hart zo zwart als de nacht. Alleen de kracht van de diamant brengt de oorsprong terug." Ik begreep haar niet, maar ze huiverde. Toen we uit de draaikolk kwamen, zagen we in de verte Cepheus.' Cayden haalde zijn schouders op.

'En toen, Cay? Vertel het me. Alsjeblieft.' Ik schonk hem een kleine glimlach.

‘Je moeder zei toen met haar zachte stem: “We zijn er bijna. Daar laten we haar achter.” Kalliste probeerde me te peilen, tevergeefs. Ze gaf me het bundeltje dat ze in haar armen hield. Je moeder was klein. Ze reikte maar tot halverwege mijn borst. Ik moest bukken om het aan te nemen. Ik ben altijd groter geweest dan de rest.’

Dat herkende ik. Sinds mijn jeugd was ik groter dan iedereen. En iedereen wist waarom – behalve ik. Nog een leugen boven op de stapel.

Cayden staarde langs me heen, alsof hij vastzat in een luchtbel van het verleden.

Hij sprak haast alsof hij in trance was. ‘Twee glanzende ogen, bijna zwart, staarden me aan. Ik hield de baby vast – haar ogen kleurden rood, haar huid werd wit met een beschermend laagje leer. Ik kon dit kleine meisje, geboren onder zulke moeilijke omstandigheden, helaas niet helpen. Ik hoopte dat ze in Cepheus gelukkig zou worden, en dat we elkaar ooit weer zouden zien.’

Ik stond op en begon te ijsberen. Met mijn handen in mijn haar keek ik naar de helderblauwe lucht, toen terug naar Cayden. Ik prikte met mijn wijsvinger tegen zijn borst. ‘Die baby was ik. Na de dood van mijn moeder lieten jij en Winta me aan mijn lot over.’ Ik vocht tegen mijn tranen.

Het idee een wees te zijn voelde onwerkelijk. Ik had twee ouders die alles voor me betekenden, iets wat ik nooit mocht vergeten. Maar het waren niet mijn echte ouders. Ze waren verre verwanten.

‘En wat zei je over mijn huid?’ Mijn stem klonk koud.

Mijn reactie trok Cayden terug in de realiteit. Hij sputterde tegen met zijn kaken op elkaar geklemd. ‘Keizer Alexandrei koos met wie hij het bed deelde. Je moeder raakte zwanger. Als Grootmeesteres van het paleis was het gebruikelijk dat ze het bed met de keizer deelde.

'Denk je dat mijn moeder een makkelijk doelwit was? Je vergeet jezelf, meneer!' snauwde ik, vol minachting en ik sprong op.

Cayden bloosde en keek weg. 'Je moeder moest vluchten omdat de broer van de keizer, Vadim, doordraaide. De keizer treft geen blaam.'

Hij peilde me. We hielden elkaars blik vast.

'Je leeft toch nog?' ging Cayden hees verder. 'Je bent op weg naar de Schaduwweiden, waar je bent geboren. Misschien ontmoet je daar mensen die je ouders hebben gekend.'

Cayden klemde zijn kaken, de spieren stonden strak.

Het overweldigde me. Ik ademde diep in, zette mijn handen in mijn zij en maakte me groot.

'Zo te zien zijn jullie uit hetzelfde hout gesneden.'

Hij keek me aan en kwam dichterbij. Zijn warme adem streek over mijn voorhoofd.

Een golf onbekende emoties stroomde door mijn lichaam. Het duizelde me. Ik liet mijn handen zakken. 'Voor zover ik weet, kan die oude keizer mijn vader zijn.' Ik deed een stap terug.

Cayden keek verbaasd op, alsof hij besefte dat ik de waarheid allang vermoedde.

Geschrokken door mijn eigen woorden, tilde ik de zoom van mijn rok op, klaar om te gaan. Zijn lippen hadden bijna mijn voorhoofd geraakt, een tinteling bleef hangen. Hoe zou het voelen om hem te kussen? Ik hield stil, herpakte me en bleef rechtop staan. Zijn geur joeg mijn bloeddruk op. Te heet, te dichtbij. Als ik bleef, werd het alleen maar erger.

'We zien elkaar later,' zei ik, bijna buiten adem, en ik liep weg.

'Ga alsjeblieft niet weg!'

Ik moest naar mijn hut om te kalmeren.

De kroonprins rende me achterna en greep mijn arm. ‘Wacht! Er is meer.’

Ik draaide me om en schudde mijn arm los. ‘Waarom zei je dat niet eerder?’ Ik ving zijn blik en liet die niet los. ‘Waarom zweeg je erover toen we elkaar leerden kennen? Net als mijn nepouders, je houdt dingen voor me achter.’ Ik vouwde mijn armen achter mijn rug. Kou trok over mijn huid. Mijn handen gleden over de schubben. Mijn hartslag pulseerde in mijn oren. *Zitten ze op mijn gezicht?* De schrik joeg de schubben terug. Of Cayden het merkte, wist ik niet.

‘Ik wilde wachten tot we aan boord waren. Hier hebben we meer privacy.’ Hij ging met een hand door zijn haar en keek naar de houten vloer, alsof daar iets lag.

‘Ik snap het,’ antwoordde ik bits. ‘Dus je wachtte zes dagen tot we op open water zaten, zodat ik niet kon weglopen.’ Ik trok een wenkbrauw op.

‘Laat maar,’ zei Cayden abrupt. ‘Ik heb er genoeg van.’ Zijn ogen werden donker.

‘Sorry,’ fluisterde ik. ‘Ik was onredelijk. Ga alsjeblieft verder.’ Ik peuterde aan de stof van mijn mantel.

‘Je klinkt net als hem.’ Caydens adamsappel bewoog en zijn ogen glansden van verdriet. ‘Ik mis de keizer. Ik keek tegen hem op.’

Verdriet en nieuwsgierigheid welde op in mijn maag en de misselijkheid volgde. Mijn lippen werden koud, mijn gezicht werd week, de wereld vervaagde. Zwart kroop aan de randen van mijn zicht.

Cayden ving me op.

De kracht in zijn armen wekte meer dan alleen het verlangen om vastgehouden te worden. Waar deze sterke gevoelens vandaan kwamen, wist ik niet. Er hing iets vertrouwds tussen ons, alsof we elkaar al een heel leven kenden. Ik maakte me los, haalde diep adem en ging rechtop staan.

Cayden is te oud voor mij.

'Cay, je weet hier veel van. Bedankt,' zei ik kalm, en ik tikte zijn schouder aan.

Caydens wenkbrauwen schoten omhoog.

'Ik heb alleen wat te eten nodig, dat is alles.' Ik glimlachte.

Tot mijn verbazing glimlachte Cayden terug, een tikje verlegen en zijn gezicht kleurde rood.

Ik keek over het water achter Cayden. *Wat maakt het uit?* Ik zou het paleis tot de grond afbranden en naar huis gaan. Schubben kropen over mijn handen, onderarmen en bovenarmen. Zonder iets te zeggen rende ik weg.

'Med, wacht! Er zit meer achter!'

17

MEDEA

Met mijn kniehoge leren laarzen in de handen liep ik naar de patrijspoort en keek naar buiten. De lucht was strakblauw, een belofte van nog een warme dag.

Ik had me verslapen en het ontbijt gemist. In Cepheus stond ik altijd om zeven uur klaar voor zwaardtraining. Verslapen was niets voor mij. Deze reis was vermoeiend. Dat gaf niets. Het is toch bijna middag. Ik geeuwde en keek naar het dagboek van mijn moeder op tafel. Vandaag zou ik het eindelijk lezen, om haar verhaal beter te begrijpen. Eerst wilde ik aan dek een frisse neus gaan halen.

Terwijl ik mijn laars aantrok en op één been wiebelde, zag ik dat Athan al verdwenen was. *Slimme vogel.* Ik glimlachte en keek naar het open raam. Hij had zelf bedacht hoe hij naar buiten kon. Een tinteling trok door mijn borst – die vogel was mijn beste vriend geworden.

Ik trok mijn andere laars aan en stopte mijn broekspijpen erin.

Ik besloot me om te kleden in de outfit die Philline me als afscheidscadeau had gegeven.

'Med, je gaat op een queeste, kleed je ernaar. Je bent een krijger. Vergeet dat nooit. En als ik het mag zeggen: verberg dat geweldige figuur van je niet. Je bent straks niet meer in de Tempel.' Dat had Philline gezegd toen ze het cadeau aan me gaf.

Vanaf die dag droeg ik een leren broek met een bijpassend topje dat mijn rondingen volgde, en daarover een kort leren jack. Geen gewaden meer voor mij. En geen maantempelregels meer.

Na een laatste blik in de spiegel om te checken of alles goed zat, vertrok ik.

Zodra ik de deur opende, sneed er een ijzige gil door de lucht.

Ik liep de gang in. Het hout piepte onder mijn voeten en het water klotste tegen de romp van het schip. De kajuitjongens hadden de vloer al geboend, waardoor er een lekkere, frisse zeepgeur in de lucht hing. Terwijl ik naar de trap aan het einde van de gang liep, wiegde het schip van links naar rechts.

Een nieuwe schreeuw klonk, ergens boven mij.

Ik rende door de hal en de trap op. De spanning gierde door mijn keel toen ik de deur bereikte.

Nog voor ik hem kon openen, duwde een matroos hem met kracht dicht. 'Kijk uit! Laat hem niet naar beneden gaan!'

Ik trok de deur net genoeg open om ertussendoor te glippen en sloot hem snel achter me. Het zonlicht verblindde me even, tot mijn ogen eraan gewend raakten. Toen zag ik waarom de mannen hadden geschreeuwd.

Op het dek stond een vreemd zeedier met wilde ogen. Zijn kop schoot heen en weer, op zoek naar een uitweg, maar het was omsingeld. De bemanning prikte in het beest met hun zwaarden en messen.

Medelijden trok door me heen terwijl ik naar mijn armen keek. Geen schubben. Mijn huid bleef glad. Dit wezen was geen bedreiging. Ik wist inmiddels hoe mijn lichaam reageerde op gevaar: ivoren schubben verschenen, als een harnas, waardoor ik op een hagedis leek. En zodra de dreiging voorbij was, verdwenen ze weer.

Woede borrelde in me op. Ik wrong me door de menigte en duwde schouders opzij. 'Stop! Je maakt het bang.' Ik stapte de cirkel binnen, handen geheven, klaar om met iedereen te vechten die nog één stap durfde zetten.

'Hé, dame, pas op!' riep een matroos. 'Dat ding bijt zo je kop eraf.'

Ik sloot mijn ogen en stemde mijn hart af op het wezen, zoals me geleerd was in de Maantempel. Een golf van liefde overspoelde me. Ik voelde dat het een mannelijk wezen was. Op datzelfde moment raakte hij mijn energie aan. Even voerde hij me mee, diep onder water, naar een ander rijk. Voor mijn geestesoog zag ik tientallen wezens als hij, verbonden als een zwerm bijen. Zijn gedachten vloeiden in de mijne, en de mijne in de zijne.

Onze blikken kruisten elkaar en de spanning gleed van me af. De zachtroze huid van het zeewezen schitterde in het zonlicht. Zijn puntige staart kronkelde zich om zijn lichaam, en in zijn grote, donkere ogen lag een zachte wijsheid – alsof hij de geheimen van het leven kende.

Zonder na te denken strekte ik mijn hand uit en raakte hem aan. Zijn huid voelde zacht aan. Het roze wezen reageerde door met zijn vier vingers over mijn huid te glijden, voorzichtig, bijna teder. Er bleef een dun spoor glibberig slijm achter. Ik veegde het slijm weg met mijn vingertoppen en glimlachte om de onverwachte zachtheid.

Het wezen maakte een laag, mompelend geluid en bestudeerde mijn huid met aandacht. Tussen het gebrom door ving ik één woord op: ‘Diem... Diem.’

De jongens om me heen raakten in een roes van geroep en gevloek, alsof ze het wezen konden verstaan.

Mijn koppigheid stak de kop op. Ik stapte voor het wezen, armen gespreid. Dit prachtige, roze schepsel had mijn bescherming nodig.

Achter me sloten anderen zich aan. Al snel stond er een kring van bemanningsleden om ons heen.

Tot mijn verbazing stapte er een jongeman naar voren – lang, met gitzwart haar. Hij ging naast me staan en liet zijn goudbruine ogen over de menigte glijden. Zijn blik zo scherp dat de rest vanzelf stilviel.

De amandelvormige ogen deden me denken aan die van pa: gesloten en gefocust. Hij fascineerde me meteen. *Wanneer was hij aan boord gekomen? Hoe kan ik hem niet eerder hebben gezien?*

De jongeman draaide zich naar het wezen en wees. ‘Dit is een Galina.’

‘Galina?’ vroeg ik nieuwsgierig, terwijl ik de geur van de vreemdeling opsnoof: zilt, met een vleugje mysterie, alsof hij zelf uit de zee was opgestegen. De gedachte deed me glimlachen.

‘Ja,’ antwoordde hij glimlachend. ‘Een Galina. Ze zijn rustig, sereen van aard. Vredige wezens die in groepen leven, diep in de oceaan. Deze is waarschijnlijk met de stroming meegevoerd naar een ondiep water en zo op het schip beland.’

‘Hé, hoe komt het dat we er nooit eerder een hebben gezien?’ riep een matroos.

‘Ja, hoezo niet?’ klonk een koor van stemmen achter hem.

‘Wie ben jij?’ vroeg ik, verbaasd over mijn eigen gejaagde ademhaling. Mijn knieën voelden week. ‘Wanneer ben je aan boord gekomen? Ik heb je nog nooit gezien.’

‘Hé, Rafail, kunnen we het eten?’

‘Nee,’ antwoordde hij droog, ‘ze zijn hard en zuur.’ Daarna wendde hij zich naar me en knipoogde. De eerste vraag van de bemanning liet hij gewoon in de lucht hangen.

Tot mijn schaamte voelde mijn wangen warm worden. *Je negeert mijn vraag ook, hè?*

De blik van de jongeman werkte kalmerend – of ik beeldde het me in. Misschien keek hij naar iets achter me.

Rafail baande zich een pad door de matrozen, pakte de voorpoot van de Galina en trok het wezen naar de reling.

Ik liep naar hem toe om te helpen.

De Galina liet zich gewillig meeslepen en sprong na een aanmoediging overboord. Het water sloot zich met een heldere plons.

Ik boog over de reling van het schip. Het roze wezen dook op en keek omhoog naar ons. Het zeewater lichtte op in de veelkleurige gloed van zijn tentakels. Ik zwaaide hem na tot zijn vorm verdween onder de golven.

De jongeman stak zijn hand uit. ‘Rafail.’

‘Medea,’ fluisterde ik nog net hoorbaar terug. De hand van deze prachtige man smolt in de mijne. Ik wilde zijn goudbruine blik ontwijken, maar tot mijn schaamte bloosde ik.

‘Dus je nam het voor dit wezen op?’ vroeg Rafail, ook zijn wangen kleurden roze. ‘Dat was aardig van je.’

Rafail stond dichtbij en bleef glimlachen. ‘Hoe wist je dat de Galina ons geen kwaad zou doen?’ vroeg hij. De zeelucht die hem omgaf rook naar zout en zon.

‘Ik voelde het.’ Ik was een beetje verlegen en vreemd overweldigd. Met tegenzin liet ik zijn hand los en staarde naar de planken onder mijn voeten. Het slijmspoor glinsterde nog in het licht. De scheepsjongens moesten weer aan het werk.

'Je bedoelt dat je het écht kon voelen?' vroeg Rafail hees terwijl hij dichterbij kwam, zo dichtbij dat ik zijn warmte voelde. Hij torende boven me uit. Ik had nooit beseft dat er zoveel mensen groter waren dan ik.

'Ja,' bracht ik uit, mijn knie trilde. Mijn hart bonsde alsof het zich een weg zocht naar het zijne.

Rafail leunde naar voren, zijn brede borstkas raakte vluchtig mijn gezicht toen hij met lage stem fluisterde. 'Hoe dan?'

'Met mijn huid,' antwoordde ik, buiten adem, verrast door mijn openhartigheid. Zijn stem streek langs mijn wang en maakte elke gedachte troebel.

Rafail glimlachte, alsof hij wist wat zijn nabijheid met me deed. En ik... ik wilde hem geen halt toeroepen.

Aan de overkant van het dek ving ik Caydens blik. Zijn wenkbrauwen stonden strak, zijn ogen zorgelijk donker. Onze blikken haakte kort in elkaar. Ik wendde mijn hoofd af, terug naar Rafail.

Rafail wierp Cayden een korte blik toe en keek toen weer naar mij. Iets in zijn ogen veranderde. Een sluier, herkenbaar van pa, die zijn gevoelens altijd achter een masker had gehouden sinds de oorlog met de Da Grulls. Tenminste, dat was wat ma me ooit vertelde, een beetje aangeschoten op mijn nep-achttiende verjaardag.

Zijn ziel, die zich even had laten zien, trok zich terug – allemaal omdat Cayden zichzelf niet kon weerhouden om naar me te staren. Ik balde mijn vuisten tot mijn knokkels wit werden. Boosheid borrelde op, warm en onrustig.

Verward, half wankelend, draaide ik me om en liep weg.

Rafail volgde me en legde zijn handen op mijn schouders. Zijn stem klonk laag achter me. ‘Het is goed, Medea. Ik wil alleen begrijpen wat je bedoelde. Voelde je het... met je huid?’

Zijn blik was open, ontwapenend. De sluier was verdwenen, en in die ogen voelde ik me voor het eerst veilig genoeg om hem alles te vertellen.

Een melodie pulseerde door mijn aderen. Ze verdreef het gif dat de denkbeeldige bijenkolonie in mij had achtergelaten. Het voelde als muziek, als het doolhoflied dat ooit door me heen had gestroomd. Alsof een vloek was opgeheven. *Hou op. Een vloek? Wat een onzin.*

Ik sprak mijn gedachten niet uit. ‘Het is alsof mijn huid een eigen wil heeft. Soms verschijnen er schubben. Kijk...’ Ik schoof de mouw van mijn leren jack op. ‘De maantatoeages verdwijnen eronder, telkens weer.’ Ik keek hem aan, mijn ogen wijd opengesperd.

‘Dat is niets bijzonders,’ zei Rafail kalm en zelfverzekerd. Hij rolde zijn shirt op. ‘Kijk hier eens naar.’ Zijn huid golfde, iets bewoog eronder. Toen verschenen er een voor een blauwe, glimmende schubben die zich als een pantser over hem spreidden.

‘Een natuurlijk verdedigingsmechanisme,’ zei hij trots. ‘Laten we er later vanavond over praten, goed? Nu moet ik gaan, want ik heb Tian beloofd dat ik over een minuut of tien met hem zou trainen.’ Hij keek me aan met een nieuwsgierige uitdrukking. Ik knikte.

Zijn geur bleef in mijn kleren zitten toen hij wegliep naar Tian, die met Winta en Fyona praatte. Er zat iets geruststellends in die geur, iets wat mijn ziel even streelde.

Nu begreep ik wat Philline bedoelde met die vlinders waar ze het ooit over had. Ze fladderden nu in mijn eigen buik. Ik zuchtte, machteloos glimlachend.

Ik keek naar de heldere hemel. *Ben ik verliefd? Echt?* Nog half in de wolken liep ik terug naar mijn hut. Er waren geen zorgen en bedreigingen meer, alleen zachtroze wolken. Mijn wraaklust was verdwenen en wat overbleef was verlangen – naar mijn oorsprong, maar nog sterker naar de vreemdeling die mijn gedachten nu vulde.

Terug in de hut, trok ik iets comfortabels aan, ging op het bed zitten en sloeg een deken om mijn schouders. Terwijl Rafails gezicht door mijn hoofd spookte, streek ik met mijn hand over de leren kaft van mijn moeders dagboek – soepel als zacht leer. *Hoe zou zijn huid voelen?*

Opgewonden probeerde ik mijn ontwakende gevoelens te verdringen. Op de eerste bladzijde stond geschreven: *Voor jou. Vergeef me alsjeblieft – Je moeder.* Het woord moeder drong mijn wezen binnen, brak de dam die ik zo zorgvuldig had opgebouwd, en de tranen stroomden vrij.

18

DAGBOEK VAN KALLISTE

Het Rijk van de Schaduwweiden, het jaar 292

Lief dagboek,

Ik kan nog steeds niet geloven wat er vanmorgen is gebeurd. Toch heb ik er een goed gevoel over. Misschien worden mijn gebeden verhoord en wordt mijn moeder gered. Daar ben ik zo dankbaar voor.

Ik wil niet dat iemand dit geheim ontdekt, dus ik verstop je voorlopig goed.

Mijn moeder en ik zijn deze zomer in het Koninkrijk Cepheus, in het dorp Zwarte Waterval aan de zuidkant van Mount Funud. We logeren bij haar verre neef Toma en zijn vrouw Sandra.

Mijn vader is de hertog van Oraku, de hoofdstad van het Keizerrijk van de Schaduwweiden. We horen bij de adel. We wonen in een groot huis met een volledige staf en een kok. Er is een stal, en ik kan paardrijden wanneer ik wil. Over het algemeen hebben we een goed leven. Mijn moeder zegt dat ik later voor de keizerlijke familie zal werken. Nu ik zestien ben, mag ik eindelijk kennismaken met de wereld van de adel. Ik kan niet wachten. Werken in het keizerlijk paleis – welk meisje droomt daar niet van? Ik droom van een romantisch leven, en misschien, heel misschien, ontmoet ik daar wel mijn toekomstige man. Ik ben nog nooit verliefd geweest, want ik ben pas zestien. Wat weet ik nou van liefde? Ik weet zeker dat mijn ouders niet zonder elkaar kunnen. Ze zijn nog steeds smoorverliefd, ook al kennen ze elkaar al jaren. Zo wil ik ook liefhebben.

Mama is vandaag weg met oom Toma en tante Sandra. Ze zijn op bezoek bij Narcissus Bloemen en ze komen pas rond etenstijd terug. Dat geeft me genoeg tijd om alles op te schrijven zoals het echt is gebeurd. Ik blijf er maar aan denken. Het begon zo.

Vroeg in de ochtend keek ik uit het raam. Het was perfect weer om te vliegeren, want er stond een stevige wind. Ik besloot de klif op te gaan met mijn vlieger, vastbesloten mijn hoogterecord te verbreken.

Mijn vader en ik hadden de vlieger samen gemaakt: een rode vlieger met een lange staart en strikken, en daarop het symbool van de keizerlijke familie – een draak.

Toen schoof er een schaduw over mijn goede gevoel. *Hoelang blijft mama bij ons?* Ik had een gesprek opgevangen tussen haar en de huisarts. 'Misschien nog een jaar,' had de dokter gezegd toen mama naar haar prognose vroeg.

Ik schudde de gedachte van me af, stapte uit bed en kleedde me stilletjes aan. Mijn moeder bewoog in haar slaap en slaakte een diepe, luidruchtige zucht. Ik verstijfde. Mijn moeder draaide zich om in bed. Op mijn tenen liep ik langs haar heen.

Buiten overviel de rust me. Het voelde bijna alsof hier nooit iets veranderde. In Oraku veranderde er altijd wel iets, maar hier bleef alles zoals het was.

Ik liep de lange houten trap af. Toen ik over mijn schouder keek, zag ik de grijze houten huizen op hoge palen staan. Ik vroeg me af hoe ze deze huizen op zo'n steile berghelling hadden kunnen bouwen. Beneden bleef ik even staan om mijn omgeving in me op te nemen.

De bloemen in de borders bloeiden in prachtige tinten blauw, paars en roze. Hun geur hing in de lucht en voegde een subtiele laag toe. De bomen naast de klif ritselden in de stevige wind, die ook aan mijn vlieger trok. De warme, vochtige lucht en het gezang van de vogels lieten me bijna opveren van vreugde.

Uit het huis op de hoek, de bakkerij, kwam een vrouw naar buiten. Ze zwaaide naar me. Haar lange donkerblauwe jurk met goudkleurig borduursel kwam tot halverwege haar kuiten, en haar saffraankleurige petticoat liet, zoals gebruikelijk, net een stukje enkel zien. Haar blauwe haar was opgestoken, en haar gouden oorbellen wiegden zachtjes bij elke stap. Ze glimlachte en riep met haar lage stem: 'Zorg dat je vlieger niet wegwaait, lieverd!'

Ik zwaaide terug, liep verder en keek naar mijn eigen eenvoudige, effen rode jurk, met daarop het nationale draaksymbool geborduurd.

Even later bereikte ik de klif. Ik legde mijn vlieger op de grond. Met het touw in mijn hand begon ik te rennen. De wind pakte de vlieger op en tilde hem in een beweging de lucht in.

De kracht van de wind overviel me. Voor ik het wist vloog mijn vlieger over de rand van de klif, boven de Drakenzee die we vier maanden geleden nog hadden overgestoken op weg naar de haven. Gelukkig had ik een draad gekozen die lang genoeg was. Ik hield hem stevig vast en gebruikte mijn eigen gewicht als tegenkracht tegen de enorme trekkracht van de vlieger.

Plotseling trok de wind de vlieger een andere kant op.

Behoorlijk geschokt liet ik het touw los, maar het schuurde mijn hand open. Ik keek vlucht naar de rode plek op mijn hand en rende naar de rand van de klif. De vlieger fladderde omlaag, licht als een paardenbloempluisje, en landde op een van de grote, platte stenen bij de branding. Hij lag op een rots, maar de wind kon hem elk moment weer oppakken. Dan zou ik hem kwijtraken. Dat mocht niet gebeuren. Niet mijn favoriete vlieger, want die hadden mijn vader en ik samen gemaakt. Door een ritseling in het gras schrok ik op toen er een muis tevoorschijn schoot. Het diertje rende over het pad en verdween het gras in.

Mijn oog viel op een stenen trede die in de witte kalksteen van de klif was gehouwen. Ik had hem nooit gezien zonder dat kleine wezentje.

Ik snelde ernaartoe. Een stenen trap in de rotswand leidde naar het strandje. Ik had me nooit gerealiseerd dat er daar beneden strand kon zijn. Om mijn vlieger niet kwijt te raken, daalde ik trede voor trede af, terwijl ik me aan de rots vastklampte. Deze klif was zo hoog, maar de trap leek korter. Ik was zo geconcentreerd op terughalen van mijn vlieger dat ik nergens anders aan dacht. De rotswand beschermde me tegen de harde wind. Mijn rode jurk waaide tegen mijn benen. Mijn lange rode haar plakte door de inspanning aan mijn nek en hoofd en was net als mijn jurk wit van het kalksteen. Mijn schoenen waren er ook slecht aan toe, maar daar stond ik niet bij stil. Ik moest die vlieger hoe dan ook terugkrijgen.

Beneden sprong ik op het zand. Ik trok mijn schoenen en sokken uit en legde ze op de trede waar ik net vanaf was gesprongen. Op blote voeten liep ik over het zand naar de stenen, die in mijn verbeelding riepen: Kalliste, pak je vlieger snel! Voor het te laat is! Schiet op!

Mijn vlieger lag op een natte steen aan de waterkant, net te ver om erbij te kunnen. Ik moest klimmen. Zodra ik mijn voet neerzette, gleed hij weg, maar ik wist mijn evenwicht te bewaren. Het water smaakte zout. Ik veegde mijn lippen af met de rug van mijn hand.

Meeuwen krijsten in de verte. De wind blies mijn haar in mijn gezicht. Ik aarzelde even. De golven sloegen hard tegen de grote platte stenen. Ik draaide me op mijn billen en gleed langzaam naar voren. Mijn jurk zat in de weg en ik raakte buiten adem van de inspanning. Nog een stukje verder en ik zou mijn vlieger kunnen pakken. Ik reikte naar het touw, maar het lag nog steeds te ver.

Ik gleed op mijn buik, trok mijn natte jurk opzij en strekte mijn arm zo ver mogelijk uit. Een onverwachte golf trok me onder water. Het water stroomde mijn mond binnen en ik stikte. Hoestend zaaide ik mijn armen en benen in het rond. Mijn ogen sperden zich wijd open van angst. Ik perste mijn lippen op elkaar om te voorkomen dat er opnieuw water binnenkwam.

Mijn moeder had me altijd gezegd: als je ooit in het water valt, raak niet in paniek. Je kunt zwemmen.

Ik wist mezelf te kalmeren en zwom naar boven. Maar hoe hard ik ook trapte en met mijn armen trok, mijn zware, natte jurk trok me naar beneden en putte me uit. Ik had geen keus: de jurk moest uit. In mijn dunne ondergoed probeerde ik naar de kust te zwemmen. Maar hoe hard ik ook zwom, de stroming trok me mee de donkere diepte in. Ik kon niets doen. Ik moest het accepteren. *Dit is het.*

Ik sloot mijn ogen en liet de zee me omhullen, als twee warme armen die me op een vreemde manier troostten. *Hoe is het mogelijk dat ik nog leef?* Ik opende mijn ogen en keek recht in de nieuwsgierige ogen van een jong meisje dat me vasthield. Ik had verhalen gehoord over de Zeegodin, maar nooit over een meisje.

Het meisje giechelde. ‘Gefopt.’ Daarna liet ze me los en pakte mijn hand. Ze trok me mee de donkere diepte van de oceaan in.

Het meisje zag er schattig uit en was ongeveer van mijn leeftijd. Ze moest wel magie hebben, want ik kon onder water ademen.

‘Ik ben niet bang,’ riep ik. ‘Wie ben je, en waar gaan we heen?’ Tot mijn verbazing kon ik onder water gewoon praten.

Voor me strekte een koraalrif zich uit in prachtige kleuren: oranje, roze, geel, blauw en rood. Een school vissen in alle kleuren van de regenboog zwom erlangs en eroverheen. Op de zeebodem lagen zeesterren, en een krab wandelde voorbij zonder enige haast. Aan de horizon glinsterde een school fluorescerende kwallen.

Ze trok me mee. We zweefden over het rif, waar prachtige zeebloemen groeiden. Een zachtroze kasteel met twee torens glinsterde in het licht van het water. Lantaarnvissen zwommen eromheen en verlichtten het hele gebied. Het kasteel was gebouwd van koraal, met bloemen die langs de muren groeiden.

We zwommen naar de poort en op de binnenplaats liet ze mijn hand los.

‘Fea, wie heb je bij je?’

Wie is dat? Wat een prachtige stem.

Een oogverblindend mooie vrouw met lang blond haar kwam naar binnen. Ze was duidelijk geen zeemeermin, want ze had geen staart. Ik vroeg me af of ze misschien een zeenimf was.

Zeenimfen leefden aan de zuidkust van ons land, op het eiland Kar-Djundin, maar ze konden hier ook leven.

Maar haar diepe stem liet me meteen beseffen dat ze geen zeenimf was. De zeenimfen die ik kende hadden lichte stemmen, als water dat over kiezels kabbelde. Haar lange pastelgroene gewaad golfde om haar curvy lichaam terwijl ze moeiteloos naar het meisje dreef dat me had meegenomen. Ze droeg gekleurde zeesterren om haar polsen, die bij elke beweging tinkelden en zachtjes glinsterden.

Haar ogen glommen. 'Moet je dat eens zien. Een kind. Ben je nu bang, kleine meid?'

Zonder te knipperen keek ik haar aan. 'Waarom zou ik bang zijn? En voor de duidelijkheid: ik ben geen kind. Ik ben zestien.'

De vrouw lachte – een klank als rinkelende belletjes. Toen transformeerde ze plotseling van gedaante. 'Ben je nu bang?'

19

Medea

Uiteindelijk, toen ik bijna uitgelezen was, gooide ik het dagboek door de kamer. Het dagboek belandde met een flinke klap in de hoek. Een kille golf trok over mijn huid. Ik kroop onder mijn dekens.

Athan vloog op van zijn plek en kwam naar me toe. Hij leunde tegen me aan, drukte zijn kop tegen de mijne en maakte een zacht, tokkelend geluid.

Langzaam kalmeerden mijn zenuwen.

Mijn verbeelding dwaalde af naar het visioen van afgelopen vrijdag in de Maantempel en naar het verhaal dat Cayden me had verteld.

In mijn verbeelding rende mijn moeder met mij in haar armen door de gangen van het kasteel, helemaal naar beneden via de lange trap die naar het strand kronkelde. In de sloep hadden mijn moeder en haar slaaf bibberend gezet toen ze naar de Zeegodin werden gebracht, hetzelfde schip waarop ik nu reisde. Ze hadden de lange reis naar Cepheus gemaakt, en daar had ze...

Ik kon die gedachte niet afmaken.

Al die tijd was mijn moeder bang geweest voor haar eigen leven en voor dat van mij. Ik zou dankbaar moeten zijn dat ze het lef had gehad om het te doen. Haar trof geen enkele blaam. De schuld lag bij degene die haar had laten vluchten voor haar leven en het mijne: bij Vadim.

Terwijl ik me Caydens verhaal herinnerde, dacht ik aan de nieuwe wet van de Maangodin: het was verboden om over het Huis van Sjire Alda te spreken, op straffe van de dood.

Waarom namen pa en ma me niet mee terug naar de Schaduwweiden? Waarom hielden ze me in een land waar ik werd veracht? Er brandde een vuur in mijn borst.

O nee. Niet weer. Mijn benen werden slap. Mijn hoofd bonkte. Het bloed gierde door mijn lichaam. Mijn huid rimpelde. Voor ik het wist had mijn huid van top tot teen een pantser gevormd. Ik hield mijn handen op ooghoogte en draaide mijn handpalmen naar binnen en naar buiten. Ze glommen. Het leken wel handschoenen.

Athan kwam dichterbij en begon te tokkelen. 'Grok-grok-grok.'

Mijn schubben trokken zich langzaam terug, één voor één.

Vadim. Ik kon me alleen maar voorstellen wat een vreselijke man hij geweest moet zijn. Een monster. Je eigen familie vermoorden was onbegrijpelijk. Hoe kon hij? Ik begreep ineens waarom mensen mij niet konden uitstaan. Er borrelde een idee in me op. Wat als de ring me meer kon laten zien?

Ik haalde de ring uit het leren zakje dat veilig aan het koord om mijn nek hing en bekeek hem. Toen schoof ik hem om mijn ringvinger. Hij paste perfect.

Ik wachtte tot er iets gebeurde, maar niets...

Toen ik de ring wilde afdoen, klonk er een bekende klik in mijn nek, net onder de rand van mijn schedel.

Voor ik het wist, trok een kracht me door mijn neusgat. Ik schoot door de fijne mazen van draden. Weer hing de frisse geur van bosviooltjes in het doolhof. Weer staarde het gezicht van het jonge meisje me aan met brede, verbaasde ogen. Haar gezicht veranderde in een fractie van een seconde van mens in Witte Vos en weer terug. Haar zachte lach weerklonk. Een warme bries streelde mijn gezicht. Kippenvel trok over mijn hele lichaam. Toen raakten mijn voeten de grond. Terwijl ik mijn hoofd van links naar rechts draaide, dacht ik: *Waar ben ik?*

Een schittering in de lucht verblindde me. Ik keek omhoog, mijn handen voor mijn ogen. Er hingen geen wolken boven me, en ook geen mist. Het was iets anders. Het deed me denken aan de keren dat ik met Philline onder water was gedoken in het badhuis in Adlemarin, waar we een paar keer per week kwamen om ons lichaam grondig te reinigen. Het wateroppervlak had dezelfde schittering. Op de een of andere manier stond ik onder water – zonder water. Hoe kon dat? Ik wreef in mijn ogen, maar de vreemde schitteringen boven mijn hoofd bleven.

Toen verschenen er plotseling twee gigantische ogen achter de fonkelingen. Ze knepen samen tot spleetjes en de wenkbrauwen stonden hoog opgetrokken. Een enorme hand reikte door de fonkelingen heen en probeerde me te grijpen. Vingers klauwden door de lucht.

Ik keek wild om me heen en zag niets dan zwarte steen, zonder schuilplaats. De zwarte steen deed me denken aan de Maantempel. Met een schok besefte ik waar ik moest zijn. Een waterbak in een Tempel. Een priester die het water las, zag me duidelijk op de bodem staan.

Ik had geen idee wat ik moest doen. Ik sloot mijn ogen en concentreerde me op mijn ademhaling: in, twee, drie… Uit, zes, zeven, acht, negen… Toen realiseerde ik me dat ik op een andere plek stond. Ik stond boven op een gebouw.

Somber uitziende wolken pakten zich samen aan de nachtelijke hemel en verduisterden de miljoenen flikkerende sterren en de volle maan.

Voor de duisternis de overhand kreeg, had ik een vrouw gezien die op een tweekoppige draak zat, uitkijkend over een grote stad met een uitgestrekt bos eromheen. De vlakte lag bezaaid met kapotte tenten en lange palen met vlaggen, alsof er een festival had plaatsgevonden dat door een storm was verwoest. Ik herkende het als de kale vlakte waar de strijd had plaatsgevonden, maar nu stond ik boven op het paleis.

Twee grote groepen stonden tegenover elkaar. Ze droegen wapens: zwaarden, speren, bogen en pijlen. En ze keken elkaar aan alsof ze elk moment zouden aanvallen.

Iemand in de groep bij het standbeeld schreeuwde. ‘Dood aan de verraders!’

‘Lang leve de keizerin!’ De menigte antwoordde met gejuich.

Een man die sprekend leek op mijn mentor in Saerlea, maar dan jonger, staarde me aan. Hij was even lang, zijn schouders nog breder, zijn ogen amandelvormig. En zijn huid was net zo wit als de mijne.

Een koude rilling liep langs mijn ruggengraat naar de achterkant van mijn schedel.

‘Zij is het!’ schreeuwde de man die op mijn mentor leek, terwijl hij naar me wees. ‘De Vijand! Dood haar!’

Mijn lippen werden gevoelloos en mijn zicht werd wazig. Alles om me heen vervaagde.

20

VIKTORYA

Vier maanden voor het toernooi

'De Zuster Eilanden hebben een sterke leider nodig. De huidige leider mist militaire vaardigheden en ze vrezen het zielloze leger van Ka-Ralyge. Daarom stuurde mijn vader me op mijn twaalfde naar de militaire academie op de Schaduwweiden. In mijn afstudeerjaar pleegde men een staatsgreep in het Schaduwweidenrijk en vielen de Da Grulls Cepheus aan. Ons peloton hield de monsters tegen voor ze de Zuster Eilanden bereikten. De Da Grulls zijn zielloze dienaren van Ka-Ralyge, God van de Onderwereld. Om tegenover zo'n monster te staan... Luister je wel?'

Cayden en ik zaten samen thee te drinken in de tuinkamer. Op de achtergrond klonk Caydens monotone stem. Verveeld keek ik naar een konijn dat over het frisse, late herfstgras huppelde. Zo gelukkig en zo vrij.

Cayden stond daar maar een beetje te schuifelen. Hij liep naar de deur. 'Laat maar. Ik ga weg.'

'Wil je een ritje maken?' vroeg ik uit het niets. 'Het is mooi weer vandaag. Ik laat de stalknecht mijn paard opzadelen.'

'Oké,' zei Cayden, terwijl hij zich met opgetrokken wenkbrauwen omdraaide. 'Misschien is frisse lucht precies wat we nodig hebben.'

Even later zaten we ieder op ons eigen paard, gehuld in een dikke jas. Cayden op dat van hem, ik op Vuurvliegje. Ik zette Vuurvliegje in draf en Cayden volgde. Toen drukte ik mijn hielen in Vuurvliegjes flanken en hij zette in galop. De koele wind blies door mijn haar.

Ik lachte. 'Cayden, schiet op, we gaan het bos in!'

'Viktorya, wacht, het is te gevaarlijk. We hebben geen wapens en geen chaperonne.'

In de villa was er altijd iemand die op ons lette: een van de kamermeisjes of Mitchell, onze butler. Ik had niet aan de regels gedacht, en het kon me ook niet schelen.

'Ik doe dit altijd! Er is geen gevaar in dit bos! Vertrouw me!' schreeuwde ik over mijn schouder.

Een paar minuten later reden we in een rustig tempo naast elkaar. Vogels tsjilpten, en de bomen zongen een slaapliedje. Hun paarse en blauwe aura's gloeiden in de helderblauwe lucht. Al hun bladeren waren gevallen en hun sap was gestopt met stromen. De boomgeesten waren stil en bereidden zich voor op een diepe winterslaap.

Cayden begon weer te praten. Hij wilde duidelijk zijn verhaal afmaken, maar ik ving zijn woorden maar half op. Zijn doffe stem dreef van me weg.

'Nadat ik tegen de Da Grulls had gevochten, kreeg ik als kapitein een regiment onder me... Verveel ik je, Viktorya?' Cayden draaide zijn paard om zijn as en begon terug te rijden. 'Kom op, laten we gaan. Ik breng je naar huis. Dit werkt voor geen van ons beiden.'

'Je bent net als ik.'

Cayden trok aan de teugels en stopte. 'Pardon?'

Met gesloten ogen luisterde ik naar de wind, die een zacht gelach meebracht. Ik stemde de energie van mijn hart af op de bries en voelde de kleine bosmensen die naar ons keken en over ons praatten. Een fluistering verlichtte mijn ziel. *Hij is zoals jij...*

Een libel vloog over Vuurvliegjes nek, gevolgd door het gerinkel van zachte belletjes.

Ik lachte. 'Feeën! De deugnieten.'

'Wat bedoel je, Viktorya?' Caydens stem klonk hard en zijn aura kleurde rood, geel en daarna blauw – een verdediging tegen ongewenste energieën.

Weer sloot ik mijn ogen en strekte mijn armen uit. Ik ademde diep de frisse herfstlucht in en opende mijn ogen.

Paarse en blauwe aura's omringden de kale bomen en verschillende pasteltinten dwarrelden rond de stammen. Het waren de laatste woorden van de boomgeesten, voordat ze in een diepe slaap vielen en pas weer zouden ontwaken bij het begin van de lente, in de derde maand van het volgende jaar.

Ik draaide mijn hoofd naar Cayden en glimlachte. 'Ik ben betoverd. Wist je dat?'

Hij keek me vragend aan.

'Moeder... Mijn adoptiemoeder, heeft me als baby laten betoveren. Ze was bang dat Vadim, de broer van de keizer, wraak zou nemen. Mijn moeder is een nakomeling van de keizerin en ik ben een kind van de keizerlijke garde. Mijn ouders werkten voor de keizer als zijn lijfwachten en gingen met hem mee om hem te beschermen. Ze zijn nooit teruggekomen. Moeder zegt dat Vadims mensen hen hebben vermoord.'

'Hm,' antwoordde Cayden lauw. 'Wat moet ik daarvan denken? En wat heeft dat met mij te maken?'

'Je bent een draak.'

'Hoe weet je dat?'

'Kom op, Cayden, ik weet het. De boomgeesten vertelden het me net. Ik heb rood haar en groene ogen, en mijn lichaam is... eleganter... Ik ben ook een draak.' Mijn wangen warmden op. Er fladderde iets onrustigs in mijn buik. Ik knipperde met mijn wimpers en vroeg met mijn liefste stem. 'Wat voor draak ben jij, Cayden?'

Cayden haalde zijn hand door zijn haar en keek me scheef aan met een grijns van oor tot oor. 'Een Zeedraak, en jij?'

Ik knipoogde naar hem. 'Een Vuurdraak, dat denk ik, want moeder denkt dat ook.'

We bestudeerden elkaar, en voor het eerst voelde ik een diepe verbinding tussen ons. Toen de stilte langer duurde, overviel de teleurstelling me. Cayden pakte de teugels van mijn paard en hielp me draaien. Ik denk dat ik hoopte dat hij zich voor me zou openstellen, nu hij wist dat we hetzelfde waren. Het was tenslotte opwindend om te ontdekken dat we dit gemeen hadden.

In mijn gedachten reageerde hij anders. 'Ga weg! Ben jij ook een draak?' En daarna reed hij naast me, hielp me op zijn eigen paard en kuste me. Mijn wangen stonden in brand bij de gedachte aan Cayden en mij, zoenend.

Maar de realiteit had me een harde klap gegeven. Cayden bleek koud, afstandelijk en onleesbaar. We draafden in complete stilte terug en we zeiden niets meer op weg naar mijn huis.

De butler, Mitchell, opende de voordeur. Zijn gezicht was neutraal, maar zijn samengetrokken lippen en donkere ogen vertelden een ander verhaal.

Teleurstelling had mijn hele wezen in bezit genomen, maar tot mijn verbazing draaide Cayden zich, vlak voordat ik naar binnen ging, naar me toe. 'Viktorya, wil je me de eer doen om volgende week vrijdag een formeel diner met me te hebben?'

Met grote ogen knikte ik en mijn borstkas opende zich. Mijn hart vloog naar het zijne. Ik zweefde naar binnen, langs een verbaasd kijkende Mitchell, die Cayden een flauw glimlachje schonk. Ik draaide me om naar Cayden en knipperde verleidelijk met mijn wimpers. 'Ik kijk uit naar vrijdag. Bedankt voor je fijne gezelschap.'

Cayden boog lichtjes en wachtte tot de butler de deur sloot.

De wereld kleurde zachtroze. De gang loste op tot roze wolken, en toen ik in mijn kamer aankwam, liet ik me op mijn bed vallen. Ik keek naar de muurschildering op het plafond en fantaseerde over het verkennen van de wereld met Cayden.

We zouden eerst een jaar samen zijn en daarna zou hij me ten huwelijk vragen. Ik zou verlegen ja zeggen en hij zou een ring om mijn vinger schuiven. Na een jaar verloving zouden we trouwen en later zou ons eerste kind komen: een kleine Cayden, toekomstige troonopvolger. Ik zou eerst een prinses zijn en later een echte koningin. En ik zou het zoveel beter doen dan Natalia ooit had gekund.

21

Medea

Het dagboek uitlezen en het in de hoek van mijn hut gooien was het laatste wat ik deed voordat ik in slaap viel. Het vreselijke lot van mijn moeder had me leeggezogen.

Ik werd wakker uit een nachtmerrie die als een doffe hoofdpijn in mijn hoofd bleef hangen. Athan zat naast me, neuriede zijn mooie deuntje en wreef tegen me aan met zijn lijfje. Mijn vingers gleden onder mijn shirt om het zakje te controleren. Tot mijn opluchting zat de zegelring er nog in.

In mijn nachtmerrie stond een man voor een groot gebouw. Mensen schreeuwden dat ze me wilden vermoorden. Het bloed stolde in mijn aderen. Ik dwong mezelf de angst van me af te schudden. Na wat water in mijn gezicht te hebben gespat en te hebben omgekleed in een eenvoudige wollen broek en trui, ging ik direct naar de kapitein. Ik had antwoorden nodig.

Op het dek rilde ik van de kou terwijl ik naar Tian zwaaide, die midden in een gesprek zat met Winta en Fyona. Hij gebaarde alsof hij een pijl afschoot. Tian bloosde toen de dames lachten. Het leek erop dat hij en Rafail klaar waren met hun training.

Ik liep naar het brugdek, waar de kapitein met de eerste stuurman sprak. Met een kuchje maakte ik mezelf bekend. ‘Kapitein Vandeburen, herinnert u zich iemand met de naam Kalliste Tjuvavak?’

De kapitein glimlachte breed. ‘Ja, ik herinner me uw moeder, Vrouwe Tjuvavak.’ Hij nam zijn hoed af en hield die voor zich. ‘Ik heb haar pas weer gezien toen ze u als baby meenam.’ Zijn blik zonk omlaag terwijl hij over zijn hoofd wreef.

Ik keek hem recht aan. ‘Inderdaad, het was een schande. Ze bracht een offer aan de Zeegodin. Ik ken de details niet, maar mijn pleegmoeder vertelde dat er een overeenkomst was gesloten en dat Kalliste zichzelf had opgeofferd. Ze is nu in de Onderwereld.’ *Het dagboek van mijn moeder gaat hem niets aan.*

‘Neem me niet kwalijk, maar ik moet aan het werk.’ De ijzige toon van de kapitein kwam uit het niets. ‘Ik heb geen tijd om rond te hangen zoals sommige anderen.’ Hij draaide zich om en riep naar een scheepsjongen. ‘Ga de toiletten schoonmaken, niet lanterfanten.’ Hij gaf de jongen een speelse klap op zijn rug en lachte.

Verward door zijn geïrriteerde reactie liep ik naar de reling en keek uit over de kalme zee.

Nadat ik Rafail op het dek had gezocht, besloot ik naar zijn hut te gaan, maar onderweg hield Fyona me tegen en sperde een vragenvuur op me af. Uitgeput ging ik terug naar mijn eigen hut, waar ik al snel in slaap viel, hoewel het nog ochtend was.

In mijn dromen ontmoette ik de indrukwekkende man weer.

Athan en ik zaten samen in het klaslokaal van de Trainingsschool voor Farans en Scildends in Saerlea. Deze keer waren we alleen. De andere leerlingen en hun raven waren niet doorgestroomd naar deze les. *Tot zover onze kennismaking*, dacht ik terwijl ik naar de lege stoelen keek. Athan zat op mijn schoot. Ik streek met mijn vingers door zijn armoedige veren.

De indrukwekkende, lange man schonk iemand achter me een kleine glimlach.

Ik draaide me om. De elegante vrouw met het blauwe haar – dezelfde die me in mijn vorige droom een zwaard had toegeworpen – stond in de deuropening. *Wie is dat?*

'Welkom,' zei ze met een lage stem. Ze liep met wiegende heupen naar me toe en streek met haar hand over Athan. 'Wat een prachtige jongen ben je.' Athan begon te knorren en drukte zijn hoofd tegen haar hand. "Rustig, het is al goed."

De man was verdwenen, maar zijn diepe stem galmde door de kamer. 'Goed, laten we verder gaan met les twee. Hoe beschermt een Scildend een Faran tegen een aanval?'

Dit lijkt erg veel op les één. Is dit weer een truc?

Athan sloot zijn ogen en begon zacht te neuriën, terwijl ik met wijd open ogen in mijn stoel zat.

In het felle licht van de bliksem verscheen de man met de brede schouders, een zwaard in zijn hand dat er gevaarlijk echt uitzag.

Dit is geen droom. Ik moet iets doen.

Athan begon te neuriën en het geluid veranderde in een melancholisch, bijna hypnotiserend lied. Mijn ogen werden groot toen zijn bewegingen vertraagde. Het gaf me net genoeg tijd om Athan op te pakken, uit mijn stoel te komen, hem op mijn plek neer te zetten en het zwaard dat in de lucht zweefde te grijpen en op te heffen.

De tijd versnelde weer toen Athan zijn melancholische lied verving door zijn gewoonlijke geneurie. Athan viel stil en hij vloog naar de stoel tegenover ons.

Ik ving de aanval op met mijn zwaard. Stilte stroomde de kamer binnen alsof het tastbaar was. Daarna kwam de geur van wilde bosviooltjes en de geur bleef hangen. Het viel me op dat die geur steeds terugkeerde bij dit soort ervaringen, alsof iemand hem bewust verspreidde. En zoals altijd brak zacht gelach de stilte – dit keer niet van één meisje maar van meerdere.

Ik draaide me naar de enorme man, die tevreden glimlachte met zijn glanzende, amandelvormige ogen die goudkleurig gloeiden. Ik trok mijn wenkbrauwen op.

De man negeerde me en knikte naar de vrouw met het blauwe haar, die Athan oppakte en tegen zich aandrukte.

Ze haalde een stuk kaas uit haar zijden mantelzak en gaf het aan de vogel, die het opat alsof hij al dagen niets had gegeten.

Er trok een jaloerse steek door mijn buik. Ik had zoveel vragen, maar voordat ik mijn mond kon openen, sprak mijn mentor. ‘Goed gedaan. Athan is een natuurtalent. Jullie gaan door naar de derde en laatste les.’ Hij klapte in zijn handen.

Ik werd wakker en zag Athan op de rand van mijn bed zitten. We keken elkaar verbaasd aan. Ik pakte Athan op en streek door zijn veren. ‘Dit, mijn kleine gevederde vriend, was geen droom. Misschien wacht mijn mentor op me in de Schaduwweiden... en weet hij wie mijn echte vader is.’

22

ATHAN

Athan had vanaf de top van de hoofdmast gezien dat Cayden en Rafail al voor zonsopgang waren gaan zwemmen. Toen ze terugkeerden, klommen ze één voor één naakt aan boord. De zwarte vogel wist dat ze doken voor het ontbijt, omdat ze alleen voedsel uit de zee aten. *Hebben ze elkaar ooit onder water ontmoet? Misschien zwemmen ze allebei in tegengestelde richtingen?*

De vogel sprong van de mast en gleed geruisloos naar de voormast aan de voorzijde van het dek. Athans veren ruisten. Er zijn zoveel geheimen, bewaakt door zoveel mensen, en toch lijkt het niemand iets te kunnen schelen. De tenen van de zwarte vogel grepen het hout van de mast stevig vast.

Ook had Athan Rafail uit het niets aan boord zien verschijnen, vlak voordat de Galina gisteren het dek opkwam. *Waar komt hij vandaan?*

En hoe zit het met Winta? Altijd in de schaduw, altijd waakzaam rond Medea.

Geheimen. Iedereen heeft ze. Athans tenen lieten de mast los en hij strekte zijn borst.

Ik ben zelf een geheim en ik ben het zat. Na het ontbijt vlieg ik naar de kapitein en maak ik mezelf bekend. Misschien is hij blij me te zien.

Athan liet zich van de voormast vallen en vloog terug naar de hoofdmast. De bel voor het ontbijt klonk. Zijn maag rommelde.

Na bijna een uur kwam Winta naar hem toe. Ze floot zachtjes om hem te laten weten dat het veilig was om naar beneden te komen. De vogel wierp haar een vragende blik toe.

'Ik weet het niet, mijn gevederde vriend. Medea lijkt het ontbijt te hebben gemist.'

Athan werkte de warme worstjes en bonen naar binnen. Hij hief een vleugel alsof hij wilde vragen hoe ze wist dat hij aan boord was.

Winta glimlachte en leunde naar voren. 'Ik heb je zien vliegen, domme vogel. Ga naar de kapitein, maak jezelf bekend. Het is goed.' Ze aaide de vogel over zijn kop.

Nadat hij zijn maaltijd op had, vloog Athan naar de kapitein.

Athan gleed naar de top van de hoogste mast op het bovenste dek. De kapitein voerde een gesprek met de stuurman. De vogel wachtte tot ze klaar waren. Athan spitste zijn oren toen de kapitein iets interessants zei.

'...over de Zeegodin.'

De vogel sprong van de mast en nestelde zich iets lager op het touw.

'Praat in godsnaam niet zo hard, man. De Zeegodin hoort ons hier niet, maar de Maangodin wel,' zei kapitein Vandeburen.

'Sorry, meneer. Ik let voortaan beter op mijn woorden.'

Waar hebben ze het over? Wat verbergen ze?

Net toen de vogel zich wilde laten vallen om zijn weg te vervolgen, liep Medea naar de kapitein toe. Hij ving hun korte gesprek op en verbaasde zich over de houding van de kapitein. Medea had niets verkeerds gedaan. De vogel wilde naar haar toe vliegen, maar toen liep Fyona op Medea af. Nieuwsgierig bleef Athan zitten. Hij boog voorover om de twee jonge vrouwen af te luisteren.

'Jij komt toch uit Zwarte Waterval? Hoeveel huizen zijn er?' vroeg Fyona met een grijns, haar voorhoofd gefronst.

'Er zijn negentig huizen,' antwoordde Medea langzaam, alsof de vraag haar overviel.

De vogel schudde zijn kop.

Fyona's ogen flikkerden. 'Vreemd dat de huizen op houten palen staan. De trappen zijn behoorlijk steil.' Haar mondhoeken plooiden. 'Je komt uit een arm dorpje, hè? Arm ding.' Ze tikte haar vingers tegen haar kin en knipperde kort.

Medea's ogen schoten vuur, maar ze zweeg.

'Je bent toch een leerling van de Maantempel?' Fyona's stem klonk ineens rasperig. Haar ogen twinkelden terwijl ze glimlachte.

Medea rechtte haar rug en kneep haar ogen tot spleetjes. 'Ik ben een novice van de Maangodin.' Haar stem kon een touw doorsnijden.

'Oh, echt?' zei Fyona. 'En dat meen je serieus? Denk je dat de Maangodin bestaat? Die horen toch gewoon bij fabels en oude verhalen?' Ze krulde haar vingers voor haar lachende mond en vernauwde haar ogen.

'Ja, ik meen het,' siste Medea door opeengeklemde tanden. Ze balde haar handen. 'Geloof jij in het Rijk van de Goden?' Haar gezicht kleurde alsof er plots koorts in haar wangen brandden.

'Ben je niet bang dat iemand je van hekserij beschuldigt?' Fyona fronste haar wenkbrauwen. 'En dan het feit dat je vader een spion is.'

Het zeewater klotste kalm tegen de romp van het schip. De onverstaanbare stemmen van de matrozen dreven met de zachte wind over het dek. De zeilen flapperden rustig.

Fyona trok haar wenkbrauwen op en zette haar handen in haar zij. Toen er geen antwoord kwam, sloeg ze haar hand voor haar mond. 'Oeps, mijn fout. Je wist het echt niet, hè?'

Medea haalde diep adem en sloeg haar armen stevig om haar middel. 'De novicen van de Tempel worden opgeleid tot vroedvrouwen. Hekserij heeft daar niets mee te maken. En wat bedoel je? Mijn vader is geen spion. Hij is imker en heeft een bloemenwinkel.' Medea keek haar vragend aan terwijl zweet op haar voorhoofd parelde. 'En waar kom jij vandaan? Welk eiland vertegenwoordig je op het toernooi?'

Fyona keek strak terug. 'En jij bent de zwaardkampioen van Cepheus? Hoe is dat mogelijk? Je bent nog maar een meisje.'

Athan, verbijsterd door Fyona's arrogantie, maakte zich klaar om naar beneden te duiken en haar ogen uit te steken, maar Medea hield stand. De vogel bleef zitten.

'Waarom al die vragen en opmerkingen?' vroeg Medea. 'Wat heeft het voor zin? We zijn niet eens tegenstanders in het toernooi. Of... een van de deelnemers is een vriend van je en je probeert mij een ongemakkelijk gevoel te geven. Dat is het toch? Maar dat werkt niet bij mij.'

Fyona's toon sloeg om van speels naar bloedserieus. 'Jouw gezicht is net als het zijne. Je weet nooit wat er kan gebeuren. Pas op.' Ze draaide zich om en liep weg.

Op dat moment stapte Winta uit de schaduwen. Ze keek om zich heen alsof ze naar gevaar zocht. 'Is alles in orde hier?' vroeg ze aan Medea.

Medea knikte, haar armen nog steeds om haar middel. Ze zei niets, alsof ze haar stem kwijt was.

Winta schudde haar hoofd. 'Dat zag er heftig uit. Ik wilde je te hulp schieten, maar dat vreemde kind was al weg.' Ze glimlachte naar Medea en liet een zucht ontsnappen.

Een koude rilling trok langs Athans ruggengraat. Winta had alles gehoord. Ze wachtte tot Fyona weg was... alsof ze het hele gesprek wilde horen. Maar waarom?

'Dank je, Winta,' zei Medea met een peinzende blik. 'Ik weet niet zeker wat er net is gebeurd.'

Medea liep naar de deur van het benedendek. Athan liet het touw los en zweefde naar beneden. *Het wordt tijd dat de kapitein en ik elkaar ontmoeten.*

23

MEDEA

Vlak voor het avondeten liep ik naar Rafail om te vragen of we even konden praten. Hij had me beloofd alles uit te leggen over de manier waarop mijn huid zichzelf verdedigt. Ik liep door de gang, licht ongemakkelijk in mijn leren outfit. De geur van verse zeep hing in de lucht. Ik werd er verrassend vrolijk van, wat me direct zorgen baarde. *Misschien heb ik een bad nodig?* Ik trok mijn leren jas open en rook discreet aan mijn oksel. Het zachte klotsen van het water tegen de scheepswanden kalmeerde mijn zenuwen.

Het gesprek met Fyona speelde zich af in mijn hoofd. Haar stem galmde na, alsof ze vanuit een diepe put riep. Het was te belachelijk om serieus te nemen.

Je komt uit een arme stad, hè? Terwijl ik liep, piepten de houten vloerplanken onder mijn voeten, net als de vloer thuis. *Arm meisje.*

Ik herinnerde me de schaamte. Ik wist dat ik me niet hoefde te schamen voor Zwarte Waterval, maar toch had Fyona wel een punt. Ik had nooit rijkdom gekend. Thuis kwamen we rond van restjes. Toch had ik het niet als iets slechts gezien. *Er is niets mis mee. Ik ben trots op mijn dorp.*

Mijn eigen gedachten bleven me verrassen. De mensen hadden me al die jaren als uitschot behandeld, maar toch voelde ik me trots dat ik uit Zwarte Waterval kwam. *Waarom ga ik niet gewoon naar huis?*

Voor ik het wist, stond ik voor de deur. Mijn gedachten zakten weg naar de achtergrond. De zenuwen gierden door mijn lijf toen ik aanklopte. *Waar ben ik mee bezig?*

'Kom binnen.' Een mannenstem.

Een beetje onzeker duwde ik de deur open en leunde nonchalant tegen de deuropening, terwijl ik mijn benen kruiste.

Aan beide zijden stonden stapelbedden. Er bleef nauwelijks ruimte over.

'Dit is best een gezellig klein onderkomen.' Ik grinnikte en bedekte mijn mond.

'Mooi,' zei Rafail, grijnzend vanaf het onderste bed. Hij stond op, zijn bovenlichaam ontbloot, en stootte bijna zijn hoofd tegen het bed erboven. Het licht accentueerde zijn buik- en borstspieren en het legde zijn contouren nog scherper bloot.

'Tian en Cayden zijn al naar het avondeten. We moeten ons bij hen voegen.'

Ik keek opzij en voelde hoe de schaamte in me opsteeg. Nog nooit had ik een naakt mannenlichaam van dichtbij gezien – laat staan zo'n mooi lijf. Het maakte iets in me los.

Rafail trok een hemd over zijn hoofd. Hij ging op de rand van het bed zitten, trok zijn laarzen aan en kwam weer overeind. Vanuit zijn voorovergebogen houding keek hij naar me op. Zijn wangen werden rood en zijn ogen glansden.

Er bewoog iets in me, ik ging rechtop staan en slikte. Een onverwachte, scherpe steek in mijn buik deed me de adem inhouden. Ik schraapte mijn keel. 'Ik vroeg me af of je met me over mijn huid kon praten.' Mijn blik gleed opzij.

Rafail keek me aan met een blik die dwars door me heen ging.

'Het diner is over twintig minuten, dus we hebben nog even. Maar als het niet uitkomt...' Ik stapte de gang weer in, pakte de deurklink vast en trok de deur achter me dicht. 'We kennen elkaar nog maar net, ik begrijp het,' mompelde ik. 'Als je niet...'

'Ja, natuurlijk,' zei Rafail snel. 'Laten we naar jouw kamer gaan. Het is hier nogal krap.'

Ik wierp een blik achterom en wendde mijn hoofd af. Ik beet op mijn onderlip en speelde met de onderste knoop van mijn jasje. Rafail glimlachte en haalde een hand door zijn haar.

Even later zaten we tegenover elkaar. Ik zat op de rand van mijn bed, Rafail op de stoel tegenover me, terwijl Athan op zijn handdoek op het bureau lag. Athan had zijn ogen dicht. Af en toe knorde hij, wat me deed glimlachen.

Een klop op de patrijspoort deed me opschrikken. Ik keek Rafail vragend aan, maar die haalde schaapachtig grijnzend zijn schouders op. Met een versnelde hartslag liep ik naar het raam. Ik tuurde naar de klotsende zee om te zien waar het geluid vandaan kwam. Plotseling klemde een roze hand met vier grote vingers zich vast aan het raamkozijn.

Rafail kwam naast me staan en ik opende het raam. De Galina kwam langzaam omhoog uit het water. De ogen van het schepsel stonden vriendelijk, en de wijsheid die het uitstraalde maakte me klein. Het wezen klemde zich stevig vast aan het ronde frame en maakte een geluid dat klonk als: 'Ista, ista.'

Ik keek opzij naar Rafail en trok mijn wenkbrauwen op. Rafail sloot zijn ogen. De serene rust op Rafails gezicht trof me. *Is hij de Galina aan het lezen?*

De lessen van Vrouwe D'Haviland over Innods en Farans kwamen in me op. Ze had uitgelegd dat er meerdere tijdlijnen bestonden waartussen je kon wisselen als je dat wilde. 'Je toekomstige zelf bestaat al, in al zijn vormen.' De zon op haar voorhoofd lichtte donkerblauw op, terwijl ze verder sprak. 'Veel mensen leven zonder echt te leven. Maar dat is een onderwerp voor een andere dag.' De zon werd paars. 'Er zijn ook Innods. Ze communiceren vanuit hun hart en lezen de energie van alle levende wezens – flora en fauna – en ze hebben een ongelooflijk bewustzijn. Sommige Innods horen zelfs muziek in alles wat ze aanraken.'

Ik glimlachte toen ik me herinnerde hoe Vrouwe D'Haviland haar les eindigde: Farans en Innods passen perfect bij elkaar en worden gezien als ultieme zielsverwanten.

Mijn gedachten werden onderbroken door Rafail, die naar me glimlachte met een twinkeling in zijn ogen. 'De Galina heeft je moeder gezien.'

'Nee,' zei ik verbaasd. 'Dat kan niet.' Zijn glimlach maakte mijn knieën week. Ik trok de stoel achter het bureau vandaan en liet me erop vallen.

De Galina sprong met een plons terug het water in.

'Ze woont op de bodem van de zee, in een roze kasteel.' Rafail krabde bedachtzaam aan zijn hoofd.

'Dat is onmogelijk,' zei ik. 'Mijn moeder offerde zichzelf op. Ze is in de Onderwereld.' Een traan vormde zich en rolde langzaam over mijn wang. 'Hoe kan de Galina haar gezien hebben? Heeft dit zeewezen toegang tot het rijk van Ka-Ralyge?'

Rafail kwam naar me toe, trok me overeind en sloeg zijn armen om me heen. We waren vreemden, maar toch zo vertrouwd, alsof we elkaar al een leven lang kenden. Net als Cayden. In een opwelling ging ik op mijn tenen staan en probeerde mijn kin op zijn schouder te leggen. Hij was te lang. Ik legde mijn hoofd tegen zijn brede borst. Rafail hield me steviger vast.

Ik genoot van zijn nabijheid. Ik rook zijn warme geur, voelde zijn kalme energie en ergens in mij klikte iets. Mijn huid verloor haar ivoorkleur en glans. Ik bekeek mijn linkerhand met verbazing terwijl Rafail me nog steeds vasthield. Mijn huid zag eruit als die van ieder ander. Ma en pa hadden een roodachtige huid met sproeten, terwijl die van mij sneeuwwit was geweest.

Ik haalde diep adem. 'Rafail, kunnen we praten over de schubben op mijn huid? Ik ben bang dat het een soort ziekte of vloek is.' Ik voelde zijn spieren aanspannen. 'Maar hier bij jou... de schubben, de leren laag... ze zijn weg.' Een zucht ontsnapte aan mijn lippen. Ik liet Rafail los en deed een stap achteruit. Mijn ogen waren op de grond gericht.

Rafails ogen doorboorden de bovenkant van mijn hoofd.

'Je liet me de schubben op je huid zien. Is het dezelfde ziekte?' vroeg ik. Ik keek op, mijn ogen groot en vragend. Mijn wangen kleurden toen onze blikken elkaar vonden. Ik wreef met één hand over de rug van de andere, die nu zacht aanvoelde. Ik drukte voorzichtig in de huid en zag blauwe aderen die ik nog nooit eerder had gezien.

Heel even voelde ik hoe Rafails energie zich als een warme hand naar me uitstrekte en mijn aura raakte. Het voelde alsof deze vreemde man in enkele seconden het boek van mijn leven had gelezen. Onze blikken vonden elkaar, en warmte trok door me heen.

Rafails stem klonk hees. 'We zijn hetzelfde, jij en ik. Jij bent een Faran en ik een Innod. Maar we zijn meer dan dat.'

24

DAGBOEK VAN KALLISTE

Het Rijk van de Schaduwweiden, het jaar 292

Lief dagboek,

Ik moest stoppen met schrijven. Mijn moeder was eerder terug dan verwacht. Ze is alweer weg met oom Toma om de bijenkorven op de berg te onderzoeken. Tante Sandra bereidt het avondeten; ze zal me niet storen. Dat geeft me tijd om wat te schrijven. Waar was ik gebleven?

Ja, onder water met Fea. Ze had me meegenomen naar deze plek, naar de prachtige vrouw die voor me zweefde. Ze vroeg of ik bang was, en dat was ik niet. Ik zweer het.

Ik sloot mijn ogen net op tijd voor het verblindende licht. Toen ik ze opende, droeg de vrouw een ster als kroon op haar hoofd en hield ze een scepter in haar hand.

De Zeegodin. Zij was het. Haar lange haren golfden door het water, haar vingers tikten ongeduldig op de scepter en haar ogen keken me streng aan. Toen keek ze naar Fea, die tussen ons in stond, en blies een waaier van bellen naar haar, waardoor het water om haar heen begon te kolken. De bellen vermenigvuldigden zich, en toen ze naar beneden dwarrelden, verscheen er een lichtblauw zeepaardje. Het zeepaardje zwom naast de Zeegodin en keek me aan met een verlegen blik in zijn ogen.

'Gefopt.'

Ik zei geen woord. Ik wachtte af wat er zou komen. Misschien werd ik zo meteen wel wakker en was dit allemaal een droom. Ik wreef in mijn ogen, ineens uitgeput. Ik wilde wel een uurtje slapen.

De Zeegodin draaide zich om. Ik dacht dat ze opnieuw in een fel licht zou veranderen, dus sloot ik mijn ogen.

'Je bent nog maar een kind. Ik kan je niet laten gaan. Je hebt mijn licht gezien en dat is tegen de goddelijke wetten.'

'Dat is niet waar. Ik had mijn ogen dicht, ik heb niets gezien. En ik herhaal: ik ben geen kind.'

'Waarom heb je haar meegenomen, Fea?' vroeg de Zeegodin met een zucht. 'Je had haar een duwtje kunnen geven om haar terug aan land te krijgen. Dan had ze verder kunnen gaan met haar leven.'

Het zeepaardje kromp ineen en sloeg haar ogen neer. 'Gefopt.'

De Zeegodin legde haar hand op haar voorhoofd en zuchtte opnieuw. Toen sloot ze Fea in haar armen. Ze fluisterde, maar hard genoeg zodat ik het kon horen. 'Fea, het is al goed. Het is niet jouw schuld.' Daarna draaide ze naar mij. 'Dan moet je hier maar wonen. Er is geen andere manier.' De Godin wees naar mij en mompelde woorden die ik niet begreep.

Angst trok door mijn lichaam. 'Nee! Ik kan mijn moeder niet alleen laten. Ze is ziek.'

De Zeegodin liet haar hand zakken en keek me bedachtzaam aan. 'Je liegt! Je probeert onder de waarheid uit te komen. Ik verander je toch, meisje. Dus kom op... doe je oogjes dicht.'

'Nee,' zei ik. Ik sloeg mijn armen over elkaar en mokte. 'Ik lieg niet. Mijn moeder, Enora, is erg ziek. Ze heeft nog maar een jaar te leven. Dat heeft de dokter gezegd.' Tranen welden op terwijl ik opkeek naar de Zeegodin.

'Kleine meid,' fluisterde de Zeegodin, 'niet huilen. Zo erg is het niet. Je kunt met de dolfijnen zwemmen en nieuwe vrienden maken. Er zijn hier meer kinderen van jouw leeftijd.'

De Godin floot op haar vingers, en van alle kanten kwamen zeepaardjes tevoorschijn die in hun menselijke gedaante veranderden: kinderen van vijf tot zestien jaar.

Het voorhoofd van de Zeegodin rimpelde en haar ogen lichtten op. Een kleine glimlach verscheen om haar lippen. 'Ik kan iets voor je regelen, maar ik verwacht er wel iets voor terug.' Ze keek me recht aan. 'Je bent wijs voor je leeftijd. Met jou kan ik wel een deal sluiten.'

'Wat voor deal?'

'Een om je moeder te redden. Ik neem aan dat je er alles aan wilt doen om haar bij je te houden, toch?'

Ik keek om me heen. De kinderen waren dichterbij gekomen. Ze dreven in het water en keken me verdrietig aan. Ik keek terug, in de hoop in hun ogen te zien of ik de Zeegodin kon vertrouwen.

'Ik ken je niet,' zei ik resoluut. 'Mama zegt dat ik vreemden niet moet vertrouwen.'

Ze stak haar hand uit. 'Schat, ik ben Alkaide. Aangenaam. En dit zijn mijn kinderen.'

Alkaide draaide zich om en wees naar de kinderen, die meteen weer in zeepaardjes veranderden. Ze zwommen rondjes en speelden vangbal met elkaar. Het leek alsof ze het naar hun zin hadden. Ik wilde ook meedoen.

Ik bedekte mijn mond met mijn beide handen en lachte zachtjes. Alkaide lachte breed, pakte mijn hand en trok me het roze kasteel binnen.

We zwommen door een grote hal met prachtige zeesterren die aan de muren schitterden. De zeesterren glinsterden in het licht van de fluorescerende visjes die als verdwaalde vuurvliegjes langs het plafond zwermden en een zachte, betoverende gloed verspreidden.

We zwommen de trap op, door de gang op de eerste verdieping, en kwamen via een deur de troonzaal binnen.

De Zeegodin blies luchtbellen door de zaal, waardoor de energie begon te wervelen en het water zich terugtrok. In het midden van de zaal stond een lange tafel vol eten. De geur van gekookte groenten en vis deed mijn maag rommelen.

De kinderen wachtten tot Alkaide plaatsnam aan het hoofd van de tafel. De Zeegodin wees naar de lege stoel naast haar. Toen ik ging zitten, viel mijn oog op de enorme boekenplanken langs de muur – gevuld met alle boeken die ik had gelezen en nog wilde lezen. Ik zuchtte van verrukking, en Alkaide lachte zo helder dat ik ook hardop moest lachen.

Met een lege blik schepte Alkaide wat salade van zeewier en zeekomkommer op haar bord. Ze knikte naar de kinderen en zei dat zij ook mochten eten. Dat hoefde ze geen twee keer te zeggen.

Ik prikte met mijn vork in een stuk salade. 'Wat is het hier mooi.' Ik glunderde. Toen drong de realiteit tot me door. 'Maar ik zou hier nog steeds niet kunnen wonen.' Ik legde mijn vork neer.

De gezichten van de kinderen werden bleek. Ze dromden samen en keken overal naar behalve naar mij en de Zeegodin.

‘Nee?’ vroeg de Zeegodin, terwijl haar stem veranderde van rinkelende belletjes in ijskoud water.

‘Nee. Ik kan mama niet achterlaten. Ze is erg ziek. En ik hoor op het land.’

‘Ooit behoorde ik tot de hemel,’ zei Alkaide, haar koude stem warmer wordend toen ze het zich herinnerde. ‘Ik was daar een ster.’ Ze veegde een enkele traan van haar wang.

‘Was je echt een ster?’

De Zeegodin stond abrupt op. ‘Weet je wat? Ik geef je een medicijn voor je moeder. Het zal haar beter maken. En als je zelf moeder wordt, geef je me je eerstgeboren kind. Dan laat ik je vandaag nog gaan. Hebben we een deal?’

‘Wat wil je met een baby?’

‘Ik wil al zo lang een baby,’ zei de Zeegodin melancholisch. ‘Mijn moeder, de Maangodin, gooide me in zee toen een sterveling mijn licht zag.’ De Godin liep naar haar met zoutwaterparels versierde schelpentroon.

‘Wat vreselijk voor je,’ zei ik, terwijl een traan over mijn gezicht gleed.

‘Dank je.’

Een sombere uitdrukking trok over Alkaides gezicht. ‘Ik was zwanger, weet je. Dat was de echte reden dat mijn moeder me vervloekte. Nadat ik in de diepte van de oceaan was gevallen, kreeg ik een miskraam. Daarna gebeurde het eerste scheepsongeluk, en ik redde een paar kinderen. Later volgde nog een ongeluk – en nog meer kinderen.’

‘Wat moet dat vreselijk voor je zijn geweest. Wil je daarom een baby?’

Alkaide keek me bedachtzaam aan. ‘Ja. Ik heb al deze kinderen gered van tragische verdrinkingen, maar er was nooit een baby bij.’

De kinderen keken me allemaal met treurige ogen aan. Ik keek weg. ‘Wat als ik nooit een baby krijg?’

‘Dan heb ik pech,’ reageerde de Godin laconiek.

‘Wat als ik mijn baby niet wil opgeven? Misschien wil ik het wel zelf houden.’ Mijn hoofd tolde van dit gesprek. Het eerdere gevoel van vermoeidheid werd zwaarder en deed me geeuwen.

‘Dát is dan jouw verlies.’ De ogen van de Zeegodin glinsterden.

Ik wilde naar huis, maar ik had nog één laatste vraag. ‘Kan je de baby bij mij komen halen? Ik woon in het rijk van de Schaduwweiden.’

De ogen van de Godin verwijdden zich. ‘Aan de andere kant van de oceaan, voorbij Het Slangenrif?’

‘Ja,’ zei ik vermoeid. ‘Waar de zeegod Desauru woont.’ Mijn hoofd begon te knikken. Nog even en ik zou aan tafel in slaap vallen.

Alkaides stem klonk kalm. ‘Ik kan daar niet heen, maar dat geeft niet. Ik mag je wel. Je bent een slim kind.’

‘Dan hebben we een deal. Mijn toekomstige baby in ruil voor het leven van mijn moeder. En... ik... ben... geen kind.’

Langzaam opende ik mijn ogen. Fea hield mijn hand vast. Ze trok me al zwemmend mee naar de kust.

Ik had geslapen, zonder te beseffen dat ik uit de diepte van de oceaan omhoog werd getrokken. Mijn hand klemde zich stevig om het flesje met het elixer dat het leven van mijn moeder zou redden. Toen ik mijn hoofd boven de golven verhief, duwde Fea me op de rots waarvan ik eerder was weggespoeld.

Mijn vlieger lag nog op dezelfde plek. Ik raapte het ruwe, nog natte touw op. Bibberend liep ik, met vlieger en fles in de hand, voorzichtig over de natte stenen naar het strand. Ik draaide mijn hoofd naar Fea, die een hand opstak voordat ze onder water verdween. Vreemd genoeg miste ik haar nu al. Ik hoopte dat ze daar beneden veilig zou zijn.

De zon was al onder. Ik was blijkbaar de hele dag buiten geweest. Mama zou zich zorgen maken. Zou ik straf krijgen? Met lood in mijn schoenen liep ik naar het huis van mijn oom en tante. Toen ik daar aankwam, sliepen ze allemaal. Hoe konden ze slapen als ik zo lang weg was geweest? Hoe dan ook, het was beter dan gestraft worden.

Ik legde mijn vuile kleren in de wasmand en schoof mijn modderige schoenen onder de stoel. Ik glipte langs mijn moeder, die even bewoog en ik stapte in bed.

De herinnering aan de Zeegodin die bellen in het water blies en Fea in een zeepaardje veranderde zorgde voor een glimlach op mijn gezicht. Ik was geen moment bang geweest – vreemd eigenlijk. Daar beneden had ik het leuk gevonden en ik verlangde ernaar Fea weer te zien. Ik legde het elixer onder mijn kussen.

'Goedemorgen, dochter. Heb je goed geslapen?' De vraag van mijn moeder kwam onverwacht.

Had Alkaide de tijd teruggedraaid? Hoe? Toen herinnerde ik me dat ik in slaap was gevallen – dat was het moment geweest.

Even later stonden oom Toma en tante Sandra pannenkoeken te bakken in de keuken. Mijn moeder stond naast mijn tante te kletsen. Dit was mijn kans. Ik schonk het elixer in het glas melk van mijn moeder. Mama merkte me op en kwam naast me zitten. Ik reikte haar het glas aan en keek toe hoe ze alles opdronk.

25

MEDEA

‘We zijn half draak en half mens? Hoe kan dat? Zijn we vervloekt?’

We stonden dicht bij elkaar. Rafails hand lag om de mijne. Hij had net uitgelegd waar mijn schubben vandaan kwamen: van de drakenincarnatie in mij die zich in de loop van de tijd ontwikkelde.

‘Sommigen zien het als een vloek, anderen als een zegen. Voor mij is het een zegen.’

We keken elkaar diep in de ogen.

‘We kunnen zoveel meer dan gewone mensen. We zijn sterker. Misschien zelfs mooier.’

De stem van Vrouwe D’Haviland spookte door mijn hoofd. *Farans en Innods zijn zielsverwanten.*

‘We hebben elk onze unieke krachten en we leven veel langer – meer dan duizend jaar. Wie zou dat niet willen?’

Rafails lippen raakten bijna de mijne. *Hoe zouden ze smaken?*

Er rolde een zachte kreun uit mijn keel toen een warm verlangen mijn buik vulde. Ik had nog nooit iemand gekust. Seks kende ik alleen uit de theorielessen, bedoeld om novices te leren hoe het vrouwelijk lichaam werkt. We legden allemaal een gelofte van kuisheid af tot het huwelijk. Maar Rafail kon mijn zielsverwant zijn. Voor hem zou ik de gelofte breken.

Rafails ogen stonden bijna smekend.

Hij is van mijn leeftijd. Hij was perfect.

Onze gezichten kwamen dichterbij. Onze lippen waren nog maar een ademtocht van elkaar verwijderd. De warmte van zijn adem streek langs mijn huid. Rafails hand, die de mijne had vastgehouden, gleed los en streelde mijn onderarm. Zijn andere hand gleed langs mijn been.

Diep in mij ontbrandde een vuur. Ik sloot mijn ogen, klaar voor de eerste kus van mijn leven, bereid mijn gelofte te breken.

Toen stond Rafail op en hoestte. 'Med, het spijt me. Ik liet me meeslepen. Het spijt me. Ik... sorry.' Met een paar grote passen liep hij naar de deur. De knappe jongeman – geen vreemdeling meer – wierp me een afwezige blik toe, draaide zich om en liep haastig de gang op. De deur klikte zacht dicht.

Ik bleef op de rand van mijn bed zitten, overvallen door mijn gedachten. Hoe had ik ook maar één seconde kunnen denken dat Rafail mij aantrekkelijk vond?

Farans en Innods waren zielsverwanten? Belachelijk!

De volgende ochtend stond ik op het hoofddek, klaar om met Cayden te sparren. Ik had mijn trainingszwaard meegenomen. Cayden had echter zijn gevechtsklare exemplaar gekozen. Ik begreep niet waarom.

'Zullen we een écht gevecht houden, Vrouwe?' Hij boog en gaf me een neerbuigende blik.

Ik vermoedde dat hij me uitdaagde, dus antwoordde ik met diezelfde spottende toon. 'Natuurlijk, Cay, geen probleem.' Ik ging terug naar mijn hut om Toma's zwaard te halen en me van top tot teen in mijn gevechtskleding te hijsen.

Toen ik terugkwam, droeg Cayden ook een masker en nekbeschermer. Hij trok zijn handschoenen aan, klaar voor het duel. Ik ging tegenover hem staan, het zwaard dat ooit van mijn vader was geweest in mijn gehandschoende handen. Een sterk verlangen overspoelde me. Mijn greep verstrakte.

Ik kan niet persoonlijk met je meegaan om je te beschermen, dus mijn zwaard moet het doen. Je bent kostbaar.

Heel even dacht ik dat ik zou huilen van heimwee. Eerst flitste het gezicht van mijn vader op, gevolgd door dat van mijn moeder. Ik duwde de beelden weg en hield me sterk. Ik hief mijn zwaard.

Bij het zien van mijn zwaard reageerde de menigte op het dek heftig. Ze herkenden het wapen als eigendom van iemand met een hoge rang. De matrozen vroegen zich hardop af waar ik het vandaan had.

'Ze moet het gestolen hebben. Ze is zo'n zwaard onwaardig!' riep een scheepsjongen op een venijnige toon.

Ik bleef stoïcijns en bestudeerde mijn tegenstander. De kroonprins was de sterkste tegenstander die ik ooit had gehad. Toch bleef ik kalm. Ik wist dat ik hem aankon.

Cayden deed een paar stappen naar voren en zette de aanval in.

Ik blokkeerde de slag, maar hij zette zoveel kracht dat ik even aarzelde.

Wat doet hij? Het is een vriendschappelijke wedstrijd.

'Kijk uit!' riep de menigte, toen Cayden opnieuw op me afkwam en zijn zwaard van bovenaf op me liet neerdalen, duidelijk uit op een treffer. Ik draaide mijn zwaard met een harde slag en blokkeerde zijn aanval. Daarna stapte ik krachtig naar voren en liet mijn lemmet in een vloeiende lijn naar Cayden glijden, waarbij ik de punt op een vingerlengte van zijn keel liet hangen.

De menigte mompelde bewonderend.

Angst flitste door de wijd opengesperde ogen van de kroonprins. Voor het eerst in mijn leven kon ik al mijn kracht gebruiken. Cayden toonde geen greintje genade, en dat voelde bevrijdend. Eindelijk kon ik mijn ware kracht ontketenen.

Rafails ogen brandden in mijn rug. Op de een of andere manier kalmeerde zijn aanwezigheid me, ondanks wat er eerder in mijn kamer was gebeurd. Ik stapte behendig achteruit. 'Hé, Cay, rustig aan. We sparren. Dit is geen duel op leven en dood. Wees aardig.'

Cayden zei geen woord. Hij stormde op me af en sloeg als een bezetene op me in. De menigte schreeuwde dat hij moest stoppen. Ik ontweek, blokkeerde, sneed, raakte bijna zijn torso, maar hield me in. En hij bleef komen.

'Cayden, verman jezelf, man. Ze hoeft niet te sterven.'

Toen kreeg ik er genoeg van. *Hij hoeft niet dood, de dwaas.* Mijn huid pantserde zich volledig en het vuur in mijn innerlijk laaide op. Ik deed wat ik vanaf het begin had kunnen doen, al had ik hem niet in verlegenheid willen brengen. Zonder verder na te denken ging ik voor de beweging die pa me had geleerd tijdens mijn training voor het kampioenschap. Een beweging die Cayden zou laten zien wie de baas was.

Onverwacht wierp ik me naar voren, raakte zijn hand met de platte kant van mijn zwaard en tilde tegelijk het handvat omhoog, waardoor de punt van het lemmet tussen zijn hand en de pareerstang gleed.

Voordat hij kon reageren, rukte ik met één snelle beweging zijn zwaard uit zijn hand, waarna het zwaard uit zijn greep schoot en in mijn richting vloog. Ik ving het op en boog licht naar de verbijsterde Cayden.

'Die zag ik niet aankomen.'

'Ik weet niet wat je bezielt, man, maar wij hoeven niet meer te sparren.'

De menigte barstte in gejuich en applaus los. Ik draaide me om en liep naar Rafail. Vlak voordat ik naast hem ging staan, gooide ik het zwaard naar Cayden, die het opving.

Mijn ivoren pantser was teruggetrokken. Vol vertrouwen deed ik mijn schild en masker af en draaide ik mijn hoofd naar de bezorgd kijkende Rafail.

'Hij zag eruit alsof hij je pijn wilde doen, Med. Gaat het?'

'Als Cayden een bedreiging vormt, zullen de Zeenimfen dat aanvoelen en zullen ze hem niet naar de Schaduwweiden laten doorreizen.' Ik wilde dat Rafail me vasthield, maar hij hield afstand. Een steek trok door mijn maag.

'Zelfs de Zeenimfen missen soms dingen,' zei hij bitter. 'Denk niet dat ze alles weten.' Zijn ogen flikkerden en daarna keerde zijn blik zich naar binnen, het denkbeeldige gordijn weer sluitend. Hij draaide zich om en liep weg.

Ik vloekte binnensmonds en haalde mijn handen door mijn haar. Angst en heimwee dreigden me te overweldigen. Ik schudde het weg en dwong mezelf te focussen. *Je weet wat je doel is. Ga naar Oraku, duelleer met die Maigrainyu-meid, win en ga terug naar huis.*

26

VIKTORYA

Drie maanden voor het toernooi

Er waren een paar weken verstreken sinds Cayden en ik samen uit eten gingen. Wanneer een kroonprins een meisje meenam naar een formeel diner, vroeg hij haar in feite toestemming om haar het hof te maken. Als dat hof maken een paar maanden duurde, kon Cayden mijn moeder om mijn hand vragen. Mijn ademhaling versnelde. Opgewonden schoof ik mijn stoel naar achteren en keek naar de pastelgroene deur met gouden versieringen. Mijn beste vriendin Natalia kon elk moment arriveren voor het jaarlijkse gemaskerde bal. Een welkome afleiding.

Toch gingen mijn gedachten terug naar Cayden, die me laatst in het bos zijn geheim had toevertrouwd. Tot mijn verbazing bleek hij een Zeedraak te zijn. Een zachtaardige, soms wat stijve Zeedraak, en vaak wel erg nuchter. Toch vond ik de kroonprins knap en mysterieus, juist door de manier waarop hij iets achterhield en daardoor zo moeilijk te doorgronden was.

Waarom wil Cayden de uitnodiging aan die Medea-meid zelf overhandigen? Waarom moet hij weg? Een grom diep in mij deed me opschrikken. Mijn blik schoot alle kanten op. Wat als iemand me had horen grommen? Mijn wangen kleurden rood.

Cayden bleef in mijn gedachten hangen, waardoor ik afdwaalde.

Het voelde als een overwinning, als een droom die uitkwam die dag in het bos toen Cayden toegaf een draak te zijn. Voor het eerst in mijn leven deelde ik mijn geheim met iemand, en op dat moment voelde ik me werkelijk met hem verbonden.

Zelfs mijn vriendin Natalia wist niets van mijn geheim. Moeder had me verboden er ooit met iemand over te praten. Alleen Sontze wist het, een gewoon mens. Ik wilde erover praten met iemand die het werkelijk begreep.

Cayden was achttien jaar ouder, maar nog steeds jong voor een draak die meer dan duizend jaar oud kon worden. Hij zou het gemaskerde bal bijwonen. Als mijn aanbidder zou hij me zeker ten dans vragen. Na een paar dansen zou Cayden me wegstelen om naar buiten te gaan. We zouden naar een donker hoekje afdwalen en dan... Ik sloot mijn ogen bij die gedachte. We zouden voor het eerst zoenen. Mijn adem stokte. Ik zuchtte. Zou Cayden, de kroonprins van de Zuster Eilanden, de liefde van mijn leven zijn? Ondanks onze band als draken bleef er afstand tussen ons. Er straalde een kilte van hem af, en toen ik mijn magie probeerde te gebruiken om hem te voelen, lukte dat niet. Cayden had een dikke muur opgetrokken. Zijn aura was nog steeds rood, groen en blauw. Misschien zou Cayden zich vanavond voor mij openstellen. Het was tenslotte 2 januari, de dag van mijn introductie in de hogere kringen, een belangrijk moment voor een jonge vrouw van zeventien. Na de introductie volgde het jaarlijkse gemaskerde bal. Cayden had vast iets gepland. Ik sprong bijna op van mijn stoel. O, wat hou ik toch van verrassingen.

De maskers die op het bal werden gedragen, waren puur voor het plezier van de gasten. De traditie kwam voort uit de gemaskerde bals van de eerste keizerlijke familie. In die tijd werden meisjes op hun veertiende voorgesteld. Er ging een gerucht dat ze eerst aan de keizer werden voorgesteld, daarna werden losgelaten en vervolgens werden achtervolgd door de keizer, zijn zonen en kleinzonen. Als een prins een meisje ving, verloofden ze zich meteen.

Als een meisje zich verzette, verdween ze. Maar eerst werd haar hart eruit gerukt en opgegeten. Of dit waar was of niet, wist niemand. Natuurlijk kon het niet waar zijn. Ik lachte in mezelf.

Mijn gedachten gingen naar Natalia, die elk moment door de deur kon komen. Wat voor jurk zou ze dragen? Waarschijnlijk een mooiere. En een duurdere. Ten slotte was Natalia, net als de rest van Huis Esthaesys, een gewoon mens, en mensen hielden ervan rond te paraderen en hun luxe te tonen.

Ik keek omlaag naar mijn eigen zijden jurk. Het Groene Monster in mij brulde zacht.

Ik droeg een jurk die uit verschillende lagen bestond. De bovenste laag was doorschijnend lila, de randen versierd met zilverkleurige stiksels. Op het lijfje waren kristallen uit de grotten in het westen geborduurd. Ze glinsterden zacht in het kaarslicht. De jurk viel wijduit vanaf de heupen, geplooid en gedrapeerd. Kleine bloemen en vlinders bewogen als ik draaide, waardoor mijn zilveren schoenen met een klein hakje zichtbaar werden.

Het bal begon om negen uur. Op de eettafel lag mijn masker klaar. Ik tikte er ongeduldig mee op het tafelblad.

'Kom je, vriendin?'

Natalia had me geroepen met haar heldere stem. Ze stond in de deuropening en droeg een jurk die me de adem benam. Het met kleine diamantjes bezaaide lijfje verlichtte de kamer. Haar rok had meerdere lagen met zilveren stiksels, en op de randen zaten kleine diamantjes. Natalia tilde haar rok iets op en liet me de schoenen zien: glazen muiltjes. *Wat bijzonder. En wat een diepe halslijn, veel te diep voor een zeventienjarige.* Toen ik de kroon op haar hoofd zag, ging er een steek van jaloezie door me heen. Met haar hoog opgestoken haar en de krullen die los hingen, zag Natalia eruit als een prinses. Ik balde mijn handen tot vuisten. *En ze heeft diamanten op haar jurk, geen kristallen.*

Ik droeg geen kroon, al had het kamermeisje parelkettingen door mijn haar geregen. Het was duidelijk dat moeder daar niet aan had gedacht. Misschien mocht ik geen kroon dragen omdat ik niet haar echte kind ben? Ik was natuurlijk maar de dochter van de lijfwacht van een keizer. Ik probeerde die gedachte van me af te schudden. We leefden nu in een republiek. Wie dacht er in deze tijd nog aan om een kroon te dragen?

'Je ziet eruit als een prinses, Lia,' zei ik, terwijl ik eerbiedig naar haar boog.

Natalia lachte. 'Alsjeblieft, het is niets. Moeder dwong me het te dragen. Ze wil dat ik een goede indruk maak op de kroonprins, weet je. Cayden en ik dansten op je moeders verjaardag.' Sterren schitterden in de ogen van mijn beste vriendin. Natalia pakte de zoom van haar jurk en begon te dansen.

Dat was één keer, dacht ik met een glimlach van jaloezie.

'Lia, ik moet je iets vertellen,' begon ik aarzelend. 'Cayden heeft me gevraagd voor een formeel diner om me beter te leren kennen, en we daten nu al een maand. Het spijt me dat ik er niets over gezegd heb.'

Natalia's ogen verraadden niets. Ze glimlachte vaagjes. 'Vik, schat, ben je verliefd op de kroonprins? Geweldig! Het is mijn moeder die kickt op het idee dat ik koningin zou kunnen worden. Ze gaat er helemaal voor, echt waar. Nou, ik niet.' Mijn beste vriendin zette haar masker op, draaide zich toen terug naar mij, en toen ze mijn masker zag, giechelden we als kleuters.

Ik stond bovenaan de trap te wachten. Vijf meisjes waren me voorgegaan. Nog eens vijf stonden achter me in de rij. Als de omroeper mijn naam riep, zou ik sierlijk de trap af zweven en naar mijn moeder lopen.

Ik had geen ouders, broers of zussen die trots naar me keken. Maar mijn moeder vulde die leegte volledig op.

Gekleed in een donkerpaarse baljurk, de kleur van de voormalige keizerlijke familie, zag ze er prachtig uit. Het lijfje en de rok zaten vol met geborduurde gouden sterren. Met haar donker opgestoken haar en doordringende donkere ogen zag Moeder eruit als een koningin.

Mijn gedachten werden onderbroken door de roep van mijn naam. 'Viktorya Yelena, dochter van Huis Maigrainyu.'

Ik liep naar het midden van de trap en bleef daar staan. Mijn moeder had me gezegd dat ik de trapleuning niet moest vasthouden. Je aan de leuning vasthouden is beneden ons niveau. Je moet de trap sierlijk afdalen, alsof je zweeft. Met die woorden in mijn hoofd zweefde ik voorzichtig naar beneden. Ik hield mijn ogen op moeder gericht, die daar stond alsof ze een prijs had gewonnen.

Stap voor stap ging ik naar beneden.

Imogen Esthaesys, Natalia's moeder, stond achter Moeder en wierp me een nieuwsgierige blik toe. Cayden stond naast het hoofd van Huis Esthaesys. Ze leunden voorover om met elkaar te praten, mij negerend. Moeders wenkbrauwen gingen omhoog – een teken dat ze iets had gehoord wat haar niet beviel.

Vrouwe Esthaesys, een elegante vrouw van drieënveertig met zilverkleurig haar, had een droevige blik in haar ogen. Een melancholische glimlach speelde om haar mond, alsof ze dacht aan vervlogen tijden.

Er klonk gefluister van goedkeuring uit het publiek toen ik langzaam de laatste trede afliep en mijn aandacht op mijn moeder richtte.

'Hoe heb ik het gedaan?' fluisterde ik terwijl ik naast mijn moeder stond, die zichtbaar ontspannen was.

'Je was geweldig, liefje. Je was zoveel beter dan alle andere meisjes. Jij bent de koningin van het bal. Nee, jij bent de keizerin.' Moeder glimlachte geheimzinnig.

Ik gaf haar een brede glimlach.

Het orkest begon te spelen – het signaal dat het bal was begonnen.

Ik zette mijn masker op en liep naar Natalia toe.

Cayden, die ook een masker droeg, liep in mijn richting. Ik zou de kroonprins altijd herkennen: vierkante kaak, fonkelende goudbruine ogen en sensuele lippen. Zijn kleding was smetteloos, maar verraadde niet dat hij de kroonprins van de Zuster Eilanden was. Cayden droeg een donkerblauwe strakke broek, een donkerblauw fluwelen jasje met goudkleurig borduursel en daaronder een wit overhemd met gouden manchetknopen.

Vlinders vlogen hoog in mijn buik toen ik zeker wist dat mijn vrijer me ten dans zou vragen. Cayden had vast en zeker mijn prachtige jurk opgemerkt. Maar tot mijn grote schrik liep de kroonprins vlak langs me heen, recht op Natalia af, en boog zijn hoofd voor haar.

'Mag ik deze dans, Vrouwe Natalia?' vroeg Cayden terwijl hij zijn hand uitstak.

'Ja, graag,' stamelde mijn beste vriendin, blozend. Natalia nam Caydens uitgestoken hand en draaide haar hoofd naar me toe. Haar ogen glinsterden, haar mondhoeken krulden licht – genoeg om de boodschap te begrijpen: de kroonprins wil mij. Niet jou, sukkel.

Mijn zonnige humeur werd onmiddellijk verduisterd. Waarom had Cayden mij de afgelopen maand het hof gemaakt? Had ik de hele situatie verkeerd ingeschat?

'Ik hoorde hem praten met Natalia's moeder,' fluisterde moeder in mijn oor. 'Ze hadden het erover wat voor goed koppel ze zouden zijn.'

'Ik kan het niet geloven. Cayden heeft me in de steek gelaten, zelfs nadat ik hem over de betovering had verteld.' Geschokt door mijn openhartigheid bedekte ik mijn mond en staarde mijn moeder met bange ogen aan.

Mijn moeder greep me stevig bij mijn bovenarm en trok me mee naar een rustig hoekje van de balzaal, achter een grote plant.

'Ja, daarover, dochter. Dacht je echt dat je het voor me verborgen kon houden?' Moeders ogen schoten vuur.

Ik had haar nog nooit zo overstuur gezien. De wereld kwam op me af, zonder ademruimte.

'Ik ben het hoofd van een van de drie heersende families, en ik weet alles,' siste ze. Haar huid golfde. Ze had moeite haar drakenharnas in toom te houden.

Tranen welden op in mijn ogen en ik begon te stamelen. 'Maar moeder, Cayden en ik kregen een band. We waren in het bos geweest... en een week later hadden we een officiële date.'

'Waren jullie in het bos? Alleen?'

'Het spijt me, moeder.'

'Waarom heb je het verteld?'

'De boomgeesten vertelden me dat Cayden was zoals ik...'

'Omdat de boomgeesten je het geheim van de kroonprins vertelden, deelde je het jouwe?'

'Cayden bevestigde dat hij een Zeedraak is. Ik heb zo lang met dit geheim geleefd, moeder. Ik kan niet...'

'Jij stom kind. Maar maak je geen zorgen. Ik wist het al. Ik wilde je alleen een kans geven schoon schip te maken. En nu heb je dat gedaan. Maar ik heb het al geregeld.' Moeders ogen waren donkerder geworden, bijna gevaarlijk zwart. Ik had haar ogen nog nooit zo zien veranderen. Toen werden haar ogen rood.

Ik smeekte haar, bang dat ze zou veranderen. 'Alsjeblieft, wat bedoelt u, Moeder? Wat heeft u gedaan?'

Mijn moeders humeur sloeg om als een blad aan een boom. 'Maak je geen zorgen, dochter.' Moeders ogen veranderden weer in de vertrouwde donkerbruine kleur. Haar huid golfde niet langer. 'Ga en vermaak jezelf. Dans!'

Ik liep weg, met een hoofd vol tegenstrijdigheden.

De rest van de avond zag ik Cayden dansen met mijn beste vriendin. Terwijl mijn hart langzaam bevroor, gromde het Groene Monster dat diep in mij leefde zachtjes.

27

MEDEA

Door de windstilte hadden we vertraging opgelopen, maar na nog eens tweeënhalve week zeilen naderden we de draaikolk, net voorbij de Geschakelde Schelpen-eilanden. Toen we door de draaikolk waren, bereikten we het eiland Kar-Djundin, voor de zuidoostkust van de Schaduwweiden.

Volgens Rafail woonden de Zeenimfen op Kar-Djundin. Ze waren de dochters van de Zonnegod Alco-Raeye en leefden daar om gewonde of zieke zeedieren te helpen. Daarnaast hadden ze een tweede taak: ze onderzochten schepen op passagiers of bemanning met kwade bedoelingen. Zo zouden piraten nooit de Schaduwweiden bereiken – een oude overeenkomst tussen de Eerste Keizer en de Zonnegod.

Als iemand werd afgewezen, werd hij dan voedsel voor een orka? Ik grijnsde in mezelf, tot ik me realiseerde dat ik het paleis in brand had willen steken. Wat als de Zeenimfen dat in mijn hart lazen?

Mijn gedachten dwaalden af.

Ooit heerste de Zeedraak Desauru over alle oceanen en zeeën. Vroeger moest de kapitein van het schip toestemming krijgen om de Straat der Ouden binnen te varen, de route naar Taigetta. Maar Desauru was verdwenen en hij was al tientallen jaren niet meer gezien. Zijn avonturen waren nu fabels geworden. Nu legde de kapitein verantwoording af aan de Zeenimfen. Had de Zeedraak de afgewezenen misschien opgegeten? Ik rilde bij de gedachte en sloeg mijn armen beschermend om mijn lichaam.

De draaikolk doemde op.

Zenuwachtig verzekerde ik mezelf dat de Zeegodin deze reis al vaak had gemaakt.

Een plotselinge ruk haalde me terug naar het hier en nu.

Het schip raakte de rand van de draaikolk en schokte heftig.

Wat als de draaikolk het schip opslokt?

De kapitein schreeuwde bevelen die de eerste stuurman herhaalde.

'Houd het schip op koers.'

'Houd het schip op koers.'

'Hand aan het roer!'

'Hand aan het roer!'

'Hijs de zeilen!'

'Hijs de zeilen!'

'Nu!'

'Nu!'

'Sneller!'

'Sneller!'

Een van de bemanningsleden klom het kraaiennest in. De stuurman klemde zijn handen om het stuurwiel. De kapitein stond naast hem.

Ik ging naast de kapitein staan. 'Dus we komen door een andere draaikolk naar buiten?' vroeg ik met een klein stemmetje.

Zonder me aan te kijken gaf de kapitein antwoord. ‘Inderdaad. Die draait de andere kant op. Spuugt ons eruit, bij wijze van spreken.’

‘Spuugt ons eruit?’ Ik dacht aan een kat die met brute kracht een haarbal uitspuugt.

De kapitein zei niets. Hij concentreerde zich op het leiden van het schip door de draaikolk. ‘Hard stuurboord, nu!’

De stuurman draaide aan het roer en het schip kantelde gevaarlijk.

Ons gesprek moest wachten. Ik draaide me om en liep naar de reling, waar ik me stevig vasthield terwijl het koude zweet me uitbrak.

Rafail kwam naast me staan, stoïcijns als altijd. Ik schuifelde naar hem toe en hield mijn armen laag. Ik voelde zijn energie toen mijn hand bijna de zijne raakte. Het liefst leunde ik tegen hem aan, maar ik durfde hem niet aan te raken. Ik wilde dat híj het initiatief nam. Misschien had ik het mis en vond Rafail mij verschrikkelijk. Toen dacht ik aan Cayden – een geweldig persoon, ja, maar het sparren... Ik wist niet wat ik van hem moest denken. En met het leeftijdsverschil van achttien jaar was de jongere Rafail een logischer keuze.

De stuurman draaide aan het roer en het schip slingerde zijwaarts.

Ik hield me nog steviger vast aan de reling, terwijl mijn maag zich in een vrije val leek te storten.

Op dat moment kwam Cayden links naast me staan en Rafail nam direct afstand, alsof ze een onuitgesproken afspraak hadden. Cayden kwam gevaarlijk dicht bij me staan. Rafail keek weg en liep, zonder me een blik te gunnen, naar Tian, die bij de boeg met Winta stond te praten.

Caydens hand streek vluchtig langs de mijne. Een doffe pijn kwam opzetten in mijn borstkas.

Ik begreep niet hoe ik me tot beiden aangetrokken kon voelen. Ik verlangde naar Cayden. Was Cayden maar niet zo'n oude man. Als we niet zo ver uit elkaar waren in leeftijd... Zou ik dan liever Cayden hebben? Ik was geschokt door mijn eigen gedachten en op dat moment heersten conflict en kwelling.

Het schip gleed een tunnel van water in, een naadloze overgang naar een wereld die ik niet kende.

'Stuur de raaf vooruit,' riep de kapitein.

De verbazing deed me opveren. *De raaf? Hebben ze ook een raaf aan boord?*

Cayden wierp me een blik toe. 'Ze weten van je vogel. Kom op, haal hem.'

Ik rende naar mijn hut en haalde Athan.

Hij zat op mijn schouder toen ik aan dek kwam. Opluchting stroomde door me heen nu de kapitein wist van mijn gevederde vriend. Ik hoefde Athan niet langer te verbergen. Terwijl ik naar de kapitein liep, mompelde de bemanning en spuugde op de vloer. Duimen werden tegen voorhoofden gedrukt. Ik negeerde het. Natuurlijk dachten ze dat ik de vijand was. Als ik het eerder had geweten, zou mijn leven dan anders zijn geweest?

De kapitein glimlachte naar mijn gevederde vriend.

'Athan, controleer de tunnel. Als er iets is, geef een signaal,' fluisterde ik hem de opdracht toe.

'Kee, Kee.' Athan sprong van mijn schouder en vloog over de boeg van het schip.

In een rustig tempo baanden we ons een weg door de tunnel en bewonderden het kristalachtige glanzen van de watermuren.

De bemanning stond aan weerszijden van de reling en keek naar allerlei zeedieren. Een groep dolfijnen zwom langszij. Een van hen had een vis in zijn bek en gooide die naar de anderen. Ze speelden een spelletje en slingerden de vis van dolfijn naar dolfijn.

Cayden lachte hardop.

'Binnenpretje?'

'Ze vingen een kogelvis. Wanneer die braakt, schiet het gif naar zijn aanvallers, waardoor deze rakkers high worden.'

'Niet waar...'

'Wel waar!'

We lachten zachtjes samen.

Toen zwom er een school mantaroggen voorbij met een spanwijdte van ruim acht meter. Ik keek omhoog en bewonderde de gratie van deze zeedieren. Ze zweefden boven ons als grote vogels, sereen, alsof ze alle tijd van de wereld hadden.

Ik hield mijn adem in. Alle kleuren van de regenboog omringden ons. Ik wierp een blik op Cayden. Zijn ogen straalden en een glimlach lichtte zijn gezicht op.

Cayden wees naar de zeebodem, waar gloeiende bloemen en planten zachtjes dobberden. Af en toe zwom er een fluorescerende vis voorbij.

Er gaat iets gebeuren. Het deed me denken aan die cruciale dag in de Maantempel, toen ik werd ontboden door hogepriesteres Ydrenya. Diezelfde gedachte was die ochtend al bij me opgekomen.

Ik huiverde.

Uit het niets schoten twee Zeenimfen voorbij. Toen ze ons zagen, bleven ze stil hangen in het water. De ene glimlachte, de andere zwaaide naar Cayden.

Ik keek naar Cayden, maar hij bewoog niet, zwaaide niet eens terug. In plaats daarvan liep hij naar Winta en Tian.

'Code Zwart!' klonk het vanuit het kraaiennest en het betoverende moment was onderbroken. *En daar is het.* Ik sloeg mijn armen om mijn middel.

Athan vloog met hoge snelheid terug naar het schip, wees met zijn vleugel naar stuurboord en schreeuwde. ‘Gevaar, gevaar! Kroaaaaa! Kroaaaaa!’

De eerste stuurman herhaalde. ‘Code Zwart!’

De twee Zeenimfen schoten in een oogwenk weg.

De kapitein reageerde. ‘Alle hens aan dek!’

Een donkere schaduw naderde van rechts.

De bemanning stond klaar alsof we ieder moment geënterd konden worden.

Ik wachtte bezorgd af.

Rafail kwam rechts naast me staan.

Mijn huid bleef rustig en wierp geen pantser op, maar een leren laag – de tweede verdedigingslinie. De eerste was de dunne witte, porseleinachtige laag.

Ik leunde naar Rafail toe. ‘Ik denk niet dat deze schaduw echt gevaar oplevert.’

‘Ik weet het,’ mompelde Rafail, half tegen zichzelf, half tegen mij.

Ik trok een wenkbrauw op en hield mijn hoofd schuin.

Rafail toverde een kleine glimlach tevoorschijn.

‘Jij weet meer,’ fluisterde ik met een brede grijns, terwijl ik Rafail speels op zijn arm tikte.

Caydens arendsoog priemde in mijn rug en mijn wangen brandden. Arrogante rotzak. Niemand zou me vertellen met wie ik mocht praten. Ik negeerde de hitte van zijn aura, die me dwong me om te draaien en hem al mijn aandacht te geven. Opzettelijk negeerde ik hem en draaide mijn hoofd weg.

Athan vloog naar Winta, die hem op haar arm liet zitten. Winta keek naar de zwarte vogel alsof ze een baby vasthield. Ze streelde zijn veren en liet hem tegen zich aanleunen. Ik glimlachte om het tafereeltje. Winta was echt goed met hem.

Iedereen keek naar de donkere schaduw aan stuurboord, maar ik keek naar bakboord omdat mijn rug tintelde, alsof iemand naar me keek.

Tot mijn verbazing staarde een groot oog met een gouden gloed naar het schip. Ik vergaapte me aan de enorme schaduw waarvan ik wist dat het zijn hoofd moest zijn. Het wezen was gigantisch, maar mijn huid bleef in de tweede verdedigingslinie.

Onverwacht greep een klauw de reling, waardoor het schip kantelde. De schubben waren blauw met een parelachtige glans. Net als Rafail.

De lange, scherpe nagels waren pikzwart. Elke nagel had het formaat van een dolk. Eén klap en niemand zou het overleven.

Mijn huid reageerde op de blauwe klauw en pikzwarte nagels door te rimpelen, maar er verschenen geen schubben. Geschrokken en gefascineerd tegelijk riep ik: 'Raf, wat gebeurt er?'

Iedereen draaide zich geschrokken om.

Een flits doorboorde het donkere water en in die helderheid zag ik hem: een gigantische draak, vastgeklampt aan het schip.

De matrozen zagen het ook en hun geschreeuw weerklonk door de stilte van de tunnel.

Ik gleed naar de reling. 'Rafail!' riep ik angstig.

28

DAGBOEK VAN KALLISTE

Het Rijk van de Schaduwweiden, het jaar 294

Lief dagboek,

Eindelijk ben ik met al mijn bezittingen verhuisd naar Danai Dea, het keizerlijk paleis aan de noordwestkant van de Schaduwweiden, bij de Westelijke Zee. Ik ben blij dat ik je heb meegenomen. Ik verstop je achter de kast, zoals altijd, maar nu in mijn nieuwe kamer hier in het paleis.

Mama voelt zich nu veel beter. Het enige nadeel is dat ze gelooft dat de Zonnegod Alco-Raeye haar heeft genezen. Ik heb haar de waarheid niet verteld, want dan zou ik de afspraak verbreken die ik met de Zeegodin sloot. In plaats daarvan liet ik haar geloven wat de hogepriester van de Zonnetempel haar vertelde: dat ze de rest van haar leven Alco-Raeye moest dienen. Ze is nu een priesteres. Daardoor kan ik haar vaak bezoeken, want de Tempel ligt in het D'Cybannebos. Het is minder dan tien minuten te paard hier vandaan.

Hoe dan ook, ik wil je graag vertellen over mijn ontmoeting met de keizerin en de keizer. Het was een opwindende ervaring.

Vandaag een week geleden ontmoette ik de keizerin voor het eerst.

De keizerin koos eens in de twaalf jaar haar nieuwe hofdames, en dit jaar was het weer zover. Het was 21 augustus. Na hun benoeming zouden de hofdames in september aantreden.

Alsof ik door een slager werd geïnspecteerd om te zien of we dik genoeg waren om geslacht te worden, stond ik in de troonzaal tussen de andere meisjes. Met al die magere meisjes zou het een behoorlijk karig feestmaal worden. Ik moest stiekem lachen toen ik al die bleke gezichten zag. Het was duidelijk dat de meeste meisjes bang waren, want er gingen geruchten over de keizerlijke familie.

Ze zouden monsters zijn die mensen vermoordden die ‘s nachts door de paleistuin dwaalden. Ze zouden hun harten opeten. Toch leken alle meisjes opgewonden om hier te zijn, alsof ze de uitverkorenen waren.

De keizerin zat op haar troon, die van kristal leek te zijn, althans, zo dacht ik. Ze droeg een adembenemende lavendelblauwe jurk die haar ogen liet oplichten. Het bovenste deel van de jurk, strak en laag uitgesneden, benadrukte haar slanke taille. Haar met kant afgewerkte, witte handschoenen rustten gevouwen in haar schoot, met een waaier ertussen. In haar lange witblonde haar, opgestoken in een vlecht, zat geen kroon. De keizerin had er geen nodig, want zij wás de kroon, de enige echte.

De machtige vrouw keek neer op de meisjes, van wie sommigen trilden op hun dunne benen. ‘Jij in de roze jurk, kom hier,’ zei ze streng.

Iedereen hield zijn adem in, onzeker naar wie ze verwees. De jonge vrouw naast me en ik droegen allebei een roze jurk. De ogen van de keizerin vonden de mijne.

'Neemt u mij niet kwalijk. Bedoelt u mij, Keizerlijke Hoogheid?'

'Ja, jij. Ik ben toch niet onduidelijk?' vroeg de heerseres met opeengeklemde tanden. Haar ogen vernauwden zich.

'Cynarah naast me draagt ook een roze jurk, mevrouw. Ik ben het er niet mee eens dat u duidelijk was,' antwoordde ik kalm, met een stevige stem.

De keizerin keek me even aan. Ze begon een beetje te blozen. Haar ogen kregen een donkere blik.

'Bent u altijd zo stoutmoedig, jongedame?' vroeg de keizerin streng.

'Ja, Uwe Hoogheid.' Ik stond recht op, wreef even over mijn pastelroze jurk en verwijderde een pluisje. 'Altijd.'

De kamer viel stil. Een spookachtige stilte hing in de lucht. Iedereen wachtte en hield zijn adem in. Op de achtergrond kabbelden normaal de golven tegen de kust, maar op dit uur hoorde je de zee nooit zo duidelijk.

Toen begon de keizerin te lachen. Tranen vulden haar ogen. 'Hoe heet je, kind?'

'Mijn naam is Kalliste Tjuvavak. Ik ben achttien, geen kind,' antwoordde ik langzaam en duidelijk. 'Mevrouw.' Ik maakte een kleine buiging

Het publiek slaakte een collectieve zucht van verlichting en het staatshoofd hield haar kin schuin en keek de kamer rond.

'Het doet me genoegen u te kunnen meedelen dat u bent aangenomen, Vrouwe Kalliste Tjuvavak. De dochter van wijlen hertog Tjuvavak.' De keizerin had een formele toon aangenomen. 'Gezien je adellijke titel van hertogin, die je kreeg nadat je vader overleed en je moeder naar de

Zonnetempel ging, ben je de hoogstgeplaatste hofdame. Zelfs als dat niet zo was geweest, had ik je tot Grootmeesteres van Danai Dea benoemd.'

Mijn eerste ontmoeting met de keizer verliep niet zoals ik had gehoopt. Eerlijk gezegd was het een complete ramp.

Op dezelfde dag als de benoeming tot Grootmeester, ging ik naar de paleistuin om de legendarische donkerrode rozen te zoeken waar alle jonge vrouwen in het Rijk over spraken. Er werd gezegd dat ze in de paleistuin bloeiden, en niemand had ooit zulke mooie rozen gezien of zo'n geur geroken. De geruchten gingen dat de rozen een soort magie bevatten, wat natuurlijk onzin was. Ik glimlachte bij die gedachte.

Ik liep met een parasol boven mijn hoofd om me te beschermen tegen de zon toen ik plotseling tegen iemand aanliep. 'Neem me niet kwalijk.'

'Maak je geen zorgen,' antwoordde een hese stem.

Ik hield de parasol opzij en keek op naar een imposant figuur die mijn knieën deed trillen. Even dacht ik dat ik in elkaar zou zakken, maar ik wist overeind te blijven.

Een man, die twee keer zo groot was als ik, stond recht voor me en versperde me de weg. Zijn schouders waren zo breed dat ik er bijna op kon zitten. Zijn lange zwarte haar viel los over zijn schouders en zijn zwarte ogen, met bijna geen wit, keken dwars door me heen. Dit was geen man. Het was een god. Licht straalde van hem af. Een hitte trof me, alsof ik te dicht bij de zon kwam.

Ik knipperde met mijn ogen en ontweek de sterke blik van de lange man.

De majestueuze man, duidelijk de keizer te oordelen naar zijn kleding en houding, glimlachte, liet fonkelende witte tanden zien en liep in stilte langs me heen. De hitte van zijn lichaam streek langs me en een kleine sensatie trok door me heen.

De tweede keer ontmoetten we elkaar 's avonds in de privébibliotheek. Het personeel verwachtte dat ik de eerste week van september mijn intrek zou nemen in het paleis. Maar ik bleef vandaag in Danai Dea om op verkenning te gaan. De keizerin wist op de een of andere manier van mijn passie voor lezen. Ze had me toestemming gegeven om in de bibliotheek te lezen wat ik wilde, zolang ik de boeken maar terugzette op de juiste plek.

Ik zat in een leunstoel met mijn benen omhoog en sloeg een pagina om. Mijn borstkas rees en daalde licht, want het korset zat behoorlijk strak. De zomer had de temperatuur in het gebouw doen stijgen. Verdiept in het boek probeerde ik elk detail in me op te nemen. Plots verbrak een diepe stem de stilte en mijn concentratie.

'Welk boek lees je?'

De keizer stond naast me. Hij draaide met duim en wijsvinger aan een van de gouden manchetknopen van zijn jasje, alsof hij me eraan wilde herinneren dat het tijd was om naar huis te gaan. Ik liet de keizer het boek zien en hij bewonderde het.

'Hou je van politiek? Ik moet zeggen, dat had ik niet van jou verwacht.'

'O, nee, natuurlijk niet!' zei ik, iets stelliger dan bedoeld. 'Mensen onderschatten me vaak. Dat krijg je als je niet verder kijkt dan het uiterlijk.'

'Neem me niet kwalijk, hertogin. Je hebt gelijk,' zei de heerser van de Schaduwweiden kalm. Hij gaf een snelle buiging. 'Ik zal stoppen met je te beoordelen op je uiterlijk.'

'Uwe Hoogheid, vergeef me. Niemand mag beoordeeld worden op zijn uiterlijk.'

'Je hebt gelijk. Natuurlijk. Ik zal voortaan respectvoller zijn tegen alle dames.' Zijn stem klonk iets harder.

Deze krachtige man leek op de portretten aan de muur, hoewel hij eerder in de tuin intenser had aangevoeld. Hij straalde een rauwheid uit. Er was vuur in hem geweest. Dat was nu weg. Ik voelde me een beetje teleurgesteld.

De zwarte ogen van de keizer kleurden rood vlak voordat hij zich omdraaide en wegging, waardoor een mengeling van nervositeit en nieuwsgierigheid door me heen trok.

Nadat ik naar het paleis was verhuisd, kruisten onze paden elkaar af en toe. Dan staarde de heerser me aan. En hoe vaker ik de keizer ontmoette, hoe sterker mijn verlangen naar zijn nabijheid werd. Er vormde zich een knoop in mijn maag en mijn benen trilden telkens als we in dezelfde kamer waren. Ik wist dat de keizer mij als zijn Grootmeesteres zomaar in zijn bed kon nemen, zonder mijn toestemming. Maar dat deed hij nooit. Toch zou ik het niet accepteren, want ik was de afspraak tussen de Zeegodin en mij niet vergeten.

29

MEDEA

Al duizelend sleurde de enorme draak met blauwe schubben me mee naar de diepste diepten van de zee. De Zeedraak had me in zijn enorme klauw gegrepen en van het schip afgerukt. Toen we dieper doken, vormde de draak een luchtbel om me heen om te laten ademen en me te beschermen tegen de druk. Ik verloor een paar minuten lang mijn bewustzijn en keek met grote ogen om me heen toen ik bijkwam.

De draak gleed in een rustig tempo langs torens die zeker vijftig verdiepingen hoog waren. Gebouwen waarvan ik nooit gedacht had dat ik ze ooit met eigen ogen zou zien. Het leek op een verzonken stad. Vissen schoten tussen de bouwwerken door, terwijl witte anemonen zich vastklampten aan de stenen. Roze, blauwe en gele zeesterren rustten op de anemonen. Lantaarnvissen verlichtten het gebied en fluorescerende vissen gloeiden als glimwormen.

We vlogen over een brede vlakte met vreemde gebouwen. Ze deden me denken aan de lessen heilige geometrie in de Tempel, wanneer Vrouwe D'Haviland driehoeken tekende en uitlegde dat ze samen een cirkel vormden. Het herinnerde me ook aan het doolhof waar mijn ziel doorheen was gereisd. Op de een of andere manier hoorde alles bij elkaar.

Een donkere, hese stem galmde door het gewelf en trok me terug naar het hier en nu. Ik kwam overeind. Even dacht ik dat ik opnieuw zou wegzakken, een vervelende gewoonte de laatste tijd.

'Er zijn er die werelden bouwen en er zijn er die ze vernietigen! En jij, mijn kind, hoort bij de laatsten!'

De schrik zat in mijn keel. Mijn huid probeerde een pantser te vormen, maar een onzichtbare kracht hield het tegen. Een vleugje zwavel prikkelde mijn neus en mijn ogen brandden. Ik knipperde snel, wetend dat wrijven het alleen erger maakte.

'Heb je iets te zeggen ter verdediging?'

Ik zweeg en zocht naar de bron van de stem en de zwavelgeur.

'Je zal eindigen als een brandstichter.' De stem klonk spottend.

Vaag herinnerde ik me dat de draak me in een valluik wierp en dat ik hard op de grond terechtkwam. Alles viel op zijn plaats. Ik was meegenomen naar de verborgen locatie van de Ouden. Ik had Kar-Djundin niet eens bereikt om door de Zeenimfen beoordeeld te worden. Ze wisten al wat er door mijn hoofd ging en nu zou ik gestraft worden. Misschien zou de Zeedraak me verorberen.

Ik raakte in paniek en schreeuwde dat ze zouden komen zoeken. 'Rafail, Cayden, Winta... ze vinden me. Ik weet niet wie jullie zijn, maar ze komen.'

Gelach echode om me heen.

'Ja, ja, natuurlijk,' zuchtte de stem. 'Luister, jonge vrouw. Als je die weg kiest, wordt je hart zwart, dood je iemand en is de kans groot dat je Danai Dea in brand steekt. Op zulke misdaden staan de hoogste straffen.' De stem viel stil.

Ik draaide me langzaam om, zoekend naar de bron van de stem.

'En dan zul je van hem zijn.'

'Ze heeft de Dagol Sarr bij zich. Het ligt in haar hut op de Zeegodin. Ze heeft geen idee wat het kan. Haar vader vertelde haar nooit dat het betoverd is.' Het was een andere stem dan de zware, hese: lichter, helder.

Een derde stem, donker en boos, voegde zich bij het gesprek. 'Het moet zo zijn. Laat Medea haar lot omarmen.'

'Ik weet niet zeker of ik het begrijp.' Mijn stem trilde. 'Ik zou niemand doden. Ik heb gedacht aan het paleis in brand te steken, maar ik geef mijn woord... Ik zal het niet doen. Ik zal niemand doden.' Mijn stem sloeg over. 'Alstublieft, laat me gaan.'

De donkere en hese stem bulderde opnieuw. 'Je lijkt onschuldig, maar er schuilt haat in je hart. Het zal zwart worden en alleen de kracht van de diamant kan dat keren. Dit is slechts een waarschuwing, kind.'

'Wat bedoelt u daarmee?' Tranen welden op. Ik draaide me om, verward en nog steeds zoekend naar de eigenaar van de stem. 'Waar ben ik?'

'Veel mensen zijn gestorven door je vader, het monster.' Het was de lichte stem weer.

Ik was boos, ook al begreep ik mijn eigen gevoelens niet. 'Nee, mijn vader was de oude keizer, geen monster. En als hij dat was... was hij dan niet meer dan dat?'

De stem klonk nieuwsgierig. 'Wat bedoel je?'

Ik stak mijn kin in de lucht en de passie laaide in me op. 'Iedereen heeft meer dan één kant. We zijn licht en donker. Sommigen van ons zijn erg goed in het verbergen van de duisternis. Misschien was hij niet bang om zichzelf helemaal te laten zien.'

‘Uiteindelijk bleek je vader een monster. Veel mensen stierven door hem.’ De drie stemmen spraken tegelijkertijd.

‘Maar hij hield van me,’ riep ik. ‘Hij stuurde me met mijn moeder weg om me te beschermen.’

‘Weet je dat zeker?’ fluisterde degene met de lichte stem.

‘Ja, ik weet het zeker. Mag ik niet van een monster houden?’

‘Ja,’ fluisterde de lichte stem aarzelend. ‘Maar het blijft triest.’

‘Voor wie? Voor het monster?’ Ik sloeg mijn armen om mezelf heen en rilde.

‘Nee. Voor jou.’

Gelach weerklonk om me heen terwijl mijn tranen opwelden. Ik wreef over mijn armen om mezelf warm te houden. Toen begon mijn hoofd te tollen. Misselijkheid steeg op en ik zakte weg.

Toen ik mijn ogen opende, lag ik verdoofd op de vloer van een isoleercel. Ik haalde mijn handen door mijn haar om het uit mijn ogen te vegen. Toen ik omhoogkeek, zag ik hoe hoog het plafond rees, alsof er een groot dier in zou passen. Ik lag op stro. Het rook naar vanille en eikenhout. *Is dit een dierenkooi? Gaan ze me hier houden?*

Op dat moment zwaaide de ijzeren deur open. Twee mannen in zwart leer stapten binnen. Ze hadden een grimmige blik. De een had bruine ogen, de ander kleurloze. De rest van hun gezicht ging schuil achter een doek.

De man met de bruine ogen schreeuwde tegen me. ‘Hé, wat doe jij hier? Ben je een spion?’

De ander begon me te schoppen. Eerst zacht tegen mijn benen, daarna hard in mijn buik.

Ik krulde me op, armen beschermend boven mijn hoofd, en drukte mijn gezicht tegen mijn knieën.

'Lafaard,' zei de man met de bruine ogen. 'Sta op en vecht met ons. Jij bent de beroemde zwaardvechtster van Cepheus. Laat zien wat je kunt. Kom op.' Hij reikte me een langzwaard aan en nam een eenvoudige, maar ontspannen houding aan. Geen van ons droeg een beschermende uitrusting.

Wacht maar af, idioot.

Ik nam mijn positie in: voeten wijd, knieën gebogen, mijn linkerhand op de pommel en mijn rechterhand op het gevest, net onder de pareerstang. Ik hield mijn zwaard rechts op heuphoogte. Mijn zwaard wees omhoog, recht tussen zijn bruine ogen, om zo min mogelijk prijs te geven over de stand van mijn lemmet en om tegelijk een muur van staal tussen ons te vormen.

Mijn tegenstander haalde van bovenaf naar me uit. Ik bracht mijn lemmet omhoog en naar voren in een kurkentrekkerbeweging. Mijn greep verschoof naar een duimgreep terwijl ik zijn slag opving met de valse snede en direct een stoot in zijn nek plaatste, mijn zwaard nog steeds tegen hem aan.

De andere man, die had toegekeken, zag dat ik gewonnen had en dat zijn partner in gevaar was. 'Je bent een smerige Da Grull met je demonenogen! Jij bent de spion van Ka-Ralyge. Hij heeft je gestuurd!'

Er brak iets in me. Ik was te vaak Da Grull genoemd. Ik gooide mijn zwaard opzij, klaar om met hem te vechten. Mijn handpalmen hield ik op ooghoogte naast mijn gezicht, met mijn linkervoet voor mijn rechtervoet, heupen licht gedraaid.

De twee mannen lachten hard. 'Zie je wel? Het kleine meisje kan niet tegen een beetje geplaag. Ga je nu huilen, kleine meid?' Ze proestten het uit.

Een vuur zwol op in mijn binnenste, kroop naar mijn keel en barstte eruit als een lange roodgloeiende vlammenstraal.

De twee mannen sprongen gillend opzij.

Er kraakte iets in mijn achterhoofd en ik werd groter en groter, tot mijn hoofd bijna het plafond raakte. Ik keek neer op de twee mannen die me met ontzag aanstaarden. Een intense hitte achter in mijn keel dwong mijn mond te openen. Rookslierten kronkelden naar buiten.

Ik keek omlaag. Ivoorkleurige schubben bedekten mijn hele lichaam. Twee armen met kleine klauwen en poten met grote klauwen staken uit. Een puntige staart krulde rond me. Ik slikte. Verbijsterd bleef ik staan.

Een vrouw kwam binnen, gevolgd door een man die oud genoeg was om haar vader te zijn.

De oude man keek me aan. ‘Dus zij is het? Opmerkelijk.’ Zijn ogen stonden donker en zijn mond trok licht samen.

‘Ongelooflijk,’ zei de vrouw, haar lichte stem verraadde iets van opwinding. ‘Na meer dan duizend jaar weer zo’n exemplaar... dat is goed nieuws.’

Zij zijn het. Twee van de drie stemmen.

De oude man streek door zijn baard. ‘Een Faran met zulke krachten is ongehoord. Weet je wel wat je doet, Silvy?’ Zijn ogen lichtten even op en zijn mond ontspande.

‘Robert, ik weet precies wat ik doe. Maak je geen zorgen.’ Silvy keek hem spottend aan.

Er giechelde iemand en fluisterde iets wat ik niet verstond. Achter de oude man verschool zich een jonge vrouw met wit haar en grote ogen, turend langs zijn middel. *Het meisje uit het doolhof.* Twee andere jonge vrouwen stonden in de gang en staarden me aan langs de mensen die half in de deuropening stonden.

Het lieve gezicht van de jonge vrouw die ik herkende als de Witte Vos deed me krimpen, kleiner en kleiner, tot ik

Silvy recht in de ogen keek. De ogen van de Witte Vos werden groot en haar roodgeverfde lippen krulden in een brede glimlach. Daarna liep ze weg met de twee andere meisjes.

Silvy draaide zich naar de oudere man. 'Robert, we hebben genoeg gezien.' Ze knipte met haar vingers, draaide zich om en liep weg, mij achterlatend met de twee mannen die me hadden geprovoceerd.

De mannen wreven door hun haar en over hun nek en keken me schuldbewust aan. De man met de kleurloze ogen keek weg. 'Sorry, juffrouw. We volgden alleen bevelen op. Silvy en Robert wilden weten wat er zou gebeuren als we je martelden.' De twee mannen vertrokken en sloten de deur.

Mijn lichaam werd helemaal gevoelloos en mijn hoofd tolde. Rafail had me verteld dat draken pas op hun achttiende transformeerden. Mijn verjaardag was over een paar weken. Hoe kon ik nu al veranderd zijn? En hoe kon ik vuurspuwen in mijn menselijke vorm?

Opmerkelijk. Na meer dan duizend jaar weer zo'n exemplaar. De woorden weerklonken in mijn hoofd. *Na meer dan duizend jaar? Een exemplaar?*

Uitgeput zakte ik neer op het stro en sloot mijn ogen. *Is dit een nachtmerrie? Nee... ik moet in Saerlca zijn. Dit is een test.* Meteen verwierp ik die gedachte. Ik had de hitte van mijn eigen vlammen gevoeld.

Toen de realiteit tot me doordrong, brak er iets in me. Tranen stroomden. Net toen ik me wilde overgeven aan die nieuwe realiteit, ging het luik open. Ogen gluurden door de opening.

Een te joviale mannenstem klonk. 'Medea, het is tijd om te gaan.'

Beduusd stond ik op en liep langzaam naar de ijzeren deur, die met een zachte klik openging. Een man van achter in de twintig met felbruine ogen keek me aan. Hij droeg een eigentijdse outfit: strakke broek, strak jasje, schoenen met ijzeren stiksels. Zulke schoenen had ik nog nooit gezien. Een zwaard hing scheef over zijn rug en een dolk aan zijn heup. Hij was veel groter dan ik, zelfs groter dan Rafail. Hij haalde een hand door zijn bruine haar en knipoogde.

'Dus jij bent de legendarische Medea?' zei hij met een wrange, lage stem. Daarna ging hij rechterop staan en spande zijn spieren, alsof hij zich voorbereidde op wat komen ging.

Ik hield mijn lach in. 'Legendarische Medea? Kan iemand me vertellen wat hier aan de hand is?'

'Ik ben Kyrhan. Je bent in het domein van de Ouden, maar dat had je vast al geraden.' Hij boog zijn hoofd. 'Je bent voorbestemd voor grootsheid. Het is een eer je te ontmoeten.'

Mijn hoofd tolde opnieuw en ik wankelde. Net voor ik mijn evenwicht verloor, ving Kyrhan me op.

Hij legde me uit dat ik terugging naar het schip. 'Je zult je hier niets van herinneren. Op een dag begrijp je het.' Kyrhan keek naar rechts en knikte naar iemand buiten mijn zicht. Toen hief hij zijn arm en gaf me een klap op mijn hoofd.

30

Medea

Rafail trok me naar zich toe en sloeg zijn armen om me heen. Ik herinnerde me plotseling de klauw die het schip vasthield. De zenuwen gierden door mijn lijf. Ik fluisterde zijn naam. ‘Rafail.’

Rafail fluisterde terug dat ik veilig was, dat hij me had. Zijn warme adem streelde mijn gezicht.

Ik legde mijn hoofd tegen Rafails brede borstkas en keek uit mijn ooghoeken naar de klauw die nog steeds de reling vasthield. Ergens diep van binnen had ik het gevoel dat er iets was gebeurd. De herinnering lag net buiten mijn bereik.

Het grote oog gleed van Rafail naar mij en terug. Terwijl het knipperde, liet de klauw de reling los, waardoor het schip weer in balans kwam. Een bliksemflits doorboorde het water en iedereen keek toe hoe het reusachtige wezen in het niets verdween. Het schip voer verder alsof er zojuist niets ongewoons was gebeurd.

Ik bevrijdde me uit Rafails omhelzing, liep naar de reling en hield me eraan vast. Mijn ogen schoten alle kanten op, net als mijn gedachten. Geschokt zei ik niets.

Rafail kwam naast me staan. 'Bij de Goden, die enorme klauw! Zag je dat?'

'Ja,' fluisterde ik terug met een hese stem. 'Dat is niemand ontgaan. Zou dat de zeedraak Desauru kunnen zijn? Hij is al lang dood. Hoe kan hij het schip hebben gegrepen?'

De matrozen stonden bij elkaar en keken me aan terwijl ze druk met elkaar praatten.

'Dat was Desauru niet,' fluisterde Rafail. 'Het was een andere draak. Hij heeft krachten waarmee hij door de barrière van de tunnel kon komen.' Zijn stem klonk bewonderend.

'Hoe weet je dat?' Ik krabde me achter mijn oren.

'Dat leg ik je een andere keer wel uit.'

Ik keek Rafail verbaasd aan en wilde reageren, maar de kapitein onderbrak ons gesprek.

Kapitein Vandeburen riep dat alles weer veilig was. 'Terug naar jullie posten, mannen. Houd op met die onzin. Je weet wie dat was, een van de machtige Ouden, dus gedraag je niet als een bange wezel. Ze zijn hier om ons te beschermen. Zoals altijd.'

De mannen begonnen opgelucht te lachen en verspreidden zich over het schip.

'Dat is dus wat ik je later wilde vertellen. De Ouden leven op een diepte van vijf kilometer onder water. Alleen de diepzeedraken kunnen daar komen, want zij zijn gewend aan het drukverschil. Die draak kwam voor jou.' Rafail keek me verwachtingsvol aan met een scheve glimlach om zijn lippen.

'Wat wilde hij dan van mij? Waarom nam hij me niet mee? En waarom verdween hij zodra jij me vasthield?' Ik vond het totaal niet amusant en keek Rafail aan, mijn armen over elkaar, mijn lippen strak op elkaar geperst.

Caydens stem klonk vlak bij mijn oor. 'De diepzeedraak is vertrokken vanwege mij. Hij kwam je controleren, Medea, maar je bent veilig bij mij. Hij weet dat ik je heb geclaimd.' Cayden keek me ernstig aan en fronste daarna naar Rafail. 'Rafail. Bedankt dat je goed voor Medea zorgt. Ik neem het over.'

Een kriebel schoot door mijn buik, een voorbode van de slappe lach. Om dat te voorkomen, controleerde ik mijn ademhaling. 'Dat meen je toch niet?' Ik nam Rafails hand in de mijne en Rafail pakte mijn hand stevig vast.

Ik kneep terug, mijn toon koud en vragend terwijl ik Cayden aankeek. 'Je hebt me geclaimd? Om mij te beschermen? In welk jaar leven we? Meen je dat?'

Cayden antwoordde laconiek. 'Ja, ik ben bloedserieus.'

We voeren door het donkere gedeelte dat dwars door het rif liep, alsof we door een berg voeren. Er waren geen dieren of nimfen te zien en ik vond het saai en donker. Via deze route konden we de andere kant van de wereld bereiken, dankzij een magiër die draaikolken had gecreëerd na de Grote Verschuiving.

De matrozen hadden lantaarns aangestoken en een van hen begon een zeemanslied te zingen. 'Er was eens een schip uit Birmingham. De naam van het schip was de Oude Amsterdam – althans, zo gaat het verhaal. De maan kwam op, de lijnen braken en ze nam het schip op sleeptouw.'

Na het eerste couplet zong iedereen uit volle borst mee. 'Spoedig is de vloek verbroken, drinken we rum, hoeven we nooit meer te koken...' De uithalen van het liedje vervormden terwijl het geluid tegen de watermuren weerkaatste en door de tunnel droeg, waardoor de rillingen over mijn rug liepen.

Geleidelijk werden we door de duisternis getrokken en na een tijdje zagen we het licht aan het eind van het rif. Toen we eruit voeren, zagen we rechts een bultrug naar ons toe zwemmen. Het prachtige dier zong een paar hoge, melancholische tonen.

'Ze heeft je gehoord, maat. Ze komt gedag zeggen,' riep een van de matrozen.

Iedereen begon te lachen. Toen zwom er een babywalvis naar haar moeder toe. Een andere matroos riep naar zijn collega en klopte hem op de schouder. 'Kijk, je baby.' De tunnel vulde zich met gelach. De grote walvis en haar jong keken ons aan.

Links kwam een haai met grote snelheid op ons af, sloeg met zijn neus tegen de tunnelwand, draaide naar rechts en zwom verder, tot hij in de verte verdween. Scholen vissen zwommen over ons heen, terwijl links kwallen met hun tentakels en roze en blauwe fluorescerende lichamen omhoog kwamen.

'De zee is een prachtige wereld. Ik vind hem veel mooier dan het land,' fluisterde ik tegen Rafail.

'Ik ben het met je eens, Medea. Het is een prachtige plek en er is nog zoveel meer daar beneden waar mensen niets van weten.' Hij wees naar een kreeft die over de zeebodem liep en een octopus die vooruit rolde en het zand omhoog schopte.

Cayden liep om ons heen en kwam links van me staan, vlak tegen me aan. Rafail wierp me een vragende blik toe. Ik negeerde Cayden, die zich soepel omdraaide en naar Winta liep bij de achtersteven.

Athan was terug de tunnel ingevlogen.

Rafail en ik bleven naast elkaar staan en hielden elkaars handen stevig vast. Mijn verlangen was zo groot dat ik dacht dat ik ter plekke kon sterven. Deze gevoelens brachten me in de war. Mijn gedachten draaiden om wat Cayden had gezegd: hij had me geclaimd. *Wat een arrogantie. Ik ben geen jonkvrouw in nood. Ik ben veilig bij Rafail. Hij beschermt me.*

Een stem haalde me uit mijn gedachten. 'Zo, zo, tortelduifjes.'

Ik draaide mijn hoofd. Rafail deed hetzelfde.

Tian, een van de deelnemers aan het toernooi, at brood en kaas. Hij nam een hap en klopte Rafail op de schouder. 'Heb je het naar je zin?' Hij knipoogde naar Rafail, die hem sarcastisch aankeek.

Rafail en ik bleven allebei stil. Tian haalde zijn schouders op en liep naar Winta en Cayden. Ze kletsten en lachten samen. Fyona was niet meer aan dek geweest sinds Cayden en ik hadden gespard. Misschien voelde ze zich zeeziek en rustte ze in bed. Ik haalde mijn schouders op. Het kon me eigenlijk weinig schelen.

Winta was langs ons gelopen met Cayden achter haar aan en naar de boeg gegaan. Ik begreep haar niet en ze bleef een raadsel voor me.

'We zijn klaar om de tunnel te verlaten,' riep de kapitein.

Ik greep met beide handen de reling vast toen het schip in cirkels bewoog, hoger en hoger, tot het losbrak uit de draaikolk en met een dreun op open zee landde. 'We worden zeker uitgespuugd,' mompelde ik in mezelf.

'Wat zei je?'

Ik schudde mijn hoofd naar Rafail en probeerde de misselijkheid te negeren.

Hij nam mijn hand in de zijne. 'Gaat het, Medea? Je ziet een beetje bleek.'

Ik knikte en hield mijn blik op Kar-Djundin in de verte. Voor ik het wist, lagen we voor anker en zwom er een Zeenimf naar de boot toe.

De kapitein ging met haar praten. Even later kwam hij terug en dirigeerde Cayden en mij naar de roeiboot.

'Waarom moeten wij naar het eiland?' vroeg ik Cayden toen we in de boot zaten.

Cayden keek nadenkend en staarde naar het water en ik keek van hem weg, verdwaald in mijn eigen gedachten.

'De Zeenimfen op dit eiland kunnen recht in iemands hart kijken,' was zijn antwoord.

Wat zouden ze in de mijne vinden?

Een schaduw trok over Caydens ogen. *Wat vertelde hij me niet?*

Dankbaar voor mijn hoge laarzen stapte ik vanuit de roeiboot het water in. Cayden had minder geluk. Hij stapte eruit en zakte tot zijn middel in het water. Het leek hem niet te deren, want hij grinnikte zelfs.

'Welkom in Kar-Djundin,' zei een mooie jonge vrouw in een pastelkleurige jurk die schitterde in het warme zonlicht. 'Mijn naam is Kuma.' Haar huid glinsterde, haar ogen helder en sprankelend en haar lange blonde haar vol met bloemetjes die eruitzagen alsof ze vers geplukt waren. Ze droeg ook zilveren sieraden met natuurstenen in zachtroze en zachtblauwe tinten, die rinkelden wanneer ze haar armen bewoog. Haar voeten waren bloot en klein, met fijne tenen, en om haar enkels droeg ze dezelfde sieraden.

Ik stelde me Phillines voeten voor, ook slank en fijn. Ik duwde de gedachte aan haar snel weg. Een pijnscheut gierde door mijn lijf en mijn borstkas verstrakte. Ik zou mijn beste vriendin maandenlang niet zien.

Ik dacht aan mijn grote voeten en keek weg van de zeenimf. Ik voelde me net een monster, vooral in mijn leren broek. Ik dacht niet dat Rafail ooit verliefd op me kon worden, en ik twijfelde er net zo erg aan dat Cayden dat wel kon.

Deze verbluffende jonge vrouw kon elke man betoveren. Ik keek stiekem naar Cayden, maar hij knipperde of bloosde evenmin toen ze voor ons stond.

Ik liet mijn gedachten afdwalen naar mijn eigen zorgen. *Wat bedoelde hij eigenlijk met 'claimen'? Was ik nu zijn slaaf?*

Kuma was al een tijdje met ons in gesprek, maar ik had niet echt opgelet. 'Cayden, je bent half mens. Wat ben je nog meer behalve een mens?'

Die woorden brachten me terug in de realiteit. *Half mens? Cayden?*

Cayden antwoordde niet. Dat maakte hem mysterieus, en dat vonden vrouwen blijkbaar aantrekkelijk, want er stonden al drie jongedames om hem heen. Ze zuchtten, gaven hem een klopje op zijn schouder en raakten hem aan.

'Heeft Desauru er iets mee te maken?'

Ik blies mijn adem uit. *Een zeedraak? Verwant met Cayden?*

'Kuma,' zei een van hen, duidelijk dc oudste, meest gerespecteerde van hen. 'Bied je excuses aan. Dit zijn onze zaken niet.'

'Ja,' zei de derde Zeenimf, 'Rana heeft een goed punt. Caydens erfenis zijn onze zaken niet.'

Ze hadden sprankelende ogen en bewogen met gratie. Hun stemmen klonken als water dat over kiezels stroomde, glad en kabbelend.

'Goed, Shaula,' zei Rana, die met haar kleine handje zwaaide. 'Laten we teruggaan naar Iza. Ik denk dat we het eens zijn over dat deze twee jonge mensen een goed hart hebben. Kuma, jij ook.'

De twee meisjes gaven Rana haar gelijk.

Shaula volgde het oudere meisje zonder te protesteren.

Voor zover ik kon zien was Kuma de jongste en de meest enthousiaste, want ze bleef bij ons en staarde Cayden vragend aan. Er viel een stilte die Cayden en ik niet probeerden te verbreken.

'Oh, geweldig,' zei Kuma, terwijl ze haar armen ophief in een gebaar van frustratie, waardoor de armbanden licht rinkelden. 'Er gebeurt eens iets spannends en ik mag het niet weten.'

'Desauru is familie, dat klopt,' zei Cayden, bijna geruststellend.

'Ik wist het,' zei Kuma opgewonden. 'Je bent familie van hem, toch? Hij is echt een knapperd. En populair. Hij heeft veel ervaring, is groot, sterk en oud...' Ze viel stil en keek me aan met glinsterende ogen.

Kuma keek in de verte, haar mond viel open. Een lichte, heldere stem sprak door haar heen. 'Je mist een deel van jezelf. Als je eenmaal op het vasteland bent, kun je het vinden. Je bent al eerder gewaarschuwd. Kijk uit voor degene met het zwarte hart.'

Kuma's uitdrukking werd lichter. Ze keek naar de zee en riep haar zussen. 'Ik kom eraan, wacht even.' Ze pakte de zoom van haar lange jurk en liep snel naar hen toe. Van een afstandje draaide de jonge Zeenimf zich naar ons om. 'Het komt wel goed. Heb vertrouwen in jezelf.'

Cayden floot en mompelde. 'Zo raar. Geen uitleg.'

'Vreemd,' antwoordde ik. 'Ben je familie van een Zeedraak? Ze zei ook dat hij vrij oud is. Betekent dat dat hij nog leeft?'

'De stem van dat meisje... hij klonk bekend.' Zijn ogen kregen een donkerder tint. De huid van zijn onderarm rimpelde. Even dacht ik dat ik het me verbeeldde. Ik keek verbaasd naar zijn onderarm. Zijn warme hand gleed over mijn blote huid, die rimpelde als de zijne en waarop nu een laagje leer zichtbaar werd. Hij trok snel mijn mouw naar beneden. 'Je moet eerst je gevoelens onder controle krijgen. Daarna zal je je huid kunnen beheersen.'

Onze blikken ontmoetten elkaar en het voelde alsof de tijd stil stond. Cayden liet me een glimp van zijn ziel zien. De zon weerspiegelde in zijn ogen en de sterren in zijn glimlach. Ik was sprakeloos. Zijn vingers op mijn blote huid zetten mijn lichaam in vuur en vlam. Ik wilde in zijn armen springen. Het leeftijdsverschil verdween uit mijn gedachten. Zelfs Rafail vervaagde naar de achtergrond. Ik had het gevoel dat ik veel van deze man kon leren, op verschillende manieren.

'Ik kan het je leren, weet je.' Caydens stem klonk schor.

'Wat leren?' Ik moest op adem komen.

'Controle over je huid krijgen.' Caydens blik werd intens en ik voelde me duizelig. Nog even en ik zou op mijn hurken moeten gaan zitten om bij te komen.

'Hoezo?' vroeg ik, buiten adem.

'Ik ben een draak en jij bent er ook een, maar dat wist je al.'

31

Athan

Athan zat op de hoogste mast van het schip en liet zijn gedachten dwalen. Hij keek toe hoe Rafail via de ankerketting aan boord klom, naakt, zijn spieren glimmend in het ochtendlicht. De jongeman kleedde zich snel aan en stopte het laatste stukje van iets wat op een haring leek in zijn mond. Nonchalant kauwend liep hij naar de deur op het bovendek die naar de verblijven van de hooggeplaatste bemanningsleden en passagiers leidde.

Net toen Athan terug wilde naar zijn hut, kwam Winta aanlopen met een panterachtige tred. Ze kneep haar ogen samen terwijl ze Rafail naderde. Toen ze vlak voor de jongeman stond, snoof ze zijn geur op. ‘Heb je genoten van je ochtendzwemmen?’

‘Ja, ik kwam Cayden onderweg tegen maar raakte hem kwijt.’ Rafail schudde zijn krullende haar kort uit. De spetters vlogen in het rond. ‘Heb je hem al aan boord gezien?’

Winta glimlachte terwijl ze naar Rafail keek.

Ze lachte zacht. ‘Cayden is al naar zijn hut gegaan nadat hij de verse vis naar de kok bracht. De lunch wordt heerlijk.

De ontbijtbel gaat zo, dus hij schuift wel aan, puur voor de vorm.'

'Helder. Dat was ik ook van plan.'

Ze staarden allebei uit over de zee, in gedachten verzonken.

Rafail verbrak de stilte. 'Hé, hoe zit het met Fyona? Waarom moest ze overboord?'

Athan schrok zo dat hij bijna van de mast viel. *Heeft Winta Fyona overboord gegooid?* Hij verplaatste zijn gewicht en boog voorover om niets te missen.

Winta deed een stap achteruit en keek Rafail aan, haar ogen wijd opengesperd. Toen stapte ze weer naar voren, haar gezicht bijna tegen het zijne. Ze keek hem recht in de ogen en gromde laag. 'Wat bedoel je precies?' Haar huid rimpelde en even schoot er haar omhoog, als een beginnende vacht – maar het trok net zo snel weer weg.

Rafail negeerde haar agressie. 'Medea heeft met Cayden gespard.' Hij sloeg zijn armen over elkaar. 'Of beter gezegd: ze vocht voor haar leven.'

Winta pulkte aan haar nagels. Haar gezicht verraadde niets.

'Maar het bleek een afleidingsmanoeuvre. Jij en Cayden hebben het bekokstoofd, nietwaar? Dat had ik pas door toen ik jullie zag.' Hij begon heen en weer te lopen. Winta bleef stoïcijns.

'Ik ging naar het bad dek, waar jij en Fyona in een discussie verzeild waren. Ik hoorde niet wat ze zei, maar ineens gaf je haar een duw. Ze wankelde en viel overboord.' Rafail klapte in zijn handen. Hij bleef staan en stapte recht voor Winta. Ze hielden een staarwedstrijd.

Rafail verbrak haar hypnotiserende blik. 'Het was geen ongeluk.' Hij streek met zijn vingers over zijn gladde kin.

Winta's wenkbrauwen gingen omhoog en haar ogen werden gevaarlijk donker. Een lage grom borrelde op uit haar keel.

Rafails glanzende blauwe schubben schoten omhoog. Voor hij in zijn drakenvorm kon veranderen, antwoordde Winta kalm. 'Ik heb je in de gaten gehouden, Rafail, en ik weet dat je op Medea valt.' Ze kneep haar ogen tot spleetjes. 'En ik weet ook dat je haar kuisheidsgelofte nakomt. Dat siert je.'

Rafail knikte. Zijn schubben trokken zich even snel terug als ze omhoog waren gekomen.

Winta glimlachte naar hem. Ze boog naar Rafail toe en fluisterde, luid genoeg voor Athan om het te horen. 'Als ik je vertel dat Medea in groot gevaar was... is dat genoeg voor jou?' Ze hield haar ogen op de zijne gericht.

Rafails gezicht lichtte op.

'Juist, dat dacht ik al. We hebben orders gekregen van de Heerser van Huis Maigrainyu om Medea koste wat het kost te beschermen.' Ze stapte achteruit en glimlachte. 'Nu weet ik dat je aan onze kant staat.'

Op dat moment klonk de bel.

Winta's gezicht verstijfde. 'Laten we naar de eetzaal gaan.'

Athan maakte van de gelegenheid gebruik om zijn vleugels uit te slaan en hen te volgen. *Dus ze beschermt Medea? Dat is goed om te weten.*

Athan zat op de reling te wachten tot Medea uit de eetzaal kwam, maar in plaats daarvan verscheen Winta met een bord vol spek, worstjes, bonen en roerei.

Ze hield het voor de raaf en glimlachte. 'Eet op, Athan. Dit is voor jou.'

Dat hoefde ze hem geen twee keer te zeggen. Dit was zoveel beter dan de wormen die hij in Saerlea kreeg. Athan werkte alles in een paar minuten weg. Toen hij klaar was, zei hij: 'Kee! Kee!'

Winta stak haar arm uit en Athan sprong erop. Ze streek door zijn veren. De raaf sprong naar haar schouder en drukte zijn kop tegen haar hoofd.

Medea kwam glimlachend naar hen toe. 'Het is prachtig om te zien dat jullie het zo goed met elkaar kunnen vinden.'

Athan sprong van Winta's schouder en vloog naar Medea. Ze stak haar arm uit. Athan streek erop neer en klauterde naar haar hoofd. Hij tikte met zijn snavel zacht tegen haar wang. Medea glimlachte breed en drukte een kus op zijn kop.

Winta verstijfde. Haar ogen rolden weg tot alleen het oogwit zichtbaar was.

Een lichte, heldere stem kwam uit haar mond. 'Een hart zo zwart als de nacht, maar het kan gekeerd worden met de kracht van de diamant. Een waarschuwing... Medea, kijk uit!'

Winta draaide zich om en liep weg, Athan neerslachtig achterlatend. Hij drukte zich tegen Medea's gezicht.

'Wat is er in godsnaam net gebeurd?'

32

VIKTORYA

Over twee maanden zou ik op het toernooi van Danai Dea vechten tegen Medea Tjuvavak van Cepheus. Ik wist niet wie ze was en het kon me weinig schelen. Het bleef een belachelijke situatie: vechten om de wereldtitel.

Terwijl ik onder de dekens lag, piekerde ik over alles. Als het aan mij lag, deed ik niet mee aan dat stomme toernooi. Moeder wilde dat ik meedeed. Volgens haar was het een eer om de titel van Wereldkampioen Zwaardvechten te verdedigen.

Eerder vandaag had mijn kamermeisje de felblauwe gordijnen geopend. Buiten was het ineens een witte winterwereld, wat het nog lastiger maakte om op te staan.

Het meisje had de haard aangestoken, al zou het de hele ochtend duren voor mijn kamer behaaglijk was.

Ik bleef in bed, waar het tenminste warm was. Onder de knusse dekens, die pasten bij de kleur van de gordijnen, dwaalden mijn gedachten af naar meneer Sontze. De man had de laatste tijd veel op zijn bord. Er was een comité opgericht en behalve Medea kwamen ook kampioenen uit andere landen. Het dreigde een heel evenement te worden.

Ik zou tegen meerdere tegenstanders vechten en ik zuchtte bij die gedachte. Ik zou ze toch allemaal verpletteren. Niemand kwam in de buurt van mijn kracht.

Toen dacht ik aan Cayden. Cayden had aangeboden om naar dat meisje te reizen en haar persoonlijk uit te nodigen. Natuurlijk wilde hij zijn ouders op de Zuster Eilanden bezoeken, al had hij kunnen wachten en mij mee kunnen nemen. Hij was op 19 januari in de late namiddag vertrokken, en ik voelde hoe graag hij weg wilde van mij. Hij gaf me vaak het gevoel dat ik niet goed genoeg voor hem was.

Ik had meer dan eens overwogen om het met Cayden te beëindigen. Uiteindelijk deed ik het nooit. Waarom maakte ik er geen eind aan? Lag het aan zijn smeulende ogen? Zijn verbazingwekkende lippen, die me nog nooit gekust hadden? Zou het kunnen dat hij buiten mijn bereik lag, en dat ik dat op de een of andere manier aantrekkelijk vond?

Hij was helemaal naar Medea gereisd om haar de uitnodiging te brengen. Ze zou beeldschoon zijn. Het zou vast liefde op het eerste gezicht zijn. Zou hij meer interesse in mij hebben als hij wist hoe ik er écht uitzag? Cayden kon onmogelijk verliefd op me zijn, niet met mijn saaie blonde haar en lichtblauwe ogen. Ik begreep niet eens waarom hij tijd met me doorbracht. Ik had ook een vrij gewoon lichaam, in tegenstelling tot mijn echte lichaam, dat juist vrij voluptueus was, met een zandloperfiguur en lang, krullend rood haar. Die aanblik werd hem onthouden, want mijn ware ik bleef verborgen. En Natalia kon pronken met haar lichaam en haar mooie haar.

Een jaloers, groen monster brulde, waardoor ik schrok. Snel trok ik mijn dekens over mijn hoofd. Onder de dekens slaakte ik een hoog gilletje en schopte wild met mijn benen. Ik moest het loslaten, die fixatie op Cayden en die jaloezie op mijn beste vriendin. Natalia verdiende dat niet.

Toch voelde het niet eerlijk voor ons beiden. Als de betovering ooit verbroken werd, zou Cayden eindelijk mijn ware vorm zien. Wie weet knapte hij af, omdat hij al die tijd een ander meisje voor zich had gezien. Ik zou een vreemde voor hem zijn! O nee, wat moest ik doen? Waarom wilde moeder de betovering niet verbreken? Cayden wist dat ik betoverd was, maar hij vroeg er nooit naar, alsof het hem niets uitmaakte.

Ik was het spuugzat mijn ware ik in de spiegel te zien, terwijl de mensen om me heen dat niet konden. Het was gekmakend.

Mijn moeder vroeg ook niet meer waarom ik het Cayden had verteld, wat vreemd was voor iemand die zo'n controlefreak was. Ze had iets gedaan, dat wist ik zeker. Daarom gedroeg Cayden zich zo vreemd. Daarom had hij zich vrijwillig aangemeld om naar Cepheus te reizen.

'Viktorya, waar ben je, schat?' De stem van mijn moeder doorbrak mijn gepieker.

Bezorgd dat ze teleurgesteld zou zijn dat ik nog in bed lag, trok ik de dekens van mijn hoofd, klaar om eruit te komen. Toch bleef ik liggen. *Laat haar maar weten dat ik nog in bed lig. Wat maakt het uit?*

De deur ging open.

Ik hield mijn hoofd schuin en wierp moeder een uitdagende blik toe.

'Schat, waarom lig je nog in bed? Het is bijna lunchtijd. Ben je onwel?' Moeder kwam naar me toe en legde de rug van haar koude hand op mijn voorhoofd. 'Ik denk niet dat het koorts is.' Er welden tranen op in haar ogen toen ze op de rand van mijn bed ging zitten, als een koningin in haar dieppaarse zijden jurk.

Een scherpe steek van verdriet trof me. Moeders vriendelijkheid en haar oprechte bezorgdheid raakten me.

'Moeder, ik ben in orde. Het is alleen... Cayden... Hij is al weken weg en ik voel me niet goed, dat is alles.' Een traan gleed naar mijn kussen.

'Laat een man als Cayden je leven niet in de weg staan, schat. Hij is het niet waard om je zorgen over te maken. Ik heb gezien hoe hij je behandelt. Andere prinsen zouden sterven voor de kans om jou het hof te maken, schat.'

Ik gaf een knikje. *Maar ik wil Cayden.*

'Laat hem gaan, schat.'

Ik slikte mijn tranen weg en vermeed moeders zachte blik.

Moeder pakte mijn hand en fronste licht. 'Weet je wat? Het is heerlijk weer buiten. Laten we na de lunch met Vuurvliegje en Paardenbloem een ritje door het bos maken. Wat vind je ervan?'

Ik ging rechtop zitten en hield de deken onder mijn kin. Ik trok mijn wenkbrauwen op, knikte en glimlachte naar mijn moeder. 'Ik hou van je, mama.'

Moeders hele gezicht lichtte op.

In het D'Cybannebos waren de boomkruinen helemaal wit en ze glinsterden in de vroege middagzon. We genoten in stilte van de prachtige winterdag.

Moeder keek me ernstig aan. 'Schat, er zijn een paar belangrijke dingen die ik je nog niet verteld heb. Eerst gaan we naar de Tempel, daarna vertel ik je de details.'

Haar serieuze blik maakte me bang. *Wat is er nog meer aan de hand? Heeft het te maken met de echte reden van de spreuk?* Te bang om het te vragen, maakte ik me zorgen over het antwoord. 'Natuurlijk, ik begrijp het, Moeder.' We reden in stilte verder.

In februari waren de meeste dagen bedekt met sneeuw. Over een maand zou het lente worden en werden de dagen weer langer en zonniger. We reden naar de Zonnetempel, waar de keizerin jaren had doorgebracht voordat ze op mysterieuze wijze van de aardbodem verdween. Mensen hadden naar haar gezocht, maar niemand had haar gevonden.

Mijn moeder was haar laatste en kortst zittende Grootmeesteres geweest. De vorige Grootmeesteres was zonder enige uitleg afgetreden. Er werd gefluisterd dat de keizer er iets mee te maken had, al wist niemand wat er echt gebeurd was. Moeder was vaak in de Tempel geweest om de keizerin te bezoeken, dus ze kende ook de hogepriesteres, Enora K'Loua. Bij nader inzien besefte ik dat Moeder een belangrijk persoon was in ons land. Een warm gevoel verspreidde zich door mijn borst. Ik was háár dochter.

Toen realiseerde ik me dat een Grootmeesteres hoger in rang stond dan een Hofdame, die niet alleen diende als gezelschapsdame en secretaresse van haar meesteres, maar ook beschikbaar moest zijn voor seksuele diensten voor de keizer. Een Grootmeesteres kon echtgenoot, gezelschapsdame, minnares of concubine van de keizer worden. Een gevoel van afschuw bekroop me.

Ik leidde mezelf af door mijn aandacht te richten op de kleurrijke tinten van de eeuwenoude bomen, die zich hoog in de lichtblauwe lucht uitstrekten. De zonnestralen dansten in de ogen van onze paarden, Paardenbloem en Vuurvliegje, die vrolijk naast elkaar liepen. De weg boog naar links en dan weer naar rechts. Toen we dieper het bos inreden, zagen we de glazen koepel van de Tempel, die midden in het bos lag. Nog een bocht naar rechts en we waren er.

Paardenbloem stopte plotseling, onwillig om verder te gaan. Vuurvliegje stopte ook. Hij rilde. Ik voelde de energie van mijn paard en probeerde te begrijpen waarom hij aarzelde. Er verscheen een beeld van een beer in mijn hoofd. *Beren horen nog te slapen. Het is nog te vroeg om wakker te worden.*

Moeder stapte van Paardenbloem af en trok haar zwaard uit de schede aan haar zadel. Ze droeg het altijd bij zich, al had ze het nooit gebruikt. Ze ging voor haar paard staan. 'Vik, blijf staan. Als ik "ga" zeg, rijd je weg en kijk je niet om. Begrijp je me?'

Ik schrok van haar kalme maar ferme stem. 'Ja, moeder.' Ik hield mijn teugels stevig vast, klaar om te reageren, en keek toe hoe een donker figuur achter de boom vandaan kwam.

Er stond een gigantische beer voor ons.

Een plotselinge schok van angst trok door me heen. Vuurvliegje verstijfde. De spieren van mijn paard spanden zich aan, klaar om zo hard te rennen als zijn benen hem konden dragen. Ik wist dat als mijn paard zou vluchten, de beer achter hem aan zou komen. Moeder had me ooit verteld dat beren heel snel kunnen rennen.

Ik haalde diep adem en dacht aan insecten. *Bijen, wespen, heilige pillendraaiers...*

Moeder hief haar zwaard, klaar om aan te vallen.

Verward door haar houding hield ik mijn adem in. Ze stond daar alsof ze precies wist wat ze deed. Een Grootmeesteres leidde de administratie, deelde bevelen uit en informeerde de keizerin. Ze bemoeide zich nooit met gevechten. Ik dacht altijd dat mijn moeder het zwaard aan het zadel had gebonden om af te schrikken, niet omdat ze gevechtservaring had. Maar de manier waarop ze het zwaard hanteerde... *Ze ziet er ervaren uit. Professioneel zelfs.*

De beer stond op zijn achterpoten en rekte zich goed uit. Moeder deed een stap naar voren. De beer schudde zijn kop en stapte achteruit.

Ik kreeg er een kleine kick van. Natuurlijk wist ik wat haar andere vorm was, want ik was zelf een draak. Moeder had me uitgelegd dat alle halfmensen en halfdraken uit vervloekte families kwamen, maar ik had geen idee hoe zij er in haar drakenvorm uitzag. Ik wist dat ik mezelf pas vanaf mijn achttiende verjaardag kon transformeren, over een paar maanden. Ik wachtte in spanning af. Zou moeder nu transformeren? Om ons allebei te redden van deze monsterlijke beer?

Toen kwam er een hoge gil uit de boom. Een zwarte bal sprong naar beneden en schoot in de richting van de beer. De brute aanval joeg de enorme beer de stuipen op het lijf. Het geloei van de zwarte bal en de manier waarop hij alle kanten op schoot, deed de beer schrikken. Hij viel op zijn voorpoten.

De zwarte bal raakte de beer op zijn achterwerk. De beer slaakte een gil, draaide zich om en rende weg. De zwarte bal bleef zitten, nog steeds gillend en krijsend. Toen de beer over de heuvel verdween, bleef de zwarte bal stilliggen. Langzaam nam hij zijn normale proporties weer aan.

Er ontvouwde zich een zwarte kat voor onze ogen. Ze zat op haar achterwerk, likte haar voorpoot en waste haar oren, alsof er niets bijzonders was gebeurd.

Parissa!

Moeder stond verstijfd, het zwaard in haar linkerhand, onzeker over wat ze moest doen. Ze haalde haar rechterhand door haar haren en maakte de strakke knot los. Plukken haar vielen op haar rug.

Ik begon te lachen en viel bijna van Vuurvliegje af. Maar diep vanbinnen voelde ik ontevredenheid, want ik had Moeder nog steeds niet als draak gezien.

Moeder deed haar haar weer in een knot en liep naar de kat. Ze hurkte en staarde de kat in de ogen. 'Je bent een heel dappere kat. Jij prachtig schepsel. Dank je wel!'

'Een warm welkom voor Yelena Maigrainyu, voormalig Grootmeesteres van Danai Dea, het voormalige Keizerlijke Paleis. En een warm welkom voor Viktorya.' Vrouwe K'Loua stond voor de Zonnetempel op ons te wachten met een brede glimlach, al had haar stem een spottende ondertoon.

Het verbaasde me niet dat Vrouwe K'Loua al wist dat we zouden komen, zij had tenslotte de sterkste verbinding met de Zonnegod Alco-Raeye.

Haar ogen vielen op de kat. 'Parissa,' zei de hogepriesteres warm, terwijl ze haar een knipoog gaf. *Natuurlijk kent ze mijn kat.* Vrouwe K'Loua was bijzonder en ik bewonderde haar.

De hogepriesteres klapte in haar handen en een novice verscheen uit de schaduwen.

'Breng onze gasten naar mijn vertrekken en zorg dat ze goed verzorgd worden. Ik vermoed dat ze behoorlijk geschrokken zijn.'

Ik keek naar moeder, die me kalm aankeek. Ik haalde mijn schouders op en volgde de twee vrouwen naar binnen.

'Je bent een hele tijd weggeweest,' hoorde ik de hogepriesteres even later zeggen. 'Bijna twaalf jaar.'

Moeder zette haar lege glas op tafel. 'Ik ben maar voor één ding gekomen, Enora. Om uit te vinden welke kleur de volle maan zal volgen.' Ze keek de hogepriesteres doordringend aan.

Nieuwsgierig naar wat er aan de hand was, reikte ik met mijn energie naar hen. Die werd onmiddellijk geblokkeerd door een bubbel in de kleuren rood, blauw en geel. De kleuren wervelden rond de hogepriesteres en mijn moeder. Op het eerste gezicht lijkt iemand met deze kleuren in zijn aura oppervlakkig, maar ik wist dat een hogepriesteres dat nooit kon zijn. Die kleuren waren met opzet geplaatst als verdedigingsmechanisme, om een Innod buiten te sluiten. Nu ik de hogepriesteres niet kon lezen, pruilde ik.

'Een Innod,' zei de hogepriesteres terwijl ze haar hoofd snel naar me toedraaide, alsof ik een lekker snoepje was waar ze trek in had.

Hoewel ik had moeten weten dat ze het zou merken, verbaasde haar snelle reactie me.

'Yelena, moet je me iets vertellen?' Haar toon klonk opnieuw spottend.

Tot mijn verbazing bloosde mijn moeder. En toen deed ik nog een schokkende ontdekking: ze had een kwetsbare kant.

'Niets bijzonders, Enora. Viktorya kan met dieren communiceren. Is dat zo speciaal?'

De hogepriesteres schudde met haar wijsvinger. 'Laten we niet op de zaken vooruitlopen, Yelena. Je dochter kan meer dan dat. Ze kan praten met alles dat energie heeft.'

Vrouwe K'Loua sloot haar ogen en de getatoeëerde halve maan tussen haar wenkbrauwen lichtte op in violet. 'Eén hart is goud, het andere is zwart. Er is een weg terug. Door de diamant. Ze is onderweg.' De hogepriesteres opende haar ogen en nam moeders hand. 'De profetie zal spoedig vervuld worden.'

33

MEDEA

De aristocratie van de Schaduwweiden, het jaar 330

Er hing een gordijn van mist over het eiland waar we naartoe gingen, waardoor het verborgen leek. Het schip gleed langzaam door de dichte wolk. Ik kon nauwelijks een handbreedte voor me uit kijken. De geluiden klonken gedempt. Het hout van het schip kraakte luid, terwijl het water nog harder tegen de romp sloeg.

Na drie weken en vijf dagen zeilen waren we dicht bij de Straat der Ouden. Het verlangen om het land te zien waar ik achttien jaar geleden was geboren, deed me sidderen van verwachting. Mijn keel trok samen. Uit het niets steeg er een lichte paniek op. *Wat als de mensen hier mij ook als een monster zien?* Voordat ik het schip verliet, kleedde ik me om. Ik voelde een dringende behoefte om mijn ware uiterlijk te verbergen.

Het schip voer zachtjes door. Achter het gordijn scheen de zon in al haar glorie. Het eiland stond onder de bescherming van Alco-Raeye, de Zonnegod, en dat was duidelijk te zien. De Straat der Ouden lag uitnodigend voor ons, badend in gouden licht dat scherp afstak tegen de mist rond het eiland.

Het smalle kanaal kon maar één schip tegelijk ontvangen. Aan weerszijden van de ingang stond een enorm bronzen beeld van een diepzeedraak, die toekeek alsof hij elk moment kon toeslaan. Ze hadden slangachtige lichamen zonder vleugels, maar met grote vinnen en uitsteeksels op hun kop en rug. Hun voorpoten hadden grote klauwen, terwijl hun achterpoten kleiner waren. Ik dacht aan de klauw die het schip in de tunnel had gegrepen. Het klamme zweet brak me uit. Een vage herinnering flitste door me heen: iemand die tegen me sprak, een jonge man met vriendelijke ogen. Ik schudde mijn hoofd om de pijn van die herinnering van me af te schudden. Ik moest me concentreren op het heden en mijn omgeving.

Op de oevers bloeiden allerlei soorten fruitbloemen in tinten roze en wit. We voeren door de ingang, langs de standbeelden, en ik bewonderde de grote, witte villa's die langs de rivieroever stonden, met tuinen die groot genoeg waren om de helft van Da-aru te herbergen.

De gedachte aan Da-aru deed me denken aan mijn beste vriendin, Philline. Ik miste haar. En mijn ouders. En de Maantempel. Wat zouden ze vandaag aan het doen zijn? Ik duwde de gedachten weg en concentreerde me op het hier en nu.

We zeilden verder en hoe dichter we bij ons doel kwamen, hoe meer zeilen werden gestreken. Rond het middaguur kwamen we aan in Taigetta, de haven van de Schaduwweiden. Met nog maar één zeil omhoog manoeuvreerde de Zeegodin behendig naar de laadhaven. Touwen vlogen naar de dokwerkers, die uit alle macht trokken om het schip naar de kade te krijgen. En toen lagen we voor anker.

Taigetta was een bruisende metropool vol huizen en steegjes. De enorme haven kon talloze schepen herbergen, de Zeegodin was er slechts één van, tussen de vele grote schepen uit andere landen.

Ik herkende de vlaggen van Misa, Saipha, Tynly en Gamka die we in de aardrijkskundeles hadden besproken. De Zuster Eilanden waren het enige land dat ontbrak. Dat was geen verrassing, want Cayden, kroonprins van de Zuster Eilanden, reisde met ons mee.

'Reis je met ons mee terug op 18 april?' vroeg de kapitein. 'De volgende mogelijkheid is pas in juli.'

Ik keek kapitein Vandeburen aan, mijn kin iets schuin. 'De inhuldiging van kampioenen is op de achttiende, en ik word kampioen, dus ik wacht tot juli.'

'Begrepen,' antwoordde hij. 'Voor het geval je aan boord wilt, we vertrekken acht minuten en twintig seconden voor half zeven.'

Ik glimlachte. 'Precies op de eerste seconde van de volle maan.'

Een opvallende groep vormden we met z'n allen. Met onze wapens op de rug baanden we ons een weg door het gebied. Iedereen was er klaar voor, behalve Fyona. Van haar ontbrak elk spoor. Waarom ze verdwenen was, bleef gissen.

Cayden zou de toernooicommissie laten weten dat er één deelnemer minder was. We liepen door de straten van de stad terwijl Cayden ons de weg wees. De smalle paden vormden een doolhof waar je makkelijk kon verdwalen. Gelukkig had Cayden vooraf afspraken gemaakt.

Ik zag mezelf al liggen in een kar, op een paar dekens, om uit te rusten. De jongens mochten de paarden mennen. Daar wist ik niets van.

Verloren in gedachten merkte ik niet eens dat Cayden me de teugels van een paard gaf. Ik keek omhoog, recht in het gezicht van een buitenmaats zeepaardje. *Waar is de kar? Dit moet een vergissing zijn.*

Het wezen voor me was enorm: lange, stevige gehoornde poten, krachtige borstspieren en twee kleine hoorns op zijn hoofd. Het staarde me met zijn rechteroog aan. Zijn linkeroog schoot heen en weer. De oren van het beest draaiden in alle richtingen, alsof hij de geluiden om zich heen opzoog. In zijn nek groeide ruw oranjebruin haar in de vorm van een halve maan. Het keek me met dat ene oog minachtend aan. Het wezen droeg oogkleppen, waardoor het alleen vooruit kon kijken.

'Het spijt me, maar ik begrijp niet wat het nut hiervan is.'

De groep draaide zich om. 'Medea, jij kunt toch paardrijden?'

Mijn wangen werden heet. 'Eigenlijk kan ik dat niet. En... is dit wel een paard?' *Hoort het niet in de oceaan thuis?*

Cayden krabde aan zijn achterhoofd, schijnbaar aarzelend.

'Dit zijn Kirill-paarden, lang geleden hierheen gebracht door de Sterrenmensen. Ze dragen moeiteloos mensen van onze lengte en ons gewicht, Medea.' Rafail stelde me gerust.

Cayden lachte. 'Leer het dan onderweg. Het is niet moeilijk. Gewoon kijken en nadoen.' Hij sprong op zijn paard en draaide een rondje.

'Uitslover,' lachte Winta. Ze schudde haar hoofd. 'Kirill-paarden en gewone paarden werken in principe hetzelfde. Let maar op. Zet je linkervoet zo in de stijgbeugel.'

Tian, hoog op zijn Kirill-paard en al etend van een appel, riep haar toe. 'Je kunt het, Med!'

Ik volgde Winta's voorbeeld.

'Pak het zadel vast en trek jezelf omhoog. Duw je dan af in de stijgbeugel terwijl je met je rechterbeen een hoge zwaai over de rug van het paard maakt.' Winta ging zitten.

Ik deed haar na. 'Het is inderdaad niet zo moeilijk.' Toen bewoog het paard plotseling en ik verloor bijna mijn evenwicht.

Athan zette zijn nagels in mijn nek. Gelukkig had mijn huid daar schubben opgeworpen door de schok, waardoor ik geen verwondingen opliep.

Iedereen lachte, behalve ik.

'Athan,' zei ik terwijl ik over mijn nek wreef en hem opzij duwde. 'Je kunt vliegen, dus je hoeft niet op mijn rug te blijven.'

De vogel reageerde meteen op mijn gemopper en sprong van mijn rug. Hij vloog rondjes om ons heen.

'En nu?' vroeg ik aarzelend. Daar had ik geen rekening mee gehouden. Ik had nog nooit paardgereden. In ons land waren paarden voor de elite.

Vanaf zijn paard liet Rafail me zien hoe ik moest rijden en hoe ik moest stoppen. Ik volgde zijn instructies nauwgezet op. Het paard begon te bewegen. Ik glimlachte en maakte mezelf groter, trots dat ik op zo'n krachtig dier zat. *Wie heeft er een kar nodig? Dit is zoveel beter.*

Na een uur in het zadel begon mijn kont pijn te doen en voelde ik me steeds minder op mijn gemak. Na twee uur dacht ik echt dat ik doodging. Mijn hele lichaam protesteerde. 'Kunnen we even stoppen?'

De hitte hier was anders dan thuis, veel vochtiger. Ik wilde niets liever dan in een meer springen om af te koelen, zo oververhit was ik.

Cayden stak zijn hand op. ‘Hier stoppen we. We eten iets en drinken wat water voordat we nog twee uur verder rijden naar Oraku.’

Zodra we waren afgestapt, pasten de paarden hun kleur aan de omgeving aan.

‘Dat is interessant,’ merkte ik op. ‘Camouflage.’ Ik krabde achter mijn oor en liet me weer in het gras zakken.

Na een tijdje stond ik weer op en slaakte een kleine zucht. ‘Wat een prachtig land. En die grote bomen links? Indrukwekkend.’

Cayden glimlachte trots. ‘Dat zijn mammoetbomen. Ze kunnen wel tweeduizend jaar oud worden en komen alleen aan deze kant van het eiland voor. Men zegt dat dit land ontstond toen, driehonderddertig jaar geleden, het water het grote continent voorbij het Slangenrif overspoelde. De bomen stonden er toen al. Het is onmogelijk te bevatten hoe dat kon gebeuren. Er staat er één met een tunnel erdoorheen.’

De boom uit mijn droom. ‘Ze zijn prachtig.’

‘Jíj bent prachtig,’ zei een onbekende stem achter ons.

We draaiden ons allemaal om en zagen vier vreemdelingen staan. Ze hielden zwaarden vast en zagen er behoorlijk intimiderend uit – struikrovers, zonder twijfel.

Eén had een lap over zijn linkeroog en leek op een piraat. Een ander waggelde als een dronkaard. De derde droeg een driehoekige hoed zoals een kapitein. De vierde keek alsof hij hier met tegenzin stond, meegesleurd door de rest. Ze waren kleiner dan wij, maar niet veel.

Rafails ogen waren wijd, zijn handpalmen naar boven. Zijn mond trilde. ‘Ze hebben een dier gestolen,’ fluisterde hij.

'En een van hen heeft iets gedaan wat het licht niet kan verdragen.' Zijn ogen schoten open en hij keek de vier mannen aan.

Cayden stond op en nam meteen het woord. Je kon aan hem zien dat hij in het leger had gezeten. Zijn hand rustte op zijn zwaard. 'Wie zijn jullie, en wat willen jullie van ons?'

De drie mannen lachten, maar de vierde zweeg.

'Wie denk je dat je bent? Een legeraanvoerder van deze groep?' De man met de hoed grinnikte.

Tian haalde zijn schouders op en veegde een paar kruimels uit zijn mondhoek. Hij draaide zijn hoofd van links naar rechts tot zijn nek kraakte, terwijl hij de man die de leider leek te zijn een harde blik toewierp. Rafail en Winta keken allebei geërgerd maar zwegen.

Ik had er genoeg van en stapte langs Cayden. Ik trok mijn sjaal af en liet mijn gezicht zien.

Athan zat op een tak van een van de oude bomen en volgde het tafereel aandachtig. De mannen bewogen niet.

Mijn zwaarden zaten nog in hun scheden op de grond, maar ik had ze niet nodig. Ik zou dit zonder doen.

'Kijk daar eens,' zei de leider, vrolijk maar met een vleugje sarcasme. 'Het kind wil spelen.'

'Ze denkt dat ze eng is met die rare make-up,' zei de man met het ooglapje. 'En die demonische ogen.'

De leider stak zijn hand op om stilte te eisen.

Er trok een vreemd gevoel door me heen. Rafail had gelijk, al was het nog veel erger. De leider had iets gedaan dat me op een vreemde manier persoonlijk raakte, terwijl ik hem niet eens kende. Mijn spieren spanden zich aan. Het bloed steeg naar mijn hoofd.

Een vage mannenstem fluisterde een naam in de wind. *Vuurvliegje*. Ik draaide mijn hoofd opzij. Alle ogen waren op de vreemdelingen gericht. Niemand leek het gehoord te hebben.

Ik keek om en zag mijn paard de mannen fel aanstaren. Zijn hoeven schraapten over de grond. Toen tilde hij één hoef in hun richting. Plotseling wervelde het gefluister om me heen. *Wraak... wraak... wraak...* Zacht gelach vulde mijn oren. Vlakbij rinkelden belletjes. Mijn zicht werd wazig, de bomen zoemden en de geur van wilde bosviooltjes bleef in de lucht hangen.

Toen de leider met geheven zwaard op me afstormde, stapte ik in een roes naar voren, duwde mijn been tussen zijn benen, greep zijn arm en klemde die tussen mijn knie en zijn dij. Eén harde duw en zijn elleboog brak. Met mijn andere hand greep ik zijn zwaard en sneed in één vloeiende beweging zijn keel door.

Iemand schreeuwde achter me. Bloed stroomde uit de wond en kleurde de grond dieprood. Een onverwachte kick trok door me heen. Ik liep naar de man met het ooglapje, die mijn ogen 'demonisch' had genoemd, en haalde met mijn zwaard uit naar zijn keel. Hij probeerde me tegen te houden, maar had er de kracht niet voor. Ik ontwapende hem moeiteloos. Ik zette twee stappen naar voren en hakte zijn arm eraf. Er stroomde bloed uit de wond. 'Ik ben geen kind,' fluisterde ik en zwaaide met mijn zwaard naar de overgebleven mannen, die nu zichtbaar bang waren. 'En ik draag geen make-up!'

'Medea, kom op, laat ze gaan!' schreeuwde Tian.

De andere twee mannen kwamen in beweging. De dronkaard wankelde mijn kant op, terwijl de man die hier duidelijk met tegenzin stond van de andere kant op me af kwam. Ze hakten naar me met hun zwaarden.

Ik sprong zijwaarts, rolde weg en dook over de plunjezakken om te voorkomen dat ik in hun linie terecht kwam. Ze bleven op me afkomen, maar misten me telkens. Ze raakten snel oververhit en begonnen te schreeuwen. ‘Lafaard, vecht gewoon.’

Ik sloeg op hen in, terwijl ik me nog steeds inhield. Het duurde niet lang voordat ze beseften dat ze me niet aankonden, en ik besloot te stoppen. ‘Ren als jullie leven je lief is.’ Ik wilde ze niet doden, op de een of andere manier. Maar de man met de hoed en de felgroene ogen moest sterven.

Ik kwam op adem en keek naar mijn reisgenoten, die zich duidelijk afvroegen wat ik had gedaan. Maar ik hield het hoofd koel en liet mijn verwarring niet merken. Aan Winta zag ik dat ze wist wat er was gebeurd.

‘Niet zo snel!’ riep Cayden hen na. ‘Zeg eerst sorry.’

‘Sorry,’ zei de man die hier niet wilde zijn. Eindelijk kon hij vertrekken.

‘Het spijt me,’ zei de dronkaard, terwijl hij over zijn eigen voeten struikelde en viel. ‘We wilden het paard niet stelen!’ Hij stond op en rende zijn collega achterna.

De eenarmige man zette de achtervolging in en liet een spoor van bloed achter. ‘Dat is het paard van dat meisje daar!’ riep hij naar de anderen. Ze lieten hun partner achter, die met zijn opvallende groene ogen in de verte staarde, omringd door een plas bloed.

Het leek alsof de lucht uit de omgeving werd gezogen. Even dacht ik dat iedereen mijn hartslag kon horen. Hij bonsde zo overdreven luid. We stonden in een cirkel en keken naar het lichaam.

De leider van de struikrovers was dood. Zijn hoed lag naast zijn hoofd in het doorweekte, donkerrode gras. Een zware, metaalachtige geur zweefde door de vochtige lucht en liet een bittere smaak achter op mijn tong. Een vreemde voldoening maakte zich van me meester. Op de een of andere manier had het zo moeten zijn.

'Het lijkt erop dat het lot je heeft ingehaald,' zei Winta. 'Ik heb het herkend. Ik heb het gehoord.'

Ik keek weg. 'Ik weet niet waarom, maar het moest zo zijn.'

Rafail stond naast me. 'Laat haat niet je hart beheersen. Dat loopt slecht af.'

Ik ontweek zijn blik. 'Laten we hem begraven en dan verder gaan,' mompelde ik.

'Het lot heeft je in zijn greep,' fluisterde Winta me toe. 'Tijdens de komende volle maan zal je het opnieuw onder ogen moeten zien.'

De rillingen liepen over mijn rug, en ik schudde ze met moeite van me af. 'Kan het nog cryptischer, bij de gratie van Moigraisse en Alkaide samen!' Gefrustreerd liep ik naar mijn paard, misselijk van wat ik had gedaan. Ik was niet gewelddadig. Ik kon zelfs geen vlieg kwaad doen. Het besef trof me alsof iemand me met een zwaar voorwerp tegen het hoofd had geslagen. De bittere smaak op mijn tong deed me kokhalzen. Ik strompelde naar de dichtstbijzijnde struiken en gaf over.

Verward door wat ik had gedaan, deed ik het enige wat ik kon doen. Ik schakelde mijn emoties uit, stapte op mijn paard en reed weg.

Zodra het donker werd, reden we naar de hoofdstad Oraku. Het was er lawaaierig, druk en stinkend, als natte sokken. In mijn verbeelding was de stad vredig, goed gestructureerd en modern. Gewend aan de zuivere berglucht, zo gemakkelijk in te ademen, voelde ik me alsof ik langzaam stikte.

Cayden legde uit dat we konden kiezen: door de stad of eromheen. Hoe dan ook, we moesten naar de andere kant, naar het paleis. We namen de weg rond de stad, die langs de rand van het bos van D'Cybanne liep. We reden door een lange laan met villa's aan weerszijden. Ze waren zo groot dat alle inwoners van mijn dorp in één villa konden wonen. Het zag er behoorlijk extravagant uit. Athan vloog voor ons uit.

Na een tijdje bereikten we de open vlakte voor het paleis, waar een enorm standbeeld van de Drakengodin D'Cybanne oprees. De godin zat op de rug van een tweekoppige draak. Ze droeg een kroon met drie sterren. Ik draaide me om in de richting waarin ze keek en merkte dat we op een heuvel stonden. Vanaf dit uitkijkpunt kon je het ingewikkelde netwerk van steegjes zien. Ik ving ook een glimp op van het bos naast en achter de stad, waar vooral de hoge bomen in het midden opvielen.

Een schok schoot door mijn lichaam en ik wankelde. Ik was hier al eens eerder geweest. In het visioen op het slagveld – toen de man me 'de vijand' had genoemd. Om de een of andere reden was ik teruggekeerd naar mijn thuisland. Zou ik er binnenkort achter komen waarom? Winta had gezegd dat ik het lot opnieuw onder ogen zou moeten zien.

Net buiten de stadsgrenzen stonden een paar eet- en drinkgelegenheden. Tian had ze al gezien. 'Ik ga wat te eten halen. Willen jullie ook wat?'

Ik schudde mijn hoofd, terwijl mijn maag ja zei. Ik kon niet eten – niet na wat ik had gedaan.

Even later lachte Tian van een afstandje. Ik zou waarschijnlijk lang niet meer lachen. *De man met de groene ogen. Bloed op de vloer*. Mijn maag draaide bijna om. Het zachte geritsel van vleugels gaf me even een beter gevoel. *Athan.*

De vogel landde op mijn tas en tikte zacht tegen mijn hoofd. Ik ging met mijn vingers door zijn sjofele veren.

Rafail liep naast me. Zijn wenkbrauwen stonden in een diepe frons. Zijn ogen keken naar binnen. Ik had geen tijd om erbij stil te staan, want we bereikten het oude keizerlijk paleis, een stille getuige van het verleden.

Met de levendige klanken van straatmuzikanten op de achtergrond zag ik mensen langs het oude paleis lopen zonder er een blik op te werpen. Degenen die wel stopten om het te bewonderen, waren niet van hier. Het paleis, nu een museum, kon tijdens openingsuren worden bezocht.

Morgen wilde ik door het gebouw dwalen. Er lag een hele dag voor me om rond te kijken, maar een ding trok me: het portret van mijn vader, de voormalige keizer van de Schaduwweiden.

34

ATHAN

De aristocratie van de Schaduwweiden, de dag voor het toernooi

In de lente zochten de hommelkoninginnen naar een plek voor een nieuw nest. Het oude nest was in de winter afgestorven, dus moest er een nieuwe komen. De eerste werksters zouden in mei geboren worden.

Athan at geen hommels. Ze droegen soms parasieten, en alleen al het idee maakte de raaf misselijk. Hij beschermde ze geregeld tegen veldmuizen, dassen en insectenetende vogels omdat hij wist dat ze soms ook gewonde elfjes vervoerden als de libellen overbelast waren.

De zwarte vogel vloog als een toerist over het D'Cybannebos. De koninginnen vlogen af en aan. Athan zag dat enkele koninginnen al een nest bouwden in een boomholte. De bomen in dit bos waren anders dan thuis. Athan was hier nog nooit geweest met zijn zwanenfamilie, al hadden ze de hele wereld overgevlogen.

Hij vloog verder en zag onder zich de weg die ze hadden afgelegd van de haven naar Oraku. Mensen reden te paard, sommigen liepen, anderen reisden met paard en wagen. Hij herkende de plek waar Medea iemand had gedood. Athan huiverde onwillekeurig. Er werkte vreemde krachten. Hij voelde het, en het beïnvloedde Medea zichtbaar: ze was te stil geworden. Athan geloofde niet dat ze ooit bewust op die manier zou doden. Winta had gelijk gehad. Het lot had dit veroorzaakt.

Athan vloog naar links, naar het witstenen gebouw dat hij vanuit de lucht had gezien tussen de bomen. Het ronde gebouw had een glazen koepel in het midden. Hij vloog eroverheen en landde op een van de ijzeren richels. In het midden stond een object dat op een reusachtig oog leek. Het deed denken aan het oog in de Maantempel van Cepheus. Er stonden enkele mensen naast. De vogel zag dat het zijraam naar beneden was geschoven. Hij vloog op en zweefde naar de vensterbank.

Enkele seconden later landde Athan op het kozijn, zijn kop instinctief omlaag.

'Het spijt me dat u er niet bij was, Vrouwe Maigrainyu. Ik wist niet dat u geïnteresseerd was in het toernooi,' zei een trillende mannenstem.

Athan boog dichter naar het raam.

Een hooggeboren vrouwenstem nam het woord. 'Ik probeer haar te beschermen, idioot. En wat doe jij? Je hebt haar in een gevaarlijke situatie gebracht.' Haar stem verscherpte. 'Ik zou je hier en nu moeten vermoorden.'

De man slaakte een kreet van afschuw.

'Kom op, Vasylis bedoelde het niet zo, Yelena. Toch, oude vriend?' zei een gedempte stem.

Een zachte zucht volgde, samen met wat geschuifel.

De gedempte stem ging verder. 'Laten we allemaal kalmeren.'

Nieuwsgierig gluurden Athans kraaloogjes over het houten frame. Hij plette de veren op zijn kop zodat ze geen aandacht trokken. Twee vrouwen stonden tegenover een man met een bezweet gezicht. Een van de vrouwen had donkerbruin haar in een knot. Ze droeg rijkleding en haar lippen waren op elkaar geperst. De vrouw naast haar had grijs haar en donkere ogen. Ze droeg een wit gewaad, haar haar bedekt met een sjaal. Een tatoeage van een halve maan sierde haar voorhoofd.

'Viktorya verdient het om de waarheid te weten.' De man keek boos om, handenwringend en zijn ogen werden groot van zijn lef en hij zakte lichtjes in elkaar.

Uit het niets verlichtte een flits de kamer. Uit de rug van de vrouw die Yelena werd genoemd rees de kop van een rode draak op. Hij leek op de kop van een reuzenzeepaard.

Athan wankelde en kon ternauwernood zijn evenwicht bewaren.

Yelena zette snel een stap naar voren. De draak gromde luid naar de man, die lijkbleek werd toen de hete adem van het serpent zijn gezicht raakte. Het zweet gutste over zijn voorhoofd.

'Dat is niet aan jou, Vasylis. Wees voorzichtig.'

Vasylis sloot zijn ogen.

De draak trok zich terug in Yelena's lichaam.

Athan hield zich zo stil mogelijk. *Als ze me betrappen…* Hij slikte.

De oudere vrouw met de maan op haar voorhoofd getatoeëerd liep weg en kwam terug met een doek. Ze gaf de doek aan de man, die zweette en angstig was. Hij depte zijn gezicht. De tatoeage op haar voorhoofd lichtte blauw op.

'Vasylis heeft het begrepen. Maar er is meer. Ik kreeg gisteren een boodschap van de Zonnegod.'

Athan, die op het punt stond weg te vliegen, bevroor bij die laatste woorden. De zwarte vogel keek door het raam, net over het kozijn heen. *De Zonnegod. Wat is er aan de hand?*

Yelena wendde zich tot de vrouw in het wit. 'Vrouwe K'Loua, wat heeft de Zonnegod u gezegd?'

De maan op haar voorhoofd kleurde lila. 'Medea is aangekomen in de Schaduwweiden. Ze is klaar om te omarmen wat komt. Ze zullen maar kort samen zijn voordat ze weer gescheiden worden.'

Yelena keek bedenkelijk. Ze keek naar Vasylis. 'Je mag gaan. De hogepriesteres en ik hebben nog zaken te bespreken. Alleen.'

De man liep achteruit naar de ingang en verdween snel.

'Hij is weg. Eindelijk. Dat irritante mannetje. Soms weet ik niet zeker of hij een bondgenoot of een tegenstander is.'

'Uwe Keizerlijke Hoogheid, we zijn nu alleen. We kunnen vrijuit spreken. Hoe gaat het met Viktorya, mijn kleindochter?'

Verbaasd keek Athan naar de keizerin. *Ze houdt zich gedeisd. Slimme zet.*

'Ik weet zeker dat je weet dat mijn dochter Viktorya veilig is.'

'Je pleegdochter, bedoel je.' De hogepriesteres kuchte in haar vuist.

De keizerin glimlachte meewarig.

De hogepriesteres begon te ijsberen. Ze wrong haar handen. Toen stopte ze met ijsberen en staarde Yelena – de vermomde keizerin – kil aan. 'Je ging naar de magiër Aemilia, die in dat kleine huisje in het donkerste deel van het D'Cybannebos woont.' Haar ogen vlamden. 'Je gaf haar die zilveren armband met het maanamulet om de spreuk over Cayden en Medea te betalen.'

De ogen van de keizerin werden groot. Haar wenkbrauwen schoten omhoog en haar gezicht verbleekte. Maar ze zweeg.

De hogepriesteres keek naar beneden, zoekend naar woorden. Ze keek omhoog, recht in de ogen van de keizerin, haar stem bot. 'Nog één ding, mevrouw. Hoelang wachten we nog voordat we Viktorya de waarheid vertellen? Ze weet niets van haar krachten of van de wereld waar ze vandaan komt.'

'Zodra ze achttien is, Enora. Dan stuur ik haar naar de Tempel voor training.'

'En wanneer mag ze weten waarom die spreuk ooit is uitgesproken?'

'Wat bedoel je, Enora?'

'Je betoverde haar toen ze zes was. Ze had blond haar en blauwe ogen, zoals vele kinderen, maar ze begon steeds meer op haar moeder te lijken – rood, krullend haar, groene ogen – en jij...'

'Ik weet niet waar je het over hebt. Ik liet een betovering over ons beiden uitspreken toen Viktorya een baby was...'

'Niet toen ze een baby was.'

'Voorzichtig, hogepriesteres. U begeeft zich op gevaarlijk terrein...'

'Ik weet van de brief, mevrouw.'

'Welke brief?'

'De Zeegodin. Mensen vergeten vaak dat ik de hoogste schakel ben tussen de wereld en Alco-Raeye, de Zonnegod. En hij kijkt altijd toe.'

Een rode drakenkop flitste op uit de rug van de keizerin en verdween weer.

Enora knipperde niet. Ze keek haar strak aan. 'Je kunt me niet bedreigen zonder de consequenties te dragen... Tameira.'

De twee vrouwen staarden elkaar aan.

Enora verbrak de stilte. 'Heeft het kind nog niet genoeg geleden? Laat de betovering vallen. Laat haar zichzelf zijn. Ze is prachtig.'

Tameira keek nadenkend, haar blik verhardend. 'Ik kan Kalliste niet verdragen.' Ze spuugde de naam uit. 'Met haar slanke taille, die borsten, dat pruillipje. Ze verleidde mijn man en baarde zijn kinderen. Ze verdiende straf.'

'Dus je nam de brief van de Zeegodin niet serieus. Je bent nogal hard, Tameira.'

'Het spijt me niet, oude vriend. Alleen dat het jou zo raakte.'

'Het lot is hard,' zei Enora. 'Je schreef de Zeegodin over Kallistes zwangerschap. En zij schreef terug. De Zonnegod heeft het me verteld.' De hogepriesteres vouwde haar handen. 'De Zeegodin had een baby, Rafail, van verdrinking gered. Ze was niet langer geïnteresseerd in Kallistes kind. Kalliste offerde zichzelf op voor niets. Je bent koudhartig, vriendin.'

'Het heeft je veel gebracht,' zei de keizerin kil. 'Kijk waar je nu staat. Jij vertelde Toma en Sandra Tjuvavak dat ze Medea nooit de waarheid mochten zeggen. Je gaf je eigen kleindochter op, die met haar macht het Oude Rijk had kunnen herstellen. Wie is er koudhartig?'

'Ik zit in deze positie door wat er gebeurde. Ik wilde mijn kleinkinderen beschermen.'

'En nu heb je wereldwijde invloed. Een positie die je bewaakt.'

Ze staarden elkaar ijzig aan.

‘Ik ga je iets vertellen, oude vriendin,’ zei de keizerin. ‘Maar je zweert dat je het aan niemand vertelt.’ Ze wrong haar handen en begon te ijsberen.

De hogepriesteres liet haar hoofd zakken en keek minachtend op naar de keizerin.

De keizerin negeerde het gebrek aan respect. ‘Medea was niet de eerstgeborene. Viktorya wel. Ik heb ze verwisseld. Kalliste dacht dat Yelena haar hielp tijdens de bevalling, maar ik nam Yelena’s plaats in.’

‘Die je vermoord hebt,’ fluisterde de hogepriesteres.

De keizerin reageerde niet. ‘Maar toen Medea’s huid schubben kreeg – iets wat onmogelijk is voor een pasgeboren draak, omdat deze zich pas rond het veertiende jaar lichamelijk manifesteert– wist ik dat ze met die grote kracht het Rijk in gevaar zou brengen. En Vadim had me gewaarschuwd voor een meisje dat Danai Dea ooit in brand zou zetten.’

Het gezicht van de hogepriesteres trilde. ‘Wie bewaakt er nu de macht?’

Athan, die gezichten kon lezen, zag het masker vallen: heel even stond er geen bondgenoot maar een vijand. Enora herstelde zich razendsnel.

Een sluwe glimlach verscheen op haar gezicht. ‘Mijn liefste Tameira, de Zonnegod heeft dit precies zo gepland. Hij is toch de schepper van alles?’ Haar stem was zo scherp als glas.

Athan huiverde. Hij schudde zijn veren en liet zijn kop zakken. Tijd om te verdwijnen voordat ze hem zagen.

De zwarte vogel liet zich van het kozijn vallen en hervatte zijn ronde. *Medea was niet de eerstgeboren... De Zonnegod heeft dit gepland...* De woorden echoden in zijn gedachten.

Athan vloog boven het D'Cybanne bos, nog nahijgend van het verhitte gesprek, maar het mooie weer verzachtte zijn gedachten. Een zacht briesje streek langs zijn veren. De zon en de lichtgroene boomtoppen verwarmden hem vanbinnen. Een hommel vloog voorbij. Athan knikte: een koningin op zoek naar een nieuw nest. Hij had zijn eigen nest gevonden bij Medea. Zijn hart sloeg sneller.

Na een tijdje vliegen hoorde Athan iemand huilen. Ontroerd vloog hij zo snel mogelijk naar beneden en landde op een tak.

Een meisje met dof blond haar zat op een dameszadel op een Kirill-paard, haar lila jurk gekreukt door het zitten. Ze veegde haar ogen af. Toen ze zich naar Athan draaide, zag hij dat haar ogen lichtblauw waren, als de vroege lentelucht. Ze sloot haar ogen, richtte haar gezicht naar de hemel en spreidde haar armen.

Een fee streek neer op haar linkerhand. Een tweede fee vloog naar haar wang en gaf haar een kus. Toen kwamen bijen, vlinders en andere insecten op haar af, en het meisje stopte met huilen. Konijnen waagden zich dichterbij, gevolgd door eekhoorns die uit de bomen naar beneden renden en bij het paard stopten.

'Het is goed, Nieskruidje,' fluisterde het meisje. Ze boog zich over de hals van het paard en streek langs zijn oor. 'Ik mis Vuurvliegje ook. Laten we hopen dat het goed met hem komt.'

Het gigantische paard schudde zijn hoofd. De feeën, bijen en vlinders fladderden om het meisje heen. Uit het niets naderde een prachtig wezen: een pareleenhoorn.

Athans moederzwaan had hem ooit verteld dat deze eenhoorns zeldzaam waren en dat je een wens moest doen als je er een tegenkwam. Athan sloot zijn ogen en dacht na over wat hij zou wensen als hij alles mocht hebben. *Voor altijd bij Medea zijn, als haar Scildend. Ze heeft mijn bescherming nodig. Altijd.* Zijn hart werd zo licht als de zwarte veer die hij ooit droeg toen hij Medea van de wolf redde. Even drong het tot Athan door dat hij de veer voorgoed kwijt was. Hij knipperde een paar keer en probeerde het te begrijpen.

Het prachtige magische wezen glinsterde in het zonlicht in alle kleuren van de regenboog en stond voor het onbekende meisje. Het meisje stapte van haar paard en liep langzaam naar het indrukwekkende wezen toe.

Athan vloog naar een boom aan de overkant om het beter te kunnen zien en landde op een tak. Hij hield zijn adem in.

De eenhoorn begon te spreken. Haar stem tinkelde als een klok. 'Viktorya, ik ben Fidora, koningin van het Eenhoornrijk. Binnenkort heb jij de macht.'

Viktorya stapte achteruit. 'Wat bedoel je? Heb ik binnenkort de macht?'

De eenhoorn keek Viktorya plechtig aan. 'Je moet me beloven dat je nooit op eenhoorns jaagt, hoe hongerig of ziek je ook bent.'

Feeën zoemden rond en raakten hen af en toe aan. De konijnen en eekhoorns zaten verstijfd toe te kijken.

Viktorya. Medea's rivale op het toernooi. Hij trok zijn wenkbrauwen op. Hij had gedacht dat ze groter zou zijn, feller. Dit meisje ziet er naïef en vermoeid uit.

Viktorya stak haar hand uit.

De eenhoorn boog haar hoofd zodat het meisje over haar roze neus kon strijken. Viktorya staarde in de verte, in gedachten verzonken.

'Het spijt me echt, maar ik kan zo'n belofte niet maken.'

De eenhoorn keek verward op. 'Waarom niet? Dit is een overeenkomst tussen de Zeven Huizen en mijzelf.'

‘Waar was je?’ vroeg Viktorya. Haar ogen vlamden op, haar stem verhief zich. ‘Hoe durf je zoiets te vragen?’ Tranen stroomden. Haar woede spatte zichtbaar van haar af. ‘Waar was je toen ik...?’ Ze draaide zich om, haar ogen rood en gezwollen, en ze veegde de tranen weg, ondanks de feeën die haar troost wilde bieden. De bomen reikten naar Viktorya met hun takken, maar ze negeerde hen. Ook de kleine dieren om haar heen konden haar niet bereiken.

‘Wat is er gebeurd?’ stamelde de eenhoorn. ‘Lief kind, vertel het me alsjeblieft.’

‘Laat me met rust.’ Ze stapte op haar paard en reed weg, terwijl de verbaasde eenhoorn zich terugtrok in de struiken, de feeën snikkend achterlatend.

Athan bleef roerloos zitten, te overweldigd om weg te vliegen.

35

MEDEA

De dag voor het toernooi

Ik beklom de trappen naar de tweede verdieping van het voormalige keizerlijk paleis Danai Dea, inmiddels een museum. Ik liep door de hal, waar in het midden van de hoekkamer een bordje hing met de tekst 'Privékamer'. Hier ontving de keizer zijn gasten. De stoel in het midden moest de plek zijn waar de keizer in zijn jongere jaren had gezeten. Ik stelde me voor hoe ik op een van de twee stoelen zat, schuin tegenover hem. Hoe indrukwekkend moest het zijn geweest om tegenover zo'n belangrijke man te zitten.

Het portret van de keizer hing aan de linkerkant. Alle muren waren zeegroen geverfd en versierd met gouden lambriseringen. *Wat een knappe man. Die jukbeenderen en die neus.* Ik had dezelfde neus en jukbeenderen. Zijn haar was lang en zwart als de nacht, net als zijn ogen. Toen drong het tot me door dat de man uit mijn droom er net zo uitzag, alleen ouder. Daarom had ik hem waarschijnlijk niet herkend.

Ik bekeek zijn huid aandachtig. Die zag er onnatuurlijk uit. De schilder had het een extra glans gegeven, alsof het van porselein was. Ik huiverde bij dit te bekende detail. Ik keek naar mijn eigen huid. Daarna keek ik naar zijn brede schouders. Mijn borstkas verstrakte. Herinneringen aan Saerlea overspoelden me. Ik verslikte me en tranen sprongen in mijn ogen. Hij was er altijd al geweest. Mijn vader. Alexandrei.

Ik keek omhoog naar het plafond, waar decoratieve gipsen elementen te zien waren: druiventrossen, engelen, draken en nimfen. Op de muren hingen grote wandtapijten met scènes van feestende goden. In elke scène kwamen draken of nimfen voor.

Ik keek nogmaals naar het portret van de keizer. De man zag er bijna buitenaards uit. De keizer stamde tenslotte af van het Sterrenvolk. En ik ook. *Eindelijk ben ik waar ik thuishoor.*

Na een reeks kamers te hebben doorkruist, sloeg ik linksaf en liep ik de zogenoemde Grote Galerij binnen, waar portretten van de keizerlijke familie hingen. Aan de rechterzijde lieten grote ramen de tuin zien die grensde aan de Westelijke Zee. Ik liep naar het raam. Links, in een hoek, groeiden donkerrode rozen tegen de hoge muur. *Bloeien ze al?* In Cepheus beginnen ze in mei pas te bloeien. De woorden van de koning uit het mausoleum klonken in mijn gedachten. *Rozen geven je kracht. Neem rozen mee. Heel veel.* Ik draaide me om en keek de kamer weer in, alsof ik de gedachte van me af kon schudden.

In het midden van de zaal stond een verhoogd podium dat met touwen was afgezet. Daar zouden morgen de duels plaatsvinden. Aan de korte zijde stond, tegen de muur, een kleiner verhoogd podium met drie rijen stoelen. Daar zouden waarschijnlijk de VIP's zitten.

Toen ik de opstelling in de zaal zo zag, voelde het plotseling echt. Morgen zou ik op dat podium staan. Ik had aan veel toernooien meegedaan, maar nooit in zalen als deze. De extravagante decoratie – gouden gordijnen, donkerrode rozen in ivoren vazen, een diamanten kroonluchter aan het plafond, de schilderijen van de voormalige keizerlijke familie – alles overweldigde me, zoals dit hele land dat deed. Ik draaide me om en mijn blik werd direct naar de portretten aan de overzijde getrokken.

De keizerin had witblond haar en lavendelblauwe ogen. Haar mond was een gemene streep en haar blik was ijskoud. Haar kleding – pastelkleuren, ruches en gouden borduursels – maakte indruk op me. De portretten van haar kinderen en kleinkinderen hingen in een rij, met borden eronder waarop stond wie er op die beruchte dag waren gestorven: 26 oktober 311, tijdens de nieuwe maan. Interessant, dacht ik terwijl ik mijn armen uitstrekte en de vervaagde maantatoeages op mijn polsen bekeek. In dit land verwezen ze ook naar de fasen van de maan. Misschien omdat de Maangodin en de Zonnegod met elkaar waren verbonden.

Vrouwe D'Haviland had aan onze klas uitgelegd dat Moigraisse tijdens de nieuwe maan bij haar man rustte. Op die dag hadden ze alleen oog voor elkaar. De nieuwe maan was een geschikte tijd voor staatsgrepen en moorden.

Met grote belangstelling liep ik langs de portretten. Mijn echte familie. Ik wilde alles van hen weten. De tweeling Protos en Agaptus Sjire Alda, geboren in 258, leek met hun grote, zwarte ogen precies op hun vader. Ik had hen graag willen leren kennen, maar mijn oom Vadim had dat onmogelijk gemaakt. De schilderijen onder hun portretten toonden hun nakomelingen. Negen zielen, allemaal slachtoffers.

Hoe machteloos en verlaten moest mijn vader zich hebben gevoeld. Al zijn nakomelingen waren naar de Onderwereld gestuurd. Ik begreep waarom het keizerlijke paar was vertrokken.

Met mijn mouwen veegde ik de tranen van mijn wangen en prevelde een gebed tot de Maangodin. 'Moge hun zielen zich bij de voorouders voegen en laat er vrede zijn in hun harten.'

Aan het einde van de Grote Galerij sloeg ik linksaf en ging een hal in die verder omhoog liep. Ik beklom de smalle, steile houten wenteltrap. Volgens het bord aan de muur betrad ik het oudste deel van het paleis: de zuidwestelijke toren, waar Tameira Sjire Alda Maigrainyu, keizerin van de Schaduwweiden, had gewoond. Ik liep haar slaapkamer binnen. In het midden stond een hemelbed, tegen de rechtermuur een kast en aan de linker muur hing haar portret. Bij het zien van haar lavendelblauwe ogen wierp mijn huid instinctief een leren beschermlaagje op. Ergens in mijn hoofd lag een herinnering, maar ik kreeg er geen vat op. Mijn intuïtie fluisterde dat ze niet te vertrouwen was.

De machtige vrouw keek me arrogant aan vanaf haar hoogte aan de muur. Ze droeg een lavendelkleurige jurk met een diep decolleté en blote schouders. In haar rechterhand hield ze een gesloten waaier voor haar linkeroor. Op de achtergrond stond een man die op Alexandrei leek, gekleed in een priestergewaad. Toen drong de waarheid tot me door: de man uit mijn visioen. De broer van mijn vader, Vadim. Al die jaren geleden had hij me gezien. De vloer wiebelde onder mijn voeten en ik greep de muur vast om niet in elkaar te zakken. Al die tijd hadden de keizerin en de hogepriester van mijn bestaan geweten.

Even later liep ik naar buiten, de vlakte op, met een hoofd vol informatie. De gedachte dat Vadim Sjire Alda en de keizerin mij hadden gezien – en het samen hadden besproken – spookte door mijn hoofd. Ze moesten het samen hebben beraamd en gepland. *Waarom ben ik echt hier?* Ik probeerde mezelf af te leiden door naar de rest van de groep te lopen. Ik wilde er niet meer aan denken.

Rafail had me al van verre opgemerkt en kwam naar me toe. Toen hij naast me stond zag ik de bezorgdheid op zijn gezicht.

'Medea, gaat het?'

Ik schudde zwijgend mijn hoofd terwijl mijn keel dichtkneep. Mijn gedachten voerden me naar de dag ervoor, toen de struikrovers ons aanvielen. Ik had nog steeds geen idee wat me had bezield. Mijn maag trok samen. Winta had gezegd dat het lot had ingegrepen en mij als instrument had gebruikt om die man te doden. Er was vlak na de daad een gevoel van rechtvaardigheid over me gekomen, maar schuld en schaamte beheersten mijn wezen.

Cayden kwam naast me lopen en hield Rafail subtiel op afstand. Zijn aanwezigheid kalmeerde mijn zenuwen een beetje. Hij was de enige die rustig was gebleven nadat ik de man met de groene ogen had gedood.

Tian had onderweg steeds gemopperd. 'Hij wilde ons beroven. En als hij ons wilde vermoorden, had je hem uit zelfverdediging kunnen doden. Nu is het moord.'

'Genoeg.' Cayden had hem een halt toegeroepen. Hij was op zijn paard gesprongen en had te hard aan de teugels getrokken, waardoor het dier steigerde. 'We moeten verder. Gedane zaken nemen geen keer. De man is begraven. Stop met dat gezeur en laten we gaan. Het is al laat genoeg.'

Ik bewonderde zijn kracht en beschermende houding. *Maar hij heeft mij geclaimd...*

36

VIKTORYA

Een maand voor het toernooi

De lente was aangebroken. Niet alleen de hommelkoninginnen zochten een nieuwe nestplaats, ook de feeënkoningin zocht een geschikte plek om een eerstehulppost te openen voor de dieren in het bos. Het was een drukke tijd: overal waren geboortes, territoriumgevechten en rivaliteiten, en geregeld raakten dieren gewond. De bomen bloeiden, gewassen en veldbloemen ontkiemden en ook daar besteedden de feeën veel tijd aan. De feeënkoningin droeg een grote verantwoordelijkheid.

Mijn moeder dacht dat ik niet wist wat ik moest doen met mijn vermogen om met planten en dieren te communiceren. Ze zag me als een hulpeloos wezentje, terwijl ik juist precies wist wat ik moest doen. De Zonnegod had me een grote verantwoordelijkheid gegeven: ik kon spreken met planten, dieren, geesten en elementen. Als ik voelde dat een dier of plant hulp nodig had, zorgde ik dat ze gehoord werden.

Hetzelfde gold voor geesten en elementen. Ik zou hun stem zijn.

Toen ik zes jaar was, nam mijn moeder me mee naar de zijdefabriek, waar de zijderupsen levend in kokend water werden verdronken om de zijde uit hun cocons te halen. De rupsen die dit zagen, schreeuwden om hulp. Ik greep moeders hand en trok haar mee naar de hal met de grote potten kokend water.

'Ze schreeuwen, ze schreeuwen! Ze hebben pijn. Haal ze eruit.'

Moeder handelde onmiddellijk. Ik zag de schok op haar gezicht toen ze mijn gave besefte. Ook de arbeiders staarden me geschokt aan.

Nog diezelfde dag zorgde moeder ervoor dat er een diervriendelijke manier werd gevonden om de zijde te oogsten, waarbij de motten uit hun cocons konden kruipen voordat de zijde werd verzameld. Vanaf die dag wist ze dat ik een Innod was.

Ik zou mijn verantwoordelijkheden blijven nemen, zelfs als ik ooit zou trouwen en kinderen zou krijgen.

Ik wachtte tot Cayden terugkwam van zijn reis. Nog een maand, hield ik mezelf voor. Ik was ervan overtuigd dat zijn gedrag van een paar maanden geleden een vergissing was geweest. Moeder had zich er vast op een of andere manier mee bemoeid. Ik zou haar duidelijk maken dat ze niets te zeggen had over met wie ik wilde trouwen. Volgend jaar zouden Cayden en ik trouwen en het jaar daarop zou ons eerste kind geboren worden. Ik zou het laten gebeuren, zelfs als Cayden andere plannen had.

Ik was alleen het bos in gegaan. Ik wilde de feeën vragen of ik iets voor hen kon doen. Mijn moeder maakte zich altijd zorgen als ik alleen in het bos ging rijden, maar ik deed het toch. Ik vertrouwde erop dat ik voor mezelf kon zorgen.

Sontze had me getraind in zelfverdediging en het bos, met al zijn wezens, zou me beschermen. Ik was tenslotte een Innod.

Vuurvliegje huppelde het pad weer af en ik kon niet anders dan naar hem lachen. Een libel landde op mijn zadel en stuurde me een snelle gedachte. *Je wordt verwacht in de Tempel.*

Ik stuurde een bedankje terug en keek hoe de libel opsteeg en tussen de bomen verdween. Een gevoel van rusteloosheid trok door me heen. Waarom werd ik naar de Tempel geroepen? Ik weigerde een novice van de Zonnegod te worden. Dat hoefde niet en mijn moeder kon me nergens toe dwingen.

Ik reed naar het witte, ronde gebouw in het midden van het bos en stapte af toen we aankwamen. *Ik ben snel terug, Vlieg.*

Vuurvliegje knikte en hinnikte kort, terwijl hij opging in de kleuren van zijn omgeving. Daarna begon hij rustig te grazen.

De hogepriesteres kwam naar me toe en gaf me een stevige knuffel.

Ik sloeg mijn armen om haar heen, zij het met tegenzin. Emotioneel contact met haar voelde altijd ongemakkelijk.

Ze sloot haar ogen en ik voelde hoe ze mijn energie probeerde te lezen. Ik trok een muur op en maakte mezelf zo onverzettelijk mogelijk.

Verbaasd trok ze haar wenkbrauwen op en haar mond vertrok licht. 'Viktorya, wat leuk dat je gekomen bent. Wat een mooie eerste lentedag is het vandaag, hè?'

'Inderdaad, mevrouw,' zei ik. 'Het is een prachtige lentedag. Iets waar ons land om bekendstaat, niet?' Ik hield haar blik vast.

De hogepriesteres sloeg haar ogen neer. Ze hield haar armen voor haar lichaam en haar vingertoppen tegen elkaar gedrukt, alsof ze zichzelf beschermde tegen een onzichtbare kracht. Ze droeg vandaag kortere mouwen vanwege de warmte, waardoor de getatoeëerde maanfasen op beide polsen zichtbaar werden.

Plotseling gloeide de maansikkel op het voorhoofd van de hogepriesteres paars op en tot mijn verbazing rolden haar ogen naar achteren, zodat alleen het wit zichtbaar was. Ze stond stil en begon met een lage, mannelijke stem te spreken. 'Viktorya, je wordt volgende maand achttien. Je weet al veel, maar je moet nog veel meer leren. Je bent betoverd, waardoor je onbereikbaar bent vanuit het godenrijk. Zodra je achttien bent, zal de betovering niet meer gelden. Dan hebben we nog een kans om in te halen. Heb vertrouwen in haar, die naar dit eiland reist.' De stem viel weg.

Het was alsof alle levende wezens om me heen hun adem hadden ingehouden en nu tegelijk uitademden, precies op het moment dat de hogepriesteres met haar ogen knipperde. Een briesje uit het niets blies mijn lange haar in mijn gezicht.

De hogepriesteres kuchte even en sprak daarna alsof er niets gebeurd was. 'De thee is klaar, mijn kind. Laten we binnen gaan zitten. Er is iets dat ik met je wil bespreken.'

Ik keek haar aan en vroeg me af of ze had gemerkt wat er net gebeurd was. Schouderophalend volgde ik haar.

Binnen, in de koepelzaal, zochten we een plekje in een hoek waar op een klein tafeltje thee werd geserveerd. Een novice stond erbij en schonk de kopjes vol.

'Wat wilt u met mij bespreken, mevrouw?' vroeg ik. Ik pakte mijn theekopje en nam een slokje.

'Jouw gave, lief kind. Je hebt die van Alco-Raeye gekregen en je moet er zuinig mee omgaan.'

'Dat doe ik zeker.' Ik zette het theekopje neer.

‘Ja, dat begrijp ik. Er is echter nog veel dat je niet weet of begrijpt. Een goede training is op zijn plaats.’

Ik stak mijn hand op om haar het zwijgen op te leggen. ‘Ik zie wat u van plan bent, mevrouw, maar ik–’

‘Training is belangrijk. Een Innod moet weten wat hij moet doen in het geval dat…’ Ze keek de novice aan en gaf haar een knikje. De novice knielde en verliet de kamer. ‘Luister goed. Wie denk je dat je bent? Ik weet zeker dat Ta… je moeder… je heeft verteld over je afkomst?’

Ik verschoof in mijn stoel en knikte langzaam. ‘Ze heeft me het hele verhaal verteld. Vorige maand.’

‘Alles?’ De hogepriesteres glimlachte breed.

‘Ja, ik ben half mens, half draak, net als mijn biologische moeder, die dood en verdwenen is, maar dat doet er niet toe. Zij was een rode draak en daardoor lijfwacht van de keizer. En moeder is ook een rode draak. De keizer zelf heeft haar aangesteld om mij te beschermen toen ze nog Grootmeesteres van het Keizerlijk Paleis was.’ Ik keek Vrouwe K’Loua glimlachend aan, met een gevoel van triomf. ‘Ik ben een Innod en kan alle energie lezen.’ Mijn glimlach werd een schaamteloze grijns.

De hogepriesteres fronste, staarde in de verte en zei niets.

Omdat ik dacht dat ik gewonnen had, maakte ik me klaar om op te staan en naar de feeënkoningin te gaan.

‘Heeft je moeder je verteld wat een Faran is en wat een Scildend is?’ Ze vouwde haar handen samen en legde ze onder haar kin. De hogepriesteres keek me doordringend aan.

Frustratie maakte zich van mij meester. ‘Nee, een Faran? Een Scildend?’

‘En had ze het ook over het kasteel, het Drakennest? De Zeegodin?’

'Nee... ik... ik weet het niet...' stamelde ik, mijn wangen rood van schaamte.

'Je weet nog niet alles, hè?' Ze keek me triomfantelijk aan. De hogepriesteres ging op dezelfde zelfverzekerde toon verder. 'Ik zal met je moeder praten en we kunnen deze onderwerpen bespreken als je naar de Tempel komt voor je training. Laten we onze thee opdrinken voordat hij koud wordt.' Ze pakte haar kopje en nam een slok. De halve maan op haar voorhoofd kleurde rood ten teken dat het gesprek was afgelopen.

Op de terugweg dacht ik aan de stem die via de hogepriesteres had gesproken. Ik besefte dat ik vergeten was te vragen of Vrouwe K'Loua er zelf iets van wist. Toch had ik het gevoel dat ze me geen antwoord zou hebben gegeven.

Omdat ik de bomen hier niet herkende, terwijl ik het bos door en door kende, stuurde ik een snelle gedachte naar mijn paard. *Vlieg, hebben we hier eerder gereden*? Vuurvliegje antwoordde met een duidelijk gevoel van ontkenning.

Hoewel sommige bomen vertrouwd leken, herkende ik de boom niet waarvan de wortels boven de grond groeiden, alsof er een tunnel onderdoor liep. Een golf van onbehagen spoelde over me heen. Ik moest kalm blijven, anders zou ik in paniek raken en Vuurvliegje bang maken. Ik concentreerde me op mijn omgeving en haalde diep adem om mijn zenuwen te kalmeren. In gedachten begon ik de insecten op te noemen waar ik van hield: *lieveheersbeestjes, vlinders, libellen...*

Ik reed verder en het pad werd steeds donkerder. Ik moest bukken voor de boomtakken die over de weg hingen.

Vuurvliegje verstijfde. Ik trok aan de teugels, maar hij bewoog niet. In gedachten spoorde ik hem aan. *Vlieg, kom op, draai rechtsom. We gaan terug. Kan je bewegen? Kom op, blijf daar niet staan.*

Toen, uit het niets, stapte een ruig uitziende man met een ooglapje het pad op. 'Ben je verdwaald, dametje?' Zijn vraag was nauwelijks hoorbaar boven het gekrijs van een zwerm spreeuwen die uit de bomen opvloog.

Vuurvliegje steigerde licht bij het horen van zijn stem en ik moest me stevig vasthouden om mijn evenwicht te bewaren. Hij draaide abrupt om en begon te galopperen. Mijn ogen traanden terwijl mijn haar wapperde in de wind.

Een paard galoppeerde vlak achter ons. Uit het niets greep iemand de teugels. 'Hé, rustig aan!'

Vuurvliegje vertraagde en kwam uiteindelijk tot stilstand. Ik wierp een blik op de man naast me, die me met grote ogen aankeek.

'Sorry, ik hoop dat ik je niet heb laten schrikken.' Met zijn zwarte kleren en onaangename gezicht zag hij eruit als een struikrover.

'Bedankt dat u mijn paard hebt afgeremd. Ik moet nu gaan. Nogmaals bedankt. Nog een fijne dag.' Ik spoorde Vuurvliegje aan om te gaan lopen, maar de man hield de teugels nog steeds vast.

'Wacht even, mooie dame. Wat doe je hier in je eentje in dit donkere bos?'

'Zo donker is het hier niet,' loog ik. 'Ik wil nu graag verder met mijn reis, dus kunt u alsjeblieft de teugels loslaten?'

'Heb je iets van waarde bij je, zoals zilver? Goud?' Zijn ene oog was koud en berekenend, heel anders dan toen hij

Vuurvliegje had tegengehouden. Het ooglapje liet hem op een gemene piraat lijken.

'Ik heb niets van waarde bij me.' De rillingen liepen over mijn rug. Ik liet de man mijn handen, polsen en nek zien. Ik had niet gelogen, want ik droeg nooit sieraden op mijn tochten naar het bos.

'Dat is jammer.' Hij keek nadenkend en stapte van zijn paard af, terwijl hij nog steeds de teugels van mijn paard vasthield. 'Je Kirill-paard is veel waard. Hij kan heel hard rennen. Wij hebben gewone paarden en jij hebt deze speciale. Waarom? Je bent helemaal niet lang, dus een normaal paard zou volstaan. Dat past bij rijke mensen, of niet?' Met elk woord dat hij sprak, klonk zijn stem valser.

'Nee,' zei ik, mijn ogen wijd opengesperd. Een benauwd gevoel in mijn keel maakte mijn stem rasperig. 'Niet mijn paard.'

'Ja. Nou, stijg af, meisje. Ik heb weinig tijd. Of misschien betrek ik wat collega's bij deze discussie.'

Drie mannen kwamen uit de struiken tevoorschijn. Een van hen waggelde alsof hij dronken was. Hij glimlachte en liet zijn gouden voortand zien. Een ander droeg een hoed met drie hoeken. De derde hield zich afzijdig en keek weg.

Binnen een seconde wist ik dat ik echt in gevaar was. Mijn lichaam bevroor. De man met het ooglapje merkte het. Hij gooide me van Vuurvliegjes rug. Ik kwam op de grond terecht en zag hoe hij de teugels aan de man met de gouden tand gaf. Met zijn ene goede oog keek hij me triomfantelijk aan.

De man met de driekantige hoed, blijkbaar de leider, begon bevelen te geven. Hij wees naar de man met de gouden tand. 'Stap op dat paard en ga er vandoor!' Daarna schreeuwde hij naar de man met de ooglap en de afzijdige man. 'Jullie twee! Ja, jullie! Volg hem! Ik maak het hier wel af!'

De dronkaard aarzelde. 'Kom op, man. Het paard is genoeg.' Hij keek naar de leider en glimlachte, waarbij hij zijn gouden tand liet zien, maar de leider negeerde hem.

De drie mannen vertrokken. En toen waren de leider en ik alleen.

Wat me het meest opviel, waren zijn intens groene ogen. Met zijn driehoekige hoed in zijn hand liep hij langzaam naar me toe en greep me bij mijn schouders. Ik verloor mijn evenwicht en viel op de grond. Ik verstijfde. Een golf van angst greep me bij mijn keel en blokkeerde mijn lijf en mijn stem. Ik was nog nooit zo kwetsbaar geweest. Mijn rossige huid met de vele sproeten was zo duidelijk aanwezig, maar de man kon alleen mijn bleke huid zien. Mijn rode krullen lagen verspreid over de grond, maar voor hem waren het slechts doffe blonde lokken. Een hete traan rolde over mijn wang en viel op de koude aarde.

'Waar is het goud?' vroeg hij. 'Ik denk niet dat een dame als jij zonder juwelen rondloopt. Kom op. Geef het aan mij.'

Voor ik het wist, raakte zijn vuist mijn gezicht. Mijn hoofd sloeg tegen de harde bodem. Even werd mijn zicht wazig. Ik proefde bloed.

Ik trok me terug in mijn gedachten en registreerde de pijn nauwelijks. Ik wist niet wat ik moest doen. Al mijn lessen in zelfverdediging leken ineens nutteloos. In een laatste poging om me te verzetten, probeerde ik me los te wurmen, maar de man lachte alleen maar.

'Alsjeblieft, verzet je. Dat maakt het nog leuker. Of beter nog, ren gewoon weg. Ik kom achter je aan.' Hij liet zijn greep op me los.

Nog licht versuft door de harde klap stond ik op en zette het op een lopen. Althans, ik probeerde het. Angst hield me vast als een magneet en maakte mijn benen loodzwaar.

De bomen om me heen leken me uit te lachen. Op de stammen zag ik grimmige gezichten waar ik normaal de gezichten van wijze, oude geesten had gezien. Er waren hier geen feeën om me te helpen. De bomen bogen zich naar beneden en sloegen me met hun takken. Een vreemde mist hing over dit deel van het bos, waardoor helder denken moeilijk werd. De geur van vochtige aarde en bloemen hing zwaar in de lucht.

Ik rende en rende, maar de voetstappen van mijn aanvaller kwamen snel dichterbij. Plotseling gooide hij me op de grond. Twee sterke armen grepen mijn middel. Zijn gewicht drukte op me en joeg mijn ademhaling omhoog. Hij draaide me op mijn rug en keek op me neer met die spottende groene ogen. Zijn gezicht was besmeurd met zwarte vegen en zijn kleding leek elke kleur te missen.

De grond was hard en oncomfortabel en mijn achterhoofd bonkte.

Hij bekeek me met een valse bezorgdheid. 'Ik schep er geen genoegen in je pijn te doen. Zeg het maar. Waar. Is. Het. Goud?' De bezorgdheid was verdwenen. Er was alleen maar woede. 'Geef hier!'

Zijn vuile handen gingen over mijn huid, op zoek naar juwelen. Waarschijnlijk zaten zijn handen en nagels ook onder het vuil. Hij rook alsof hij in geen maanden in bad was geweest. Mijn maag trok samen en misselijkheid steeg op. Ik huilde stilletjes terwijl hij me bekeek en iets onverstaanbaars mompelde.

De manier waarop ik dit alles had aangepakt, voelde zwak en de woede daarover brandde in me. Had ik mezelf maar in een draak kunnen veranderen, dan was dit nooit gebeurd. Helaas kon ik dat nog niet. Ik was zwak, een lafaard.

Uiteindelijk gaf hij het op. Hij had niets van waarde gevonden. Hij haalde diep adem en kwam overeind.

Heel even ontspande ik me. Hij zou me nu vast met rust laten. Maar hij boog zich weer naar me toe en sloeg me in mijn gezicht. Daarna trapte hij in mijn zij, waardoor ik op mijn buik rolde, en schopte hij nog eens in mijn buik en tegen mijn gezicht.

'Je bent deze wereld niet waardig, dwaas kind.'

Weer dacht ik dat het voorbij was. Ik haalde schokkend adem en hield mijn buik vast van de pijn, in de veronderstelling dat hij weg zou gaan. Ik had het mis.

De struikrover hurkte voor me neer en begon aan mijn jurk te trekken. Hij trok mijn ondergoed naar beneden en wierp zich bovenop me. Zijn lichaam drukte zich tegen het mijne en zijn adem brandde op mijn huid. Opnieuw een vlaag van misselijkheid.

Mijn gedachten dwaalden af.

Voetstappen haalden me terug in het hier en nu. Zijn gewicht was van me af en ik zag hoe hij grinnikend bij me vandaan liep. Een overdreven vrolijk gefluit sneed dwars door me heen.

Mijn hoofd bonkte. Mijn neus en kaak deden pijn. Mijn benen verlamd. In mijn hoofd schreeuwde ik dat ik moest bewegen, iets moest doen, maar mijn lichaam reageerde niet meer. Het enige wat ik kon doen, was stil blijven liggen en de tranen laten stromen.

Het voelde als een eeuwigheid voordat de mist optrok, de bomen hun kleur terugkregen en de feeën van alle kanten kwamen aanvliegen. Ze slaakten een kreet van afschuw en riepen meteen om versterking.

Voor ik het wist, zoemden er tientallen om me heen. Hun kleine rinkelende geluiden doorboorden mijn pijnlijke oren. De feeën raakten mijn bebloede gezicht, haar en handen aan. Samen vlogen ze naar de zoom van mijn jurk en trokken die over mijn blote benen.

Opdringerige gedachten gijzelden mijn geest. *Waarom? Wat als ik hem had kunnen afweren? Waarom heb ik niet naar Moeder geluisterd?*

De feeën riepen naar de bomen. 'Haal hulp, Boomgeesten! Schiet op!' Het hele bos riep om hulp. De bevelen schoten door het enorme ondergrondse netwerk van wortels.

Ik bewoog mijn hoofd van links naar rechts, de enige beweging die mijn lichaam toestond. De kleuren van de bomen veranderden van paars en groen naar het donkerste blauw. Hun takken hingen slap, als een treurwilg.

De wind nam de roep om hulp over en zwol aan. De Zonnegod werd aangeroepen. 'Alco-Raeye, help ons! Er is groot onrecht aangedaan! Aan degene die alle wezens heeft geholpen, groot en klein! Help!'

Toen weerklonk de dreunende stem van een man in de wind. 'Wraak... Wraak... Wraak.'

De lucht vulde zich met wolken die wervelden en tegen elkaar botsten, tot een bliksemflits de hemel doorkliefde, gevolgd door een donderslag die het bos deed schudden en de spanning wegnam.

Een sluier van stilte hing over het bos.

Het voelde alsof mijn snikken kilometers ver werden gedragen. Tijd bestond niet meer. Zwevend boven mezelf voelde ik niets en dacht ik nergens aan.

Het zachte geluid van hoefslagen doorbrak de stilte. Ik kromp niet ineen en maakte me niet druk over de mogelijkheid dat de struikrover was teruggekeerd. Het was alsof ik er zelf niet meer was. Mijn geest bevond zich in een andere werkelijkheid.

Iemand sprong van een paard. Lichte voetstappen naderden.

Een kreet van ontzetting bereikte me, gevolgd door een fluistering. 'Nee, nee, schat.'

De lucht was gevuld met de geur van jasmijn en oranjebloesem.

Moeder. Tranen stroomden over mijn gezicht en voedden de aarde met water en zout. Mijn lichaam begon te schudden toen ik weer in mezelf neerdaalde. De pijn overweldigde me.

Ik slaakte een schorre kreet.

Moeder ging naast me zitten, sloeg haar mantel om me heen en trok me dicht tegen zich aan. Ze streek door mijn haar en wiegde me heen en weer, zonder een woord te zeggen.

Na een tijdje stond moeder op. Ze tilde me op en hielp me op Paardenbloem. Daarna sprong ze zelf in het zadel en terwijl ik passief tegen haar aan hing, reden we naar de Tempel.

Mijn kijk op het leven was voorgoed veranderd. Vanaf nu, besloot ik, zou elke dag anders zijn.

Ik wist dat ik elk uur, elke minuut, elke seconde met mijn schaamte geconfronteerd zou worden.

Als ik verder wilde met mijn leven, moest ik sterker zijn. Dit zou me nooit meer overkomen.

37

MEDEA

De dag van het toernooi

We hieven het glas op het komende toernooi. Winta hief een glas melk. Haar ogen stonden vol afkeuring terwijl ik met een borrelglas in mijn hand tegen Rafail aanleunde en het ene drankje na het andere dronk. Mijn verdriet wegdrinken voelde goed, al had ik nog nooit in mijn leven een druppel alcohol gedronken.

'Medea, je moet naar je kamer gaan. Ik breng je wel,' fluisterde Rafail in mijn oor.

Ik wankelde door de hal, leunend op zijn arm. Af en toe bleef ik even staan om te voorkomen dat mijn maag zich omdraaide. Bij mijn kamer begon ik te kokhalzen. Rafail greep snel de waskom van de tafel en hield die voor me. Nadat mijn maag eindelijk leeg was, bracht hij de kom weg en kwam terug met een schone.

Ik zat op de rand van mijn bed, schoof mijn hand onder het kussen en haalde iets tevoorschijn. 'Raffi, kijk.'

Zijn ogen begonnen te glinsteren bij het horen van mijn koosnaampje voor hem. Ik zei het nog een keer en hield van zijn reactie. 'Raffi, kijk.'

Ik haalde Kallistes dagboek onder mijn kussen vandaan en sloeg het open op de pagina's waarop ze had geschreven over hoe ik was verwekt. 'Liefde... het was liefde... mijn ouders hielden van elkaar... kijk maar...' Ik nam de zegelring van mijn vader uit het leren zakje dat om mijn nek had gehangen en hield hem omhoog, een triomfantelijk gevoel in mijn borst. Het was de eerste keer dat ik hem aan iemand anders liet zien dan mijn beste vriendin Philline. Rafails ogen werden groot toen ik de ring om mijn vinger schoof.

Ik werd meteen in het doolhof van draden getrokken. Terwijl ik door de naar viooltjes geurende ruimte vloog, ving ik in mijn ooghoek nog net op hoe Rafail het raam opendeed. Athan vloog naar het bed, streek neer op het hoofdeinde en begon te neuriën. Deze keer eindigde mijn reis sneller dan gewoonlijk.

Met een plof kwam ik op de grond terecht, zo woedend dat ik dacht dat ik de wereld in brand kon steken. Ik wilde mijn wraak. Verdwaasd keek ik om me heen en zag dat ik op het dak van het paleis stond. De mensen beneden leken piepklein.

Midden in de menigte stond een man in een wit priestergewaad. Hij keek naar me op, zijn ogen zo groot als schoteltjes. Het was dezelfde man uit mijn eerdere visioenen. Hij maakte het teken van het boze oog en verdween toen zomaar in het niets. Het deed me denken aan mezelf, toen ik op het slagveld had gestaan en verdween. Deze priester moest net als ik een visioen hebben gehad. Toen landde er uit het niets een draak voor me.

'Wat is er gebeurd?' riep Rafail verbaasd uit. 'Je was even weg en toen was je ineens weer terug.'

'Wat bedoel je met ik dat ik weg was?' Mijn hoofd tolde.

'Je was weg. Het bed was leeg.'

'Dat kan niet,' zei ik. 'Mijn lichaam blijft altijd achter. Het is alsof je in een diepe slaap bent en je lichaam verlamd is. Een Faran reist met de ziel, niet met het lichaam.' De kamer begon te draaien.

Rafail pakte mijn handen. 'Het spijt me, maar je lichaam was echt weg. Helemaal verdwenen.' Daarna legde hij zijn handen op mijn schouders en keek me diep in de ogen, alsof hij wilde controleren of mijn ziel er nog was. 'Jij bent geen Faran. Je moet een tijdreiziger zijn, een Setīma. Maar die zijn zeldzaam en al duizend jaar niet meer gezien.'

'Raffi,' fluisterde ik, terwijl ik kokhalsde met mijn hand voor mijn mond. 'Je weet hier zoveel van.' Mijn gedachten schoten terug naar het slagveld uit mijn eerdere visioen. 'Mijn armband, zo ben ik hem kwijtgeraakt. Ik heb eerder door de tijd gereisd, met mijn hele lichaam.'

Rafail keek verbijsterd. 'Vertel me wat er is gebeurd.' Ik vertelde hem de korte versie. 'Welke kleur draak heb je gezien?'

'Zwart,' antwoordde ik. 'Hoezo?' Ik bedekte mijn mond en kokhalsde.

Rafail schoof de schone waskom naar me toe. 'Zwarte draken hebben zwarte harten. Ooit hadden ze een andere kleur. Rood spuwde vuur, blauw water, bruin aarde en goud bliksem.' Hij keek of ik hem nog volgde. 'Zwarte draken zijn getraumatiseerd. Dat betekent niet dat ze slecht zijn.'

'Gaat dit ook met mij gebeuren? Denk je dat ik een zwarte draak word, Raffi? Winta heeft me gewaarschuwd.' Ik slaakte een gefrustreerde kreun en liet me op het bed zakken, mijn hoofd in beide handen.

Rafail reageerde niet op de koosnaam en liet zich op de grond zakken. Hij keek me bezorgd aan. ‘Mijn vader verloor zijn vrouw en door de rouw werd zijn hart zwart.’

‘Hoe heet je vader?’

‘Demir. Ik ben met hem opgegroeid in de bergen aan de oostkant van Saipha, het eiland tussen Cepheus en de draaikolk die naar het Grote Slangenrif leidt. Hij hield zich schuil voor Ka-Ralyge, de god van de Onderwereld. Als zwarte draak ben je een verschoppeling en hoor je bij hem.’

‘Was hij een goede vader voor je?’

‘Ja, ook al moest hij vaak weg om niet gevangengenomen te worden door Ka-Ralyge. Dan liet hij me achter bij mijn pleegmoeder.’

‘Dat is fijn om te weten.’ Ik wees naar hem met een trillende vinger. ‘Dat is het belangrijkste. Weet je, Raffi, Cayden vertelde me dat hij mij heeft geclai...’ Ik zakte weg op het bed voordat ik mijn zin kon afmaken.

Het drong tot me door dat het toernooi vandaag begon. Ik moest opstaan, maar ik was veel te ziek. Iemand klopte op de deur. En ik hoorde iemand aan de andere kant van de deur.

‘Medea, ik heb iets meegebracht tegen je kater.’

Rafail.

Mijn huid ontspande onmiddellijk. Met mijn vingers streek ik over de rug van mijn hand, voelde de botten en de zachte huid. Ik stapte uit bed en liep naar de deur. Ik kon hem niet in de ogen kijken. Mijn hoofd bonsde. Met beide handen woelde ik mijn haar. Het stond overeind en rook waarschijnlijk naar dode dieren. Ik had met Rafail te doen. Hij zorgde goed voor me en toch behandelde ik hem zo. Een golf van zelfmedelijden rolde door me heen.

Ik leunde tegen de muur en likte mijn droge lippen. Terwijl ik vluchtig naar Rafail keek, zag ik dat zijn blik op Athan gericht was. Die op zijn beurt weer in het verhoogde raamkozijn zat. Ik krabde op mijn hoofd.

De kamer baadde in fel zonlicht. Ik kneep mijn ogen dicht tegen de scherpe schittering. Vage fluittonen en ritmisch getrommel dreven door het open raam naar binnen.

'Neem wat te drinken,' zei Rafail rustig, stoïcijns als altijd, zonder oordeel.

Ik stelde geen vragen en bekeek het mengsel van eieren, melk en andere ingrediënten. Het smaakte vies, toch dronk ik het helemaal op. Er zat een subtiel vleugje roos in, wat me aan ma deed denken. Ik zag haar helder voor me: haar glimlach, het moedervlekje op haar gezicht met de grijze haren die eruit staken.

'Kom je naar beneden? Iedereen wacht op je,' vroeg Rafail.

De crew. Ze hebben me op mijn slechtst gezien. Er was geen weg meer terug. *Kennelijk ben ik zowel een moordenaar als een dronkaard. Goed gedaan, Medea.*

38

VIKTORYA

De dag van het toernooi

Ze droeg een eenvoudige zwarte leren jas met daaronder een borstplaat, elleboogbeschermers en wedstrijdhandschoenen. Haar broek was verstevigd met kniebeschermers en ze droeg stevige laarzen. Haar schermmasker had een capuchon met nekbeschermer, en haar lange zwarte vlecht kwam eronder vandaan. In haar handen hield ze het belangrijkste vast: het langzwaard. Dus dit is Medea? De kampioen van de andere kant van de wereld? Een vreugdevolle rilling ging door me heen.

Bij nader inzien zag ik dat het zwaard bedoeld was om mee te oefenen, gemaakt van duurzaam koolstofmetaal. Het had geen scherpe rand en geen punt, en het was duidelijk flexibel genoeg om te buigen als iemand te hard werd geraakt. Het met halfedelstenen versierde handvat veroorzaakte meteen beroering onder het publiek. Mijn leraar had tijdens mijn privélessen veel over die stenen gesproken, omdat ze zo'n belangrijk onderdeel waren van de geschiedenis van Mulkoin.

De geschiedenis vertelde dat het Sterrenvolk diep onder de grootste oceaan van Mulkoin had gegraven om die bron te vinden, wat de Grote Verschuiving had veroorzaakt. De kracht in de steen was nodig om terug te keren naar de sterren. Na de Grote Verschuiving vluchtten de Sterrenmensen en lieten ze de mensen en halfmensen achter.

Ik floot zacht tussen mijn tanden. Het was een degelijk oefenzwaard, maar niet iets voor een gewone burger. *Dit hoorde bij een koninklijke. Hoe zou haar gevechtsklare zwaard eruitzien?*

De scheidsrechter gaf het startsignaal door met de punt van een houten stok op de grond te tikken. Medea voerde direct de basisaanval uit en raakte haar tegenstander in de nek. Twee punten.

Weer tikte de scheidsrechter op de grond en hief de stok omhoog: ze mochten doorgaan. Medea gaf haar tegenstander geen kans. Ze viel aan met snelheid en kracht en iedereen kon zien hoe bang hij voor haar was.

Als ik tegen haar vecht, hoef ik me niet in te houden. Het idee joeg een stoot adrenaline door me heen.

Haar tegenstander week steeds verder achteruit, bijna tegen de touwen. Medea gaf hem een goedgeplaatste slag tegen de zijkant van zijn hoofd en daarna in zijn romp. De punten bleven binnenstromen.

Medea bleef haar tegenstander opjagen. Ze week uit, zette druk op zijn zwaard en dwong hem tot een misstap. Dit meisje pakte de punten snel. Toen ging de bel: ze had de vierde game gewonnen. Nu stonden wij tegenover elkaar.

Het had saai kunnen zijn, maar niemand lette op het spel. Iedereen keek naar háár. Toen ze haar masker en hoofdbescherming afdeed en met een uitgestoken hand op haar tegenstander afliep, vulde de zaal zich met een geluid van ontzag.

Het viel iedereen op hoe ze eruitzag: gladde, leerachtige huid, amandelvormige ogen zo donker dat ze bijna rood leken, zijdezacht zwart haar, hoge jukbeenderen, een rechte neus en volle lippen. Ze was zeker een meter tachtig. Het portret van de keizer, dat in de Grote Galerij hing, leek tot leven te komen.

Verbijsterd bevroor ik ter plekke en even vergat ik te ademen.

Het pamflet dat Sontze me vijf maanden geleden had laten zien, had geen tekening gehad. *Wist Sontze van haar gelijkenis met de keizer?* Het lag zo voor de hand dat ze verwant waren.

Rondom mij begonnen mensen zacht te praten. 'Ze lijkt precies op Alexandrei Sjire Alda. Hoe kan dat? Waar komt ze vandaan?' De zaal gonsde. Het gemompel groeide uit tot een wirwar van onverstaanbare woorden.

Medea bleef gefocust. Het geroezemoes leek haar niets te doen. Ze was hier om te winnen – de kampioen van het oostelijk halfrond.

Toen kondigde de omroeper een pauze aan: iedereen mocht eten en drinken. De laatste wedstrijd zou om vier uur beginnen.

Medea fronste haar wenkbrauwen en sprong op en neer. Ze was duidelijk klaar voor het volgende en laatste duel. Met haar blik in de verte liep Medea richting de kleedkamers.

Ik volgde haar.

Toen ik binnenkwam, stond ze onrustig bij haar plunjezak. Ze pakte een kan, schonk drinken in en nam een paar snelle slokken. Daarna veegde ze haar voorhoofd droog.

Ik schraapte mijn keel.

Ze keek op.

'Wat kan ik voor je doen?'

'Ik heb je net zien vechten. Je bent ongelooflijk.' Ik was nog steeds overdonderd door haar gelijkenis met het portret van de keizer. Een mix van emoties schoten door me heen: ik wilde haar omhelzen en haar tegelijkertijd een klap verkopen. Was ze mijn zus? Een halfzus? De reden dat Cayden mij had laten vallen. Ik dwong mezelf kalm te blijven. Ik wist niet hoeveel zij wist. En niemand kon door de spreuk heen kijken.

Medea's stem bleef vlak. 'Ik weet het. Wie ben jij?'

Een koude rilling trok over mijn huid en schubben vormden zich onder mijn mouwen. *Arrogant wicht. Ze denkt dat ze sterker is dan ik.*

Ik zag de verbazing in haar ogen, alsof ze een geest uit het verleden voor zich had, maar dat was onmogelijk – we hadden elkaar nooit ontmoet.

Haar blik gleed naar mijn armen. Ze zag waarschijnlijk alleen het blonde meisje met blauwe ogen dat iedereen zag. Zelfs Cayden had me eerder die dag nog een 'gewoon meisje' genoemd. Hij had gezegd dat hij iemand anders had ontmoet en dat we niet bij elkaar pasten. Ik had het geaccepteerd. Mijn ergste angsten werden bevestigd.

Medea zag er prachtig uit: haar lange haar, sierlijke nek, de vanzelfsprekende gratie. *Ze heeft geen idee hoe ongelooflijk ze is. Ze had nooit magie nodig gehad om zichzelf te verbergen.* Het Groene Monster was terug.

'Nee, serieus,' zei Medea. 'Wie ben jij?'

Achter haar hing een spiegel. Het spiegelbeeld toonde een jonge vrouw met rood krullend haar en ogen vol vuur. Maar Medea zag het niet, want de betovering hield stand. Mensen dachten vaak dat ik oppervlakkig was. Het voelde oneerlijk dat ik mijn uiterlijk moest verbergen terwijl zij vrij kon rondlopen. Het monster in mij brulde en mijn maag trok samen.

Sontze had me alles verteld. Ik wist wie ik was en waar ik vandaan kwam. Vorige week, tijdens mijn tocht door het paleis, was ik in de slaapvertrekken van de keizerin beland. De schok sloeg opnieuw in toen ik het schilderij voor me zag: de keizerin en mijn moeder samen. Daarna de waarheid over mijn vader – de keizer. Ik slikte mijn emoties weg en keek mijn duelpartner recht aan.

Maar nu was ik gewoon een meisje dat van zwaardvechten hield en een toernooi bijwoonde in het oude Danai Dea. Ik schudde mijn gedachten van me af, liep naar Medea toe en stak mijn hand uit, zoals de traditie voorschreef, terwijl ik haar naam noemde.

'Medea Tjuvavak, kampioen van Cepheus, aangenaam kennis te maken.'

Medea schudde me de hand.

'Viktorya Maigrainyu, kampioen van de Schaduwweiden, leuk je te ontmoeten.'

Ik knikte.

Zij knikte terug.

We lieten elkaars hand los.

Toen onze handen elkaar loslieten, schrok ik van een klik in mijn nek, precies onder mijn schedelrand. Een vreemd gevoel trok door mijn lichaam, alsof duizenden mieren probeerden te ontsnappen. In de spiegel achter Medea zag ik mijn ogen kort van groen naar goud flikkeren. Ik begon te zweten.

Medea bekeek me aandachtig. Even zag ik een rode flikkering in haar ogen voor ze weer zwart werden.

'Na de pauze hebben we een duel,' zei ze spottend. 'Ik kijk ernaar uit.' Ze maakte een overdreven beleefde buiging.

Ik gaf mijn rivaal een brede glimlach en verliet de kleedkamer.

Medea had geen idee wie ik was – of waartoe ik in staat was. Ik zou haar verslaan.

39

MEDEA

Een dienstbode rende mijn kleedkamer binnen. ‘U moet naar de Grote Galerij, juffrouw. Het duel begint zo.’

Ik knikte. Mijn stem was ik kwijt: zenuwen en opwinding krioelden als mieren door mijn lijf. Sinds ik Viktorya’s hand had vastgehouden, voelde mijn huid alsof die telkens kort rimpelde, alsof het zich wilde verharden tot een harnas. Een lichte misselijkheid trok door me heen, waarschijnlijk door de drank van gisteravond.

Ik kon hier op het eiland nooit helemaal mezelf zijn. Ik hoopte dat het gevoel weg zou zakken zodra ik tegenover Viktorya stond. Het ging me niet om het winnen van het kampioenschap. Ik wilde haar leren kennen. Iets in mij wist dat we familie waren.

Ik keek rond. De kleedkamer moest ooit een oude wapenkamer zijn geweest. Ingebouwde kasten met haken en vakken, liepen langs de muur, precies op de goede hoogte voor zwaarden, dolken, bijlen en bogen. Tussen de spullen zag ik een oud harnas. Ik liep ernaartoe en tilde het op. Het was zwaar en ouderwets – net als de kleding die ik droeg.

Mijn tegenstanders droegen moderne wedstrijduitrusting van een materiaal dat op leer leek, maar steviger was. Hun handschoenen waren dik, rond en robuust. Voor de meesten vast een flinke upgrade, voor mij vooral anders.

Een bode verscheen opnieuw in de deuropening. 'U wordt nu verwacht, juffrouw.'

Ik haalde diep adem, strekte mijn rug en deed een paar snelle jumping jacks om mijn adrenaline te laten stromen. 'Je gaat dit winnen. Je gaat dit winnen. Je hebt gewonnen. Je hebt gewonnen.'

Ik liep door de gang naar de Grote Galerij, waar de menigte wachtte op het hoofdgevecht van vandaag: de kampioen van de Schaduwweiden tegen die van Cepheus.

De zaal gonsde van opwinding. De drie heersende families zaten op de eerste rij op het verhoogde platform. Het grote publiek stond om de gevechtsvloer heen. De scheidsrechter duwde mensen voorzichtig achteruit zodat niemand geraakt zou worden door een zwaard.

Pas toen drong het tot me door dat de opwinding vooral om mij draaide. Toen ik na de laatste wedstrijd mijn masker had afgezet, zagen de mensen mijn gezicht – en de gelijkenis met de keizer, Alexandrei Sjire Alda, en zijn broer. Hun portretten hingen groot aan de muur. Ik vond niet dat de broers zo op elkaar leken, maar voor het publiek was de gelijkenis blijkbaar duidelijk.

Gisteren had ik door Danai Dea gelopen en voor het eerst met eigen ogen gezien hoe mijn vader en moeder eruit hadden gezien.

De luide stem van de omroeper bracht me terug in de Grote Galerij. De ruimte verstilde toen ik binnenkwam. Stoelen schoven. Buiten klonk zachte muziek. Iemand kuchte. Alles drong tegelijk tot me door. Ik sloot mezelf af.

De blikken van de menigte prikten door mijn kleding; mijn huid bewoog eronder. De spanning gierde mijn lijf en mijn spieren spanden zich. Pas toen ik Rafails blik vond, kalmeerde mijn zenuwen.

Rafail stuurde me een gevoel dat als gedachte in mij landde. *Je kunt dit. Jij bent de beste.*

Een aangename warmte verspreidde zich door mijn ribbenkast. Met dat gevoel van verlangen en liefde richtte ik mijn blik op mijn tegenstander.

Viktorya Maigrainyu stond al op haar startpositie, haar schermmasker in haar linkerhand en het zwaard in haar rechter. Ze was een taaie tegenstander, niet alleen omdat ze de kampioen van de Schaduwweiden was of omdat ze iets langer was dan ik. Het was het gebrek aan angst dat me opwond. Deze jonge vrouw kon me aan. Dat zag ik in haar gretige groene ogen.

Ik had haar huid gezien. Ze was een draak, dus ik wist dat ik me niet hoefde in te houden. Nu ze hier voor me stond, volledig klaar om te vechten, wist ik zeker dat ze mijn zus was. Alleen vroeg ik me af waarom Kalliste dat in haar dagboek had verzwegen. Misschien noemde ze haar aan het einde – ik was nog niet klaar met lezen.

Mijn huid had zich ook gepantserd, net als die van Viktorya. Zo te zien had Viktorya geen idee dat ik haar kon zien zoals ze werkelijk was. Ze stond daar met haar kin omhoog, haar blik hard. *Is ze betoverd?* Het publiek leek blind voor haar uiterlijk. In Cepheus had ik wel gehoord van beschermspreuken.

Vrouwe D'Haviland had ons erover verteld. Ze had ons ook gewaarschuwd dat er altijd een prijs aan een spreuk hing. Hoe hoog die prijs was, hing af van de spreuk zelf.

Terwijl ik naar Viktorya keek, zag ik de ivoorkleurige schubben langs haar nek en gezicht. Geen vleugels, geen staart.

Liefde geeft me vleugels. Ik schonk mezelf een kleine glimlach om mijn grap.

Rafail had gezegd dat de ivoorkleur kwam doordat jonge menselijke draken hun definitieve kleur pas kregen als ze achttien werden, tijdens de eerste volle maan. 'Je zult het zien. Het duurt niet lang meer.'

Ik had hem een vragende blik toegeworpen.

'Laat het los.' Dat was het enige wat hij had gezegd.

Ik had gemopperd als een klein kind.

Daarna had Rafail mijn hand gepakt. 'Het komt wel goed.' En hij drukte er een kus op.

Een zucht van ontroering ontsnapte aan mijn lippen toen ik aan zijn ruwe handen dacht, hoe voorzichtig ze de mijne vasthielden alsof mijn handen breekbaar waren. *Mijn grote handen, breekbaar?* Ik beet op mijn tong om niet te lachen. Een steek trok door mijn borst toen ik aan Philline dacht. Haar gezicht verscheen scherp in mijn gedachten. Een zucht ontsnapte aan mijn lippen. Kon ze me nu maar zien. Phi Phi zou zo trots zijn geweest.

Ik zag Rafail tussen Tian en Winta staan. Cayden was er niet, en dat voelde voor het eerst als een opluchting. Ik wist nu dat ik bij Rafail hoorde.

Ik dacht terug aan het moment dat hij mijn kleedkamer binnenkwam. Hij had er wat ongemakkelijk gestaan, haalde een hand door zijn haar en kuchte. 'Weet je, Cayden heeft je opgeëist, maar dat kan me niets schelen. Ik wilde alleen maar zeggen dat vanaf het moment dat we elkaar ontmoetten, ik wist dat we bij elkaar pasten.' Hij liep in twee grote passen naar me toe. We hadden elkaar omhelsd en bleven daar even staan. Het voelde alsof we opgetild werden en bleven hangen, alsof we nooit meer zouden landen. Alles liep synchroon: hartslag, ademhaling, gevoelens, gedachten. Ik besloot toen dat ik hem nooit meer zou loslaten.

Toen Winta, Tian en Rafail merkten dat ik naar ze keek, staken ze alle drie een duim omhoog, waardoor ik weer aan de taak dacht.

Ik hief mijn gehandschoende hand op.

Dit was de ultieme wedstrijd, die maar drie minuten duurde. Het zou snel gaan. Mijn kracht kwam terug en het mierengevoel was weg. Adrenaline stroomde door me heen. Onze namen werden afgeroepen.

'Viktorya Maigrainyu, de huidige kampioen van de Schaduwweiden en alle omliggende eilanden, is tot nu toe ongeslagen gebleven.'

Viktorya draaide om haar as en hief haar handen en haar zwaard omhoog. Het publiek werd wild, applaudisseerde en juichte.

'Medea Tjuvavak, de huidige kampioen van Cepheus en de omliggende eilanden, ook ongeslagen.'

Ik bleef stil staan, volledig op mijn gemak.

Het publiek joelde en scandeerde. 'Ga naar huis!' 'Boe! 'Loser!' Een paar mensen riepen 'Freak!'

Mijn pantser verhardde. Een brandend verlangen om te winnen trok door mijn borst. Ik herinnerde me een gesprek met pa toen ik negen was. Toen daagde ik iedereen uit die me te snel van streek maakte, zelfs mensen die sterker waren dan ik. Pa had me meegenomen naar de Vallei van de Verlorenen. We hadden gemediteerd aan de oevers van het Verboden Meer. Daarna had hij me aangekeken. 'Een echte krijger vecht niet omdat hij dat wil. Hij vecht omdat hij dat moet. Het moet een noodzaak zijn. Onthoud dat.' Hij had een hand op mijn hoofd gelegd. 'Ik weet dat je het moeilijk hebt, Medea. Laat je er niet door uit het veld slaan. Sta erboven. Een echte krijger weet ook wanneer hij moet stoppen met vechten.'

En nu stond ik hier. In de Grote Galerij van Danai Dea. Tegenover de kampioen van de Schaduwweiden en de omliggende eilanden. Dit gevecht had niets te maken met Viktorya of het publiek. Ik wilde mezelf bewijzen dat ik een gelijke aankon, zonder me in te houden. Ik haalde diep adem en concentreerde me.

Viktorya en ik knikten naar de hoofden van de huizen, die niet bij mijn eerdere wedstrijden aanwezig waren geweest: Vrouwe Imogen Esthaesys, Vrouwe Yelena Maigrainyu en de heer Alastair Setralunya. Ze knikten terug.

Vrouwe Esthaesys keek me triomfantelijk aan en richtte daarna haar blik op mijn tegenstander, alsof ze een kat was en wij muizen. In mijn verbeelding zag ik hoe ze ons allebei bij onze staart vasthield, klaar om ons te laten vallen zodat ze opnieuw met ons kon spelen. Haar blik joeg koude rillingen over mijn rug.

Vrouwe Maigrainyu keek haar streng aan. Daarna richtte ze haar blik op mij. Er flikkerden iets gevaarlijks in haar ogen dat ik niet kon plaatsen. Toen zwaaide Viktorya naar haar, en de uitdrukking van Vrouwe Maigrainyu veranderde onmiddellijk in die van een liefhebbende moeder.

Na het teken van de scheidsrechter liepen Viktorya en ik naar elkaar toe en tikten elkaar op de handschoen. Daarna gingen we terug naar onze startpositie.

Ik schudde mijn hoofd, rolde met mijn schouders en sprong een paar keer licht op mijn voeten om mijn lichaam wakker te houden. Daarna richtte ik mijn aandacht volledig op Viktorya.

De scheidsrechter tikte met zijn houten stok.

Viktorya deed een stap naar voren, net als ik. Dat had ze niet verwacht. Ze dacht dat ik een stap terug zou doen, maar dat deed ik niet. Ik zag de verrassing in haar lichaamstaal. We zochten allebei naar een opening om contact te maken.

Omdat ik wilde weten hoe goed ze werkelijk was, had ik er geen moeite mee een paar punten op te offeren. Ik tilde mijn zwaard op en liet het zijn werk doen: van boven naar beneden laten vallen en er meteen achteraan stappen, precies zoals ik vroeger deed toen ik negen was en mijn vaders oefenzwaard in de schuur had gevonden.

Viktorya blokkeerde mijn slag, stapte snel opzij en draaide de punt van haar zwaard razendsnel naar binnen. Ze duwde mijn zwaard met veel kracht opzij. Daarna wisselde ze van greep en draaide haar zwaard zodat er een opening in mijn verdediging ontstond. Ze sloeg me tegen mijn hoofd. Twee punten.

De klap zou de meeste mensen omver hebben gegooid, maar ik bleef staan en deed onmiddellijk een tegenaanval. Ik gaf een snelle stoot naar haar gezicht. Viktorya reageerde met eenzelfde soort aanval.

Ik hief mijn zwaard naar rechts, stapte naar links en liet mijn zwaard naast haar hoofd landen. Ze moest haar zwaard optillen om haar hoofd te beschermen. Ik draaide mijn lemmet naar beneden, stapte naar rechts, raakte haar links vol in de nek en trok me daarna veilig terug. Drie punten.

Mijn vader had me dit geleerd toen ik jonger was. Ik had die slagen eindeloos geoefend op een kool op een houten paal, totdat ik ze onder de knie had. Hij zou trots op me zijn geweest.

Als het een echt gevecht was geweest, had ik haar hoofd afgehakt. Ik had haar hard geraakt. Het publiek slaakte een kreet van schrik, maar Viktorya hield stand.

We konden geen van beiden medelijden verdragen. Ik zou trots zijn geweest om haar als mijn zus te hebben.

Viktorya keek me van achter haar masker aan en schatte me opnieuw in. We hadden allebei goede balans en techniek. Het was voor ons allebei een uitdaging.

Toen maakte Viktorya een low cut door naar rechts te stappen, haar zwaard naar rechts te brengen en het negentig graden naar buiten te draaien. Die beweging trok me uit mijn houding, waardoor ik gedwongen werd mijn zwaard dicht voor mijn hele lichaam te houden. Maar ik wist al wat er zou komen. Ik had deze afbuigende beweging zelf vaak gebruikt – mijn lichaam verdedigen was het enige wat ik kon doen.

Viktorya was ongelooflijk snel. Doordat ik in haar val liep, viel ze verder aan. Met een snelle beweging bracht ze haar zwaard omhoog en sloeg me op mijn hoofd. Twee punten.

Het publiek ging uit zijn dak.

De tijd begon te dringen. De drie minuten waren bijna voorbij, en als ik nu niets deed, zou Viktorya winnen. Ik richtte mijn zwaard met de kruisbeschermer recht naar beneden en liet de punt de houten vloer raken. Daarna draaide ik het lemmet nog iets verder omlaag en sleepte mijn zwaard met een snerpend geluid over de vloer. De houten planken splinterden.

Het publiek slaakte kreten van verbazing en opwinding.

Ondertussen viel mijn tegenstander aan met een stoot naar mijn lichaam. Tegelijkertijd tilde ik mijn zwaard razendsnel van de vloer, strekte beide handen volledig en ving haar aanval op door haar lemmet in één vloeiende beweging over het mijne naar beneden in mijn kruisbeschermer te laten glijden.

Viktorya legde haar hand op mijn arm terwijl ze haar zwaard boven mijn hoofd bracht om me met de pommel te slaan. Dat zou voelen als een klap in mijn gezicht. Dit was precies waar ik op had gerekend. Ik wilde dat ze dacht dat ze al gewonnen had. Ik had echter een andere zet in gedachten.

Voordat ze me met de pommel kon raken, blokkeerde ik de slag door mijn zwaard omhoog te slingeren en de platte kant van mijn lemmet tegen haar aanval te zetten. Ik had haar aanval onderbroken en we zaten nu in een bind: onze zwaarden gekruist, onze armen vergrendeld.

Zonder verder na te denken schopte ik haar tegen de achterkant van haar knie. Haar been boog, waardoor ze werd gedwongen voor me te knielen. Ik bracht mijn lemmet naar haar nek en liet het daar rusten. Dit was de ultieme zet om een tegenstander tot onderwerping te dwingen, en Viktorya wist dat.

Mijn zus zat doodstil. De scheidsrechter plaatste de punt van de houten stok net op tijd op de grond. Drie punten. Ik had gewonnen.

Ik trok mijn zwaard terug en stapte achteruit, zodat Viktorya de ruimte kreeg om op te staan. In gedachten zag ik mijn vader in de menigte staan, zoals hij altijd deed. Trots, zwijgend aanwezig bij elke wedstrijd.

Het publiek werd wild en scandeerde mijn naam. 'Medea, Medea, Medea...' Ze klapten en stampten.

Ik had hun kampioen verslagen. Viktorya stond daar verdwaasd en verward, haar zwaard nog in haar hand, haar hoofd gebogen.

Het publiek leek het prima te vinden.

Viktorya en ik verwijderden allebei onze maskers en liepen naar elkaar toe. We schudden elkaar de hand.

'Goed gedaan,' zei Viktorya.

Ik gaf mijn zus een knipoog.

We draaiden ons om naar het publiek. Ik ving de blik van Vrouwe Esthaesys op: pure schrik. Ik herinnerde me hoe ze me eerder had aangekeken, alsof ik een muis was waar ze mee speelde.

De verbijsterde vrouw schreeuwde uit volle borst. 'Bewakers! Arresteer ze allebei.'

En daar is het. De kat heeft de muizen gevangen.

Terwijl de bewakers me vasthielden, zag ik hoe Viktorya's moeder, Vrouwe Maigrainyu, opstond en naar Vrouwe Esthaesys liep. Ze probeerde met haar te praten terwijl Vrouwe Esthaesys' ogen bijna uit hun kassen puilden.

'Ze willen een staatsgreep plegen om het oude Keizerrijk te herstellen. Grijp de verraders,' schreeuwde Vrouwe Esthaesys.

Het hoofd van Huis Setralunya, heer Alastair Setralunya, bleef verstijfd staan, niet wetend wat te doen. 'Yelena, wat gebeurt er?'

Een man verkleed als legerofficier probeerde Viktorya's aandacht te trekken. 'Viktorya, het komt goed! Maak je geen zorgen!'

'Meneer Sontze, wat is er aan de hand?' riep Viktorya naar hem.

De bezoekers verlieten in paniek de hal.

Rafail, Tian en Winta zwaaiden naar ons vanuit de hoek van de kamer.

'Medea, er is hulp onderweg!' riep Rafail, terwijl hij naar de uitgang wees, waar Cayden probeerde langs de beveiliging te komen. Rafail schreeuwde nu naar de bewakers. 'Negeer Vrouwe Esthaesys, ze heeft het mis. Luister naar Vrouwe Maigrainyu!' Het had geen enkel effect.

De menigte raakte volledig in paniek en probeerde de snelste weg naar buiten te vinden, waarbij mensen elkaar omverduwden. Daarom deden de bewakers het enige dat voor hen logisch was: ze grepen Viktorya en mij vast, brachten ons naar de koude kelder en sloten de deur achter ons.

40

Medea

'Dat wordt morgen een interessante verjaardag,' fluisterde Viktorya, meer tegen zichzelf dan tegen mij.

'Ik wist het!' riep ik. 'Morgen is het ook mijn verjaardag. Laat me raden: je wordt achttien?'

'We zijn een tweeling?' fluisterde Viktorya. 'Toch zien we er zo anders uit.'

We pakten elkaars handen vast en keken elkaar diep in de ogen.

'Ik vermoedde al dat we zussen konden zijn,' zei Viktorya. 'Misschien met één of twee jaar leeftijdsverschil, maar een tweeling?' Ze hield haar duim en wijsvinger voor haar mond.

'Weet je van dat drakengedoe?' vroeg ik.

'Ik weet veel, maar niet alles,' antwoordde ze hoofdschuddend. 'Mijn moeder is er nogal vaag over.' Ze keek me twijfelend aan, haar wangen licht rood, terwijl ze naar de stoffige grond keek. 'Yelena Maigrainyu. Zo heet ze. Ze is duidelijk niet mijn biologische moeder. Ze heeft me geadopteerd.'

'Weet je wie onze biologische ouders zijn?' Ik ging zitten op de rand van het onderste houten stapelbed dat rechts tegen de muur stond. Ik liet mijn hoofd op mijn handen rusten en keek de kleine, lege kamer met de hoge plafonds rond voordat ik weer naar mijn zus keek.

Viktorya draaide zich naar me toe, rug tegen de muur. Ze hurkte neer en slaakte een zucht. 'Ja. Oude keizer en moeder.' Ze maakte haar vlecht los. 'Dat zat een beetje strak...' Ze gaf een kleine glimlach.

'Kalliste,' antwoordde ik, terwijl ik ook mijn haar losmaakte.

'Kalliste?' Het gezicht van mijn zus werd rood en ze keek weg.

'Ja. Kalliste Tjuvavak. Zij is met mij naar Cepheus gevlucht, en jij bent blijkbaar hier gebleven.' Ik haalde mijn schouders op en ging achterover op het bed liggen, starend naar de onderkant van het bovenste bed.

'Je moet iets weten,' fluisterde Viktorya geheimzinnig.

'Wat is er?' Ik draaide mijn hoofd naar haar. Haar gezicht werd zo rood als een biet.

'Ik ben betoverd. Ik heb eigenlijk rood haar en groene ogen.'

'Sorry, maar weet je zeker dat je betoverd bent?' Ik ging rechtop zitten en stootte bijna mijn hoofd tegen de rand van het bovenste bed.

'Iedereen denkt dat ik een blond meisje ben met blauwe ogen. En ze zien me als een saai type, een muurbloempje, een grijze muis.' Ze knipperde en keek naar de vloer.

'Echt niet! Je lijkt precies op Kalliste. Jullie zijn elkaars evenbeeld.'

'Mensen hebben de neiging om mij te zien als iemand met blond haar en blauwe ogen,' hield ze vol, koppig als een kind.

Ik moest lachen. 'Ik denk het niet. Moeder en jij zijn als twee druppels water.'

'Je zegt me dat je me al die tijd precies hebt gezien zoals ik ben?' Ze hield geschrokken beide handen voor haar mond en zakte ineens neer, haar voorhoofd tegen haar knieën. Haar lange rode krullen gleden naar voren.

De bewakers hadden onze uitrusting afgenomen. We droegen nog onze gevechtsbroeken en -hemden, maar onze jassen en laarzen hadden ze meegenomen.

Ondanks alles moest ik lachen. Ik ging weer liggen, te uitgeput om nog te denken. Ik wilde alleen rust. Mijn voeten bungelden koud aan het voeteneind.

Viktorya stond op en glimlachte. 'Oké, we moeten samen wat vragen beantwoorden.'

'Kom maar op.' En ik voelde de energie weer in me stromen.

'Wat is je lievelingskleur?'

'Blauw!' riepen we tegelijkertijd.

'Wat is je lievelingseten?'

'Rozencakes!' Wederom in koor.

'Favoriete dier?'

'Dolfijn!'

'Favoriete bloem?'

'Rodc roos!'

'Echt niet!' 'Ga weg!'

Ik stond snel op en ging voor haar staan. We lachten allebei en vielen elkaar in de armen. 'Zielsverwanten.'

Een beetje beschaamd over onze kinderachtigheid draaide ik me om. 'Ik ga kijken of er iemand is.' Ik klom op de rand van het bovenste bed, leunde voorover en greep de ijzeren spijlen vast om mezelf omhoog te trekken. Ik strekte mijn bovenlichaam en nek en keek door de tralies. Een klok hing over de binnenplaats: vijf voor één.

De volle maan wierp zilveren licht op het lege plein. Geen bewakers. Vanachter de hoge muren klonk zacht geroezemoes.

'Ik weet zeker dat dit een vergissing is,' zei ik rustig. 'We zijn helemaal niet van plan een staatsgreep te plegen. Het is belachelijk. Hoe heet die vrouw ook alweer die het bevel gaf om ons te arresteren?'

'Dat is Vrouwe Imogen Esthaesys.'

'Goed, we zullen haar morgen aanspreken. Dan is iedereen vast weer gekalmeerd.'

'Vind je dit niet een beetje oneerlijk?' vroeg Viktorya.

'Wat gebeurd is, is gebeurd,' zei ik toen de klok één sloeg. 'Gedane zaken nemen geen keer.' Ik ging op het onderste bed liggen. 'Laten we slapen. Het is laat, morgen is er weer een dag.' Ik rolde me op mijn zij.

'Gedane zaken nemen geen keer,' herhaalde Viktorya op kinderachtige toon. 'Wat een zielige uitspraak. Weet je... er is me een maand geleden iets vreselijks overkomen in het bos.' Haar stem brak en ze viel stil. Het geluid van gesnik vulde de kamer.

Met een schok ging ik rechtop zitten. 'Vik, gaat het? Wat is er gebeurd?' Een knagend gevoel vrat aan me. Wraak achtervolgden me al weken.

Mijn zus begon door de kleine kamer te ijsberen, haar gezicht rood, zweet op haar voorhoofd. Handenwringend, ogen naar binnen gekeerd alsof ze iets zag dat ik niet kon zien.

'Vik,' zei ik, 'wat is er aan de hand? Wat is er in het bos gebeurd?' Ik sprong van het bed, stootte bijna mijn hoofd, en ging voor haar staan. Ik pakte haar beide handen. 'Haal diep adem. Tellen helpt. Een-twee... adem in. Drie-vier-vijf-zes-zeven... adem uit.'

Uit het niets fluisterde Viktorya met een ademloze stem. ‘Zijn groene ogen... zo intens. Ik ben zo boos op hem.’

Toen wist ik het. Die man met de groene ogen had iets onvergeeflijks gedaan. Zo onvergeeflijk dat hij moest sterven. Een kloppende angst gierde door mijn lichaam.

‘Deze man,’ vroeg ik langzaam, ‘heeft hij... je pijn gedaan?’ Ik schudde haar voorzichtig bij haar schouders.

Viktorya stond verstijfd, starend in het niets.

Afschuw maakte zich van me meester. Ik riep uit, ‘Viktorya, geef antwoord!’

‘Ja!’ schreeuwde ze. ‘Ja! Hij heeft me verkracht, oké? Hij zat met zijn vuile handen aan me!’ Ze zakte in elkaar, huilend, trillend.

‘Het komt goed,’ zei ik, terwijl ik haar stevig vastpakte. ‘Alles komt goed. Ik ben hier. Je bent veilig.’

Ze maakte zich los en ging op het bed zitten. Ze veegde haar tranen weg. ‘Ik ben nu bang,’ fluisterde ze. ‘Ik ga nooit meer het bos in. Misschien ligt hij op de loer in de struiken.’

‘Nee,’ zei ik droog, terwijl ik naast haar ging zitten. ‘Dat doet hij niet.’

‘Ja. Het is mogelijk,’ beweerde Viktorya, haar stem wat sterker. Haar blik gericht op iets onzichtbaars.

‘Nee, hij is weg.’

‘Is hij weg? Wacht. Hoe weet je dat?’ Ze draaide haar gezicht naar me toe. Haar ogen gezwollen en een trillende lip. Ze veegde haar loopneus af met de rug van haar hand.

Ik schonk mijn zus een kleine, bittere glimlach. ‘Ik weet het zeker, omdat ik een groenogige man heb gedood in het D’Cybannebos.’ Beschaamd keek ik naar de vloer. ‘Een stem fluisterde op de wind: “Wraak, wraak, wraak” en het lot greep me. Ik had geen idee wat ik deed.’ Ik slaakte een diepe zucht.

Viktorya sloeg haar armen om me heen. 'Hij heeft dit gedaan. De Zonnegod. Hij gebruikte jou als wapen. Ik herinner me dat de feeën om zijn hulp vroegen.'

'Alco-Raeye gebruikte mij als wapen? Bij Moigraisse! Dat is schandalig! Ik heb me al die tijd zo schuldig gevoeld, en nu zeg je dat de Zonnegod me dit liet doen?' Ik had geen woorden meer. Mijn gevoel vlakte af.

'Het spijt me, Medea,' zei Viktorya. 'Het is allemaal mijn schuld!' Ze begon opnieuw te huilen.

'Het is niet jouw schuld, zus. Echt niet.' Ik glimlachte zwak. 'Ik ben blij dat je het me verteld hebt. Laten we nu proberen wat te slapen. We weten niet wat er straks gaat gebeuren.'

Viktorya klom naar het bed bovenin, reikte naar beneden en stak haar hand uit.

Ik pakte haar hand. Ze voelde warm aan.

Voor ik het wist, viel ik in slaap, uitgeput door alles wat er was gebeurd.

Het was nog donker buiten toen ik wakker werd. Een zachte bries streek over mijn gezicht. Ik geeuwde en rekte me uit. Mijn voeten bungelden nog steeds uit het bed. Ik trok mijn knieën omhoog en draaide op mijn zij. Moigraisse en Alkaide samen, ik heb honger. Mijn maag knorde en ik dacht aan Ma's noedels. En haar rozencakes. Godzijdank was het lente en geen winter. Ik huiverde van de kou.

'Medea. Ik ben het.'

Winta. Ik klom naar het bovenste bed. Viktorya was al wakker. Ik kroop op mijn buik naar de tralies. Ik hield me aan de ijzeren spijlen vast. 'Winta, wat is er aan de hand? Zeg me dat dit een misverstand is.' Ik keek over Winta's schouder naar de klok: half vijf.

Viktorya leunde tegen me aan om met me mee te kijken. Plotseling brak er tumult los buiten.

'De mensen zijn in opstand,' zei Winta. 'Vrouwe Esthaesys heeft een grote fout gemaakt door de favorieten van de republiek in de kerker te gooien.'

Van buiten klonk geschreeuw. 'Bevrijd de prinsessen! Ze zitten in de kelder!'

'Wat?' riep Viktorya, terwijl ze over mijn schouder keek. 'Weten ze dat wij de prinsessen zijn?'

'Dat lijkt me vrij duidelijk,' mompelde ik.

'We moeten je daar weg krijgen voordat het vijf uur is,' zei Winta. 'Anders hebben we een groot probleem.' Ze stond op en vertrok.

'Wacht even, Winta, wat gebeurt er om vijf uur?'

Het leek een eeuwigheid, maar in werkelijkheid waren het maar een paar minuten. Het geluid van gevechten kwam dichterbij. Op een gegeven moment werd er zelfs in de gangen gevochten.

Viktorya en ik sprongen van het bed en stonden daar blootsvoets klaar.

'Dood aan de verraders,' riepen mensen. 'Lang leve Huis Sjire Alda.'

Zwaarden klonken. Stokken sloegen tegen elkaar. Toen werd de deur met zoveel kracht geopend dat hij bijna uit het kozijn vloog.

Rafail stormde binnen. Hij bleef staan toen zijn goudbruine ogen de mijne vonden.

Ik stortte me in zijn armen. Viktorya was naast me komen staan.

Haar mond stond open, wenkbrauwen opgetrokken. Er lag iets in haar blik wat ik niet meteen kon plaatsen.

Cayden stormde achter Rafail binnen. Hij haalde zijn hand door zijn haar, stak zijn andere hand in zijn zak, keek van mij naar Viktorya naar Rafail – en liep zonder iets te zeggen weer weg.

Viktorya begon zachtjes te snikken. Dat zei me genoeg: ze had gevoelens voor Cayden. Bij de Godin... Hij wist niet dat Kalliste twee kinderen had.

Winta kuchte. 'We moeten naar het plein voordat het te laat is.' Ze liet twee paar laarzen vallen. 'Snel, trek deze aan.'

We renden door de gang naar de trap. Mensen maakten vanzelf plaats. Toen we buiten kwamen en op het plein stonden, besloten we te wachten. Voor het paleis stond een enorme menigte.

41

Medea

Vrouwe Esthaesys wachtte voor de poort met haar troepen, klaar voor actie. Uit het niets klonk een luide waarschuwing. ‘Kroaaa! Kroaaa! Gevaar! Gevaar!’

Athan!

Ik keek verbaasd toe hoe hij over mijn hoofd vloog en boven me bleef hangen, met een spanwijdte van minstens anderhalve meter. De bries van zijn vleugels liet mijn haar rond mijn gezicht wapperen. Het lied van de vogel was zo mooi dat de haren op mijn armen overeind gingen staan en mijn ogen vol tranen schoten.

Toen suisde er een pijl door de lucht, in vertraagde beweging recht op mij af. De hele wereld vertraagde, zelfs het geluid. Het geschreeuw van de menigte leek alleen nog uit lange klinkers te bestaan. Mensen bewogen traag als luiaards. Hun monden en ogen leken die van gekken.

Met een vreemd gevoel van trots keek ik toe hoe Athan de pijl met zijn klauwen greep voordat die mij kon raken. Op dat moment werd de tijd weer normaal. Het geschreeuw van de menigte bereikte mijn trommelvliezen, zo hard dat ik mijn handen over mijn oren legde om mezelf te beschermen.

Soldaten haastten zich om een schild rond Viktorya en mij te vormen. Een pijl suisde naar de poort, gevolgd door nog vier andere.

Tian. Hij is de enige boogschutter in onze groep. Ik draaide me om. Het was inderdaad Tian, die vijf pijlen achter elkaar had afgevuurd – ze raakten allemaal doel. Vijf lichamen stortten op de grond, waardoor Vrouwe Esthaesys en haar gevolg zich ver van de poort terugtrokken.

Net toen onze groep naar voren wilde gaan om de ingang te ontgrendelen, begon de klok op de binnenplaats te slaan.

Eén...

Het geluid was zo doordringend dat iedereen op het plein stilviel. Sommigen drukten hun handen tegen hun oren.

Twee...

Het plein baadde in het zilveren licht van de volle maan, die groter leek dan ooit.

Drie...

De energie om me heen begon te wervelen. Het werd ondraaglijk heet.

Vier...

Ik had het gevoel dat de energie me optilde en mijn lichaam groter werd.

'Wat gebeurt er?' riepen een paar mensen in koor.

'Viktorya! Bij de Goden!' schreeuwde een vrouw.

Vijf...

Een gouden licht straalde om me heen. Ik knipperde met mijn ogen en keek naar Viktorya.

In haar plaats stond een reusachtige koningscobra, met groene ogen en glanzende ivoren schubben. Ik keek naar mezelf en merkte dat ook ik was getransformeerd. Mijn schubben hadden dezelfde ivoorkleur.

Cayden, die al die tijd naast ons had gestaan, greep zijn hoofd met beide handen alsof hij plotseling hevige hoofdpijn had. Zijn ogen rolden even alle kanten op, alsof hij duizelig was. Daarna stond hij rechtop en keek om zich heen, alsof hij net wakker was geworden uit een nare droom. Met grote ogen keek hij van Viktorya naar mij en weer terug.

Ik had geen kans om met Caydens verwarring bezig te zijn, mijn eigen verwarring was al groot genoeg.

Het publiek viel even stil. Daarna brak gejuich en applaus los, en mensen knielden. Sommige huilden terwijl ze op de grond knielden.

'Het is waar! De keizerlijke familie bestaat uit magische wezens. Ze zijn verbonden met de Goden,' werd er geroepen.

Ik maakte me zorgen om het feit dat Viktorya in een reusachtige koningscobra was veranderd. Haar lichaam was meer dan drie meter lang. Ze gleed over de vloer in mijn richting.

De mensen op de vlakte scandeerden. 'Lang leve de keizerlijke familie. Lang leve Huis Sjire Alda!'

Viktorya en ik bewogen richting de poort, omringd door de soldaten.

De poort ging open.

Een meisje rende op me af. 'Een draak! Je bent zó mooi.' Ze wierp een iets bangere blik op mijn zus.

De soldaten lieten het kleine meisje door. Ze omhelsde mijn been. Ik knipoogde naar haar. Het meisje rende terug naar haar vader en klemde zich aan zijn benen vast.

'De prinsessen. Lang leve de prinsessen!' Het was de vader die dat riep.

Viktorya en ik keerden terug naar onze menselijke vorm. Met onze geliefden naast ons en de menigte achter ons liepen we recht op de confrontatie af.

'Laten we later bespreken wat er net met ons gebeurd is, Vik,' zei ik. 'Eerst moeten we met Vrouwe Esthaesys praten. We willen geen staatsgreep plegen.'

Vrouwe Esthaesys en haar gevolg hadden zich teruggetrokken op de vlakte voor het grote standbeeld van een vrouw die een tweekoppige draak berijdt. Ze staarde ons brutaal aan.

‘Het zijn demonen! Een van hen is een slang! Een raaf hielp de ander!’ riepen de mensen naast haar.

‘Ze moeten vernietigd worden. Ka-Ralyge, de God van de Onderwereld, moet ze voor eeuwig gevangennemen!’

Net toen Viktorya en ik naar Vrouwe Esthaesys wilden lopen, klonk achter ons het ruisen van vleugels. Een plof van de landing deed de grond onder onze voeten licht trillen.

We draaiden ons om.

De zwarte draak met rode ogen uit mijn eerdere visioen stond recht voor ons. Hij straalde pure dreiging uit.

‘Dat is de draak uit mijn visioen,’ zei ik hardop.

Viktorya keek me met een vragende blik aan.

‘Laat maar. Het is een lang verhaal.’

‘Nog een draak. Maar hij is zwart.’

‘Zie je? Het zijn demonen! Dood ze!’

De zwarte draak opende zijn bek, haalde diep adem en liet het in één flits los. Hij blies vuur op het publiek.

De menigte schreeuwde het uit.

Ik aarzelde niet en transformeerde opnieuw in een draak. Ik sprong voor de mensen, spreidde mijn vleugels om de aanval op te vangen. De brandende pijn in mijn vleugels deed me bijna krijsen, maar ik hield mijn kaken op elkaar en hield stand. Daarna opende ik mijn bek, haalde diep adem en blies langzaam een lange straal vuur uit.

De zwarte draak ging aan de kant.

‘Vader, stop! Wat doet u?’ riep Rafail ergens achter me.

De zwarte draak negeerde zijn zoon en draaide zich opnieuw naar mij toe.

Er was geen tijd om na te denken, want Viktorya sprong tussen mij en het monster in terwijl ze transformeerde. Toen ze haar bek wijd opende, glinsterden haar hoektanden in het maanlicht. *Schiet ze gif?* In plaats daarvan spuwde ze bliksem.

De zwarte draak reageerde te laat. Viktorya raakte hem vol. Even leek hij gedesoriënteerd. Hij aarzelde en wist niet wat hij moest doen. 'Zij is het.' Daarna herpakte de zwarte draak zich en vloog op Viktorya af om haar met zijn scherpe nagels te slaan. Zijn klauwen trokken lange striemen over haar pantser, maar dat herstelde direct, alsof er niets gebeurd was.

Viktorya viel de zwarte draak aan en sprong naar voren, haar bek opengesperd. Ze sloeg haar vlijmscherpe slagtanden naar hem. De verbijsterde draak kon zich nog net op tijd uit de voeten maken voordat de kaken van de reusachtige koningscobra met een daverende klap dichtklapten.

De menigte op de vlakte gilde van afschuw, maar kon niets doen.

Viktorya gleed terug in mijn richting en sloeg haar lichaam om het mijne.

'Nee, niet doen!' Het was een vrouwenstem in de mensenmassa. Het was alsof ze wist wat er gebeurde.

Ik kreeg geen kans om te zien wie er had geschreeuwd, want ik voelde een steek in mijn nek, net onder de rand van mijn schedel, waar de energie wervelde. Een fonkelend licht straalde van ons af. Goudstof dwarrelde om ons heen. Mijn hoofd tolde, mijn zicht werd wazig en toen was er stilte.

'Bij Alco-Raeye!' riepen de mensen.

Ik probeerde te lopen, maar iets hield me tegen. Daarna trok iets me juist mee. Paniek borrelde op, maar Viktorya's kalme gedachten vulden mijn hoofd. *Medea, mijn zus, we zijn verbonden. Kan je me voelen? Ik kan jou voelen.*

Ik opende mijn zintuigen en ik maakte deel uit van een tweekoppige draak, zoals het standbeeld. Mijn zus en ik zaten op één lijn, maar we hadden nog steeds onze eigen gedachten.

Tegelijkertijd openden we onze bekken en bliezen vuur en bliksem uit. De zwarte draak werd vol geraakt. Het reusachtige monster struikelde en stortte met een luide klap op de grond. Stofwolken stegen op.

Het publiek juichte.

'Nee! Nee! Nee! Vadim!' Het was weer diezelfde vrouwenstem.

'Vader!' riep Rafail.

Ik draaide mijn drakenhoofd naar Rafail, die er verdwaasd uitzag. Het drong tot me door dat hij Vadim zijn vader had genoemd. Dat betekende dat we neef en nicht waren. Een ijzige kou maakte zich van me meester. Ik schudde het van me af.

De energie omhulde mijn zus en mij opnieuw en toen stonden we weer als mensen op de vlakte. We omhelsden elkaar en huilden.

De adrenaline gierde nog door mijn lichaam. 'We worden een tweekoppige draak als we elkaar in onze draken- en slangenvorm omarmen.'

'Medea, één ding weet ik zeker: ik ben langer dan jij.' Viktorya lachte.

De zwarte draak lag op de vlakte tussen de kraampjes, die hij had verwoest. Het toernooiterrein zag eruit zoals in mijn visioen. Waarom had ik die visioenen eigenlijk? Ik schudde mijn hoofd. Ik moest me concentreren, want de draak kon elk moment weer aanvallen.

De zwarte draak ademde zwaar. Hij leefde nog. Ondanks zijn verwondingen zou hij snel herstellen. Zo werkte het nu eenmaal bij magische wezens.

Ik liet mijn blik over de menigte gaan en zag een vrouw in volledig zwart gevechtstenue staan. Van top tot teen bedekt, alleen haar ogen zichtbaar, leidde ze een klein leger. In haar linkerhand hield ze een slagzwaard met het keizerlijke embleem op het gevest: twee draken die een ster vasthouden. Haar ogen gloeiden rood. *Is dat de lang verloren keizerin? Maar ze is zo klein. In mijn visioen was ze veel groter.*

Ik bekeek de mensen met bogen, speren en zwaarden om haar heen. Ze mengden zich niet in het gevecht. *Natuurlijk, dit is een strijd tussen fabelwezens. Mensen zijn te zwak om zich ermee te bemoeien.*

Bij nader inzien stonden er meer figuren in haar groep, eveneens volledig bedekt, met ogen die in verschillende kleuren flikkerden: rood, goud, blauw. *Er zijn er meer zoals wij.* Ik voelde een steek van trots dat ik tot zo'n elitaire groep behoorde.

Onze menigte hield het bataljon van Vrouwe Esthaesys scherp in de gaten. Haar troepen waren teruggeweken toen de zwarte draak verscheen, maar nu hij gewond op de grond lag, maakte ze zich klaar om toe te slaan.

Cayden stond dicht bij de leider van de vijand. Ze wisselden een blik uit en gaven elkaar een kort knikje.

Het bloed stolde in mijn aderen. *Cayden en Vrouwe Esthaesys?*

Een jonge vrouw stapte achter Vrouwe Esthaesys vandaan en liet haar hartvormige gezicht zien: *Fyona. Die achterbakse griet, al die tijd in dienst van Huis Esthaesys. Nu snap ik waarom ze me waarschuwde om op te passen.*

Winta stond vlak bij de vrouw die ik voor de keizerin hield, net als Tian. Gelukkig staan ze tenminste aan onze kant.

'Dood aan Huis Sjire Alda!' schreeuwde Vrouwe Esthaesys. 'Ze zijn een ziekte voor dit rijk! Kijk naar dat serpent en die draak. Ze zijn een gruwel! Vadim Sjire Alda vermoordde zijn eigen familie en pleegde daarna een staatsgreep. We kunnen Huis van Sjire Alda niet opnieuw laten regeren!'

Blijkbaar koesterde ze een persoonlijke wrok tegen onze familie.

'De keizerlijke familie is altijd ziek geweest in hun hoofd,' ging ze verder. 'Ze hebben de harten van onze jonge vrouwen opgegeten!'

De menigte achter haar hief hun wapens. 'Waar! Ze zijn niet menselijk!'

De keizerin hief haar zwaard. 'Imnaeme Desauru.'

De menigte rond haar antwoordde met een schreeuw. 'Voor Desauru!' Als een geheel stormde ze naar voren. Het kleine leger van de keizerin liep hen in een gestaag tempo tegemoet, schilden geheven.

Strijdkreten vulde de lucht toen de twee partijen op elkaar botsten. Schilden sloegen tegen elkaar. Het hele gebied vulde zich met het gekletter van wapens. Al snel was er overal bloed. Mensen schreeuwden. Moeders met kinderen renden weg. Lichamen stapelden zich op.

Ik wilde naar Rafail lopen, die me een zwaard wilde aanreiken en duidelijk klaarstond om tegen zijn eigen vader te vechten, maar precies op dat moment ontwaakte de zwarte draak.

'Kijk uit. Achter je!' riep ik naar Viktorya.

De zwarte draak blies vuur en golven van hete vlammen in haar richting. Nog in haar menselijke vorm kreeg Viktorya de volle laag en slaakte een kreet.

Cayden draaide zijn hoofd naar Viktorya toen hij haar hoorde. Opnieuw schudde hij zijn hoofd, zijn ogen wijd opengesperd, zijn gezicht krijtwit. Hij liet Vrouwe Esthaesys staan en rende naar mijn zus toen ze neerging. De uitdrukking op het gezicht van Vrouwe Esthaesys werd alleen maar donkerder.

'Zuster!' Mijn stem was diep en onherkenbaar.

De vrouw van wie ik dacht dat het de keizerin was, riep: 'Nee, Viktorya!'

42

MEDEA

Onmiddellijk veranderde ik in een ivoorkleurige draak. De volle maan scheen fel op me en mijn ivoren schubben kleurden langzaam rood. Ik moest vechten tegen de zwarte draak, die maar vuur bleef spuwen. Hij was volledig buiten zinnen.

Het zwarte monster riep naar me. ‘Stop met het verdedigen van deze mensen. Kijk wat ze van mij gemaakt hebben!’

‘Waarom ben je hier?’ schreeuwde ik terug. ‘Stop met mensen pijn te doen!’

De zwarte draak spuwde vuur naar de vermoedelijke keizerin.

‘Vadim! Ik beveel je te stoppen!’ schreeuwde zij terug.

Ik blokkeerde de vlammen door mijn eigen vuur uit te ademen. Twee brede stralen botsten tegen elkaar, vuur tegen vuur.

Ondertussen vochten de mensen nog steeds door, zo druk en zo luidruchtig dat niemand leek op te merken dat er drie fabelachtige beesten midden op het plein streden.

Vrouwe Esthaesys leed zware verliezen en werd langzaam omsingeld. 'Cayden, ik heb je hulp nodig! Transformeer! Ik beloofde je de hand van mijn dochter. Transformeer!'

Ik keek terug naar de zwarte draak. Zijn vuurrode ogen keken recht in mijn ziel. Schuim stond op zijn lippen. De haat die hij naar me uitstraalde deed iets in me breken. Misschien door alles wat ik had meegemaakt. Misschien omdat ik nooit had kunnen zijn wie ik wilde zijn. Alle opgekropte frustratie die ik jarenlang had vastgehouden, kwam er in één keer uit. Eindelijk vond mijn woede een uitweg.

Op datzelfde moment werd Vrouwe Esthaesys gevangengenomen.

Ze krijste, haar ogen wijd opengesperd. 'Kijk, het monster! Vadim is terug voor zijn toorn! Cayden, ik heb je hulp nodig!'

Cayden stond bij Viktorya. Hij had zijn armen om haar heen geslagen en daarna kusten ze elkaar.

De manier waarop ze elkaar vasthielden, deed me iets beseffen. Ik besefte opeens dat ik al van Rafail hield sinds we samen de Galina hadden gered. Het was duidelijk dat ik al die tijd betoverd was geweest en dat die betovering verbroken moest zijn toen ik achttien werd. Ik kon geen andere verklaring bedenken. Het idee dat iemand me betoverd had, maakte me woedend.

De zwarte draak, Vadim, richtte zijn blik op Rafail, die naast Cayden en Viktorya stond. Blauwe, glanzende schubben verschenen op Rafails gezicht. Hij stond op het punt te transformeren en mij te helpen, maar de Zwarte draak droeg hem een bevel op. 'Zoon, hou je hierbuiten. Dit is tussen mijn dochter en mij.'

Rafails rug verstijfde. Zijn houding werd onwrikbaar. 'Nee!' verklaarde hij vastberaden. 'Nee, dat kan niet!' Hij bleef staan en keek met afgrijzen toe hoe de zwarte draak me bleef bestoken met vurige aanvallen.

De woorden van de draak raakten me als een mokerslag. Mijn benen zakten bijna weg en ik veranderde terug in een mens. *Nee! Alexandrei is mijn vader. Deze man liegt!*

Ik was zo verrast door Rafails felle reactie dat ik geen oog had voor de zwarte draak, wiens vuur mijn nek trof. Ik schreeuwde van de pijn.

De zwarte draak bleek mijn vader te zijn. Ik kokhalsde bij het woord vader. Hij was een monster.

Plotseling drong de herinnering aan mijn gevangenschap door de diepzeedraak in de tunnel onder de zee door mijn verzet heen. Als een bliksemschicht die stilstaand water raakt en alle wezens tegelijk elektrocuteert – een spreuk, blijkbaar, van iemand met grote macht.

Weer iets waar ik geen weet van had. Woede gierde door mijn lichaam toen het gezicht van de vreemde vrouw Silvy, die in de deuropening van mijn cel had gestaan, zich opdrong. Haar stem, ijzig en scherp, bleef in mijn gedachten hangen: *een exemplaar dat ik in geen duizend jaar heb gezien.*

Ik wankelde bijna van de intense pijn die door mijn lichaam trok toen ik me herinnerde hoe ik vuur had geademd in menselijke vorm.

Het lukte me om te blijven staan. Ik hijgde. Het vuur achter in mijn keel brandde fel en ik moest het kwijt. Toen dacht ik aan Kyrhan, die de deur had geopend en me bewonderend had aangekeken. Een scherpe pijn trok door me heen, als de angel van een zeldzame horzel.

Je vader is een monster.

Je vader is niet wie je denkt dat hij is. Maar dat is niet aan mij om te vertellen.

Astraeus, de oude koning in het mausoleum, had het dus geweten. Was dit de waarheid waar ik naar had gezocht? Het einde van mijn zoektocht? Alexandrei, de man in Saerlea, mijn mentor... ook hij moet het al die tijd hebben geweten. Nog een steek in mijn maag. Er waren te veel geheimen. Te veel leugens. Hoeveel kon een mens verdragen?

Mijn ogen zochten naar Viktorya. Cayden beschermde haar. Beiden droegen hun pantser en bleven in hun half-om-half-gedaante. Hun huid was bedekt met schubben: Viktorya diep smaragdgroen, Caydens diepblauw. De koppen van hun incarnaties rezen achter hen op. Een vreemd gezicht.

Een verschrikkelijk besef drong plotseling tot me door: Rafail en ik zouden nooit samen kunnen zijn. We waren broer en zus. Die wetenschap sloeg de bodem onder mijn bestaan weg. Ik was zo hard gevallen voor deze geweldige jongeman. De ondraaglijke pijn scheurde mijn toch al wankele wereld in stukken.

Mijn hele leven was een leugen geweest. Mijn ouders waren niet mijn echte ouders. Mijn echte ouders waren dood. En nu bleek mijn biologische vader niet Alexandrei te zijn, maar zijn moordlustige broer Vadim. *Ik ben ook een moordenaar.*

Mijn ogen zochten die van Rafail. Ik stond daar te hijgen en te puffen. Rafail zat op zijn knieën, hoofd omlaag, niet in staat me aan te kijken. Zijn hart was net zo gebroken als de mijne.

De strijders stopten en staarden me aan. Hun ogen ontmoetten de mijne. Iedereen kon zien hoe de energie zich in mij opbouwde.

Ik hijgde en groeide ondertussen tot enorme proporties en torende ver boven het paleis uit. Ik werd een angstaanjagende rode draak – een nachtmerrie. Mijn slangachtige lichaam gleed over de vloer. Ik sloeg mijn puntige staart rond mijn lichaam.

De woorden van pa weerklonken in mijn hoofd. *Een echte krijger weet wanneer hij moet stoppen met vechten.* Pa... hij was mijn echte vader geweest. Niemand kon hem ooit vervangen. Een vreselijk gevoel van heimwee overviel me. Ik duwde het hard van me af. Ik sloot de deur voor mijn gebroken hart.

Ondertussen keek Viktorya vol ongeloof naar Rafail, die haar met pijn in zijn ogen aankeek. Zij waren óók broer en zus.

'Ik wist hier niets van, Medea!' riep Rafail. 'Geloof me. Ik wist niet dat hij Vadim was. Voor mij is hij Demir, mijn vader.' Hij viel op zijn knieën.

Cayden stond beschermend voor Viktorya. Samen hielden ze me in de gaten, wachtend tot ik mijn woede zou loslaten.

Toen realiseerde ik me dat ik een monster was geworden, ondanks al mijn terughoudendheid. Mijn rode schubben werden langzaam zwart onder het licht van de volle maan – een teken van de haat die ik misschien voelde voor Vadim, maar misschien ook voor zoveel meer.

In een flits wist ik: *dit is mijn lot.*

Vadim werd groter en groter. Hij liep richting Danai Dea en blies zijn hete adem uit. In een oogwenk likten de intense vlammen aan het dak, drongen door de muren en bereikten de kamers, portretten en meubels.

'Kijk, daar is de ingang naar de ondergrondse gewelven,' kakelde Vadim hysterisch. 'Daar vind je het gif dat gemaakt is door de echte moordenaar van de afstammelingen van de keizerlijke familie! Hetzelfde gif dat mijn ongeboren kinderen heeft gedood!' Toen keek hij naar me op. 'Mijn dochter, ze hadden je aan mij moeten geven toen je nog een baby was. Dan had je een ander leven gehad. Ik had je kunnen redden, maar dat lieten ze niet toe! Je was niet de eerstgeborene!'

Ik kon zijn leugens niet langer aanhoren. Vuur raasde door mijn lijf.

'Kom met me mee. Jij bent nu ook een zwarte draak! De god van de Onderwereld zal je vangen! Jij en ik zijn nu hetzelfde!'

'Nee! Ik ga niet met je mee,' schreeuwde ik verbijsterd terug. 'Laat Ka-Ralyge me meenemen. Dan ben ik tenminste bij mijn moeder.'

Vadims ogen vernauwden zich tot spleetjes. Zijn bek ging wijd open. Er kwam een vuurstraal uit – heel even dacht ik dat ik geraakt zou worden, maar hij draaide zich naar het publiek.

Zonder aarzelen sprong ik ervoor en werd vol geraakt. De brandende pijn deed me krijsen. Mensen vielen op hun knieën en bedekten hun oren.

Op de achtergrond hoorde ik Rafail en Viktorya. 'Medea, nee!'

Vadim blies opnieuw zijn adem uit, waardoor ik weer bij zinnen kwam. Nog voordat het vuur zijn bek kon verlaten, spreidde ik mijn vleugels en vloog op de grote zwarte draak af. Met alle kracht die ik had schepte ik hem op met mijn achterpoten en vloog zo hoog mogelijk. Het zilveren maanlicht scheen helder op ons beiden.

Met gesloten ogen fluisterde ik een gebed. 'Heilige Moeder, Moigraisse, Godin van de Maan, vergeef me voor wat ik moet doen, maar Vadim moet gestopt worden. Zo niet door de Goden, dan door mij.' Ik opende mijn klauwen.

De zwarte draak viel in stilte. Zonder schreeuw.

Met een grote knal sloeg hij neer. De aarde schudde. Stofwolken schoten omhoog.

Ik cirkelde omlaag en landde op de vlakte bij zijn lichaam.

'Nee, vader!' riep Rafail, terwijl hij op zijn knieën viel.

Een schelle gil klonk uit de menigte. 'Nee! Vadim!'

De vrouw die iedereen voor keizerin had aangezien kwam aanrennen en knielde bij het lichaam van de draak. Ze trok haar helm af en liet zien dat ze Viktorya's adoptiemoeder was, Vrouwe Maigrainyu. Ze had de kleren van de keizerin geleend. En haar zwaard.

'Vadim,' riep ze. 'Nee! Dit hoorde niet zo te gaan. Dit kan niet. Je zei dat Medea het echte gevaar voor het rijk was. Je hebt me bedrogen!' Ze huilde zo intens dat Viktorya, die naar haar toe was gerend, ook in tranen uitbarstte.

Toen begon een energieveld om Vrouwe Maigrainyu heen te knipperen. Alsof een luchtspiegeling oploste. De illusie viel weg en de waarheid eronder werd zichtbaar. Ze was niet Viktorya's adoptiemoeder, maar de verdwenen keizerin.

Alsof hun energievelden verbonden waren, knipperden die van Viktorya en haar moeder tegelijk. De luchtspiegeling rond Viktorya verdween eveneens. De hele wereld had de illusie gezien– behalve ik, haar zus.

'Kijk! Het is de keizerin. Ze is terug.' Een luid gejuich zwol op. 'Haar dochter was vervloekt. Ze zijn allebei gered! Dank Alco-Raeye!'

Het nieuws verspreidde zich als een lopend vuurtje. 'De vloek is verbroken. De keizerin is terug!'

Toen ze naar me opkeek, herkende ik haar kille blik: de vrouw met het lange witblonde haar en de lavendelblauwe ogen, de keizerin van de Schaduwweiden.

Ik bleef staan. Nog niet klaar om terug te transformeren.

Viktorya veegde haar tranen weg. Ze had moeite om op adem te komen. Met haar grote groene ogen keek ze me aan en wilde naar me toe rennen, maar ik schudde mijn hoofd en hield haar tegen.

Vadim kwam bij en hij veranderde langzaam terug in zijn menselijke vorm. De man – het evenbeeld van mijn mentor in mijn droom – stond te snikken als een kind. Hij bleek in niets op Alexandrei te lijken, de man die ik altijd voor mijn vader had gehouden. Ik kon niet naar hem kijken. Ik wendde mijn ogen af.

Vadim schreeuwde het uit. 'Wat heb ik gedaan?' Hij viel op zijn knieën en hield zijn hoofd vast.

Ik observeerde de menigte die opgelucht ademhaalde. De mensen hadden een verbaasde uitdrukking op hun gezicht.

De keizerin rende naar Viktorya om haar te omhelzen, maar werd weggeduwd.

Toen keek Viktorya mij aan. Haar zachte rode krullen omringden haar sproeterige gezicht. Haar groene ogen zaten vol respect, haar lippen bewogen alsof ze iets wilde zeggen maar geen woorden vond.

Onze blikken ontmoetten elkaar. Haar gezicht vertrok van pijn. Zij was een Innod en voelde mij feilloos aan, dus mijn verdriet werd het hare.

Mijn zus, mijn zielsverwant – kort herenigd – stond trots, kin omhoog. Een verbluffende jonge vrouw, een magische koningscobra, van het keizerlijke soort. Ze knikte stevig.

Ik knikte terug. Mijn lijf kromp naar mijn normale drakenformaat. Op dat moment gleed er een diamant uit mijn ooghoek. Hij viel op de grond en rolde weg. Nog een. En nog een. Ik keek naar de glinsterende edelstenen op de grond. *Waarom huilde een draak zulke kostbare stenen?*

Na lang naar Rafail te hebben gekeken – zijn ogen vol tranen, smekend dat ik niet weg zou gaan, al begreep hij het – begon ik instinctief met mijn vleugels te slaan.

Athan cirkelde rond mijn hoofd en riep naar me dat ik hem moest volgen. 'Kroaaaa! Kroaaaa!'

De keizerin, die duidelijk intuïtief aanvoelde wat ik ging doen, beval: 'Wacht! Stop!'

Mijn vleugels tilden me de lucht in. Voor ik het wist vloog ik over de Westelijke Zee.

43

DAGBOEK VAN KALLISTE

Het rijk van de Schaduwweiden, het jaar 312

Lief dagboek,

Ik moet je iets vertellen, en ik bid tot Moigraisse dat niemand de waarheid ontdekt. Als Alexandrei erachter komt, vermoordt hij me.

Als mijn kind straks geboren is, neem ik je mee naar Cepheus, omdat ik het land moet ontvluchten. Vadim is volledig ontspoord. Hij heeft Alexandreis kinderen, kleinkinderen en achterkleinkinderen vermoord. Zelfs de ongeboren baby's. Stel je voor wat hij zal doen als hij ontdekt dat ik zwanger ben. Niemand weet het, behalve Alexandrei en Yelena. Zij zal me helpen bij de bevalling.

Het is mijn grootste fout dat ik ooit die deal met de Zeegodin heb gesloten. En nu moet ik alsnog mijn eerstgeborene opgeven.

Ik moet opschrijven wat er gebeurd is, want ik ben zo dwaas geweest. Het had zo anders kunnen zijn.

De keizerin was in februari vertrokken, na een enorme ruzie met Alexandrei.

Na twee maanden waarin we steeds meer tijd samen doorbrachten in het keizerlijk paleis zonder dat de keizerin ons in de gaten hield, groeide er een diepe passie tussen ons. Maar onze relatie bleef platonisch, omdat ik niet zwanger wilde worden. Afstand houden was de enige manier.

Toch nam Alexandrei me mee naar het Drakennest, een oud kasteel van Huis Sjire Alda op het Al-Dara schiereiland. Daar zouden we samen zijn zonder nieuwsgierige blikken. Waarom hij dat wilde, wist ik niet. Hij had me bevolen mee te gaan, net zoals hij me had gedwongen mijn positie als grootmeesteres op te geven.

Zonder overleg had hij Yelena Maigrainyu benoemd als mijn opvolger. Natuurlijk was ik blij met haar, want ze had me jarenlang geholpen met de kolibries. Ik had de vogeltjes zelf getraind om gecodeerde berichten over de hele wereld te sturen – een uitgebreid spionagenetwerk dat ik had opgebouwd. Yelena was een goede vervangster.

Alexandrei en ik sliepen in aparte slaapkamers en genoten van onze platonische relatie. We bespraken politiek in de bibliotheek, zoals altijd in Danai Dea. Alexandrei vertelde dat hij een draak was. Hij vertelde zijn hele levensverhaal en ik deelde mijn ontmoeting met de Zeegodin en over de deal die ik had gesloten. We verbonden ons op het diepste niveau. We wandelden in de tuin, tussen de donkerrode rozen die ook in Danai Dea groeiden.

Soms legde Alexandrei zacht zijn hand op mijn arm. Dan raakte hij mijn gezicht aan, veegde een haarlok weg, en keek diep in mijn ogen. Er bouwde zich langzaam een spanning op tussen ons. Toch hield ik afstand. Ik had een gelofte gedaan en was van plan die na te komen.

Maanden gingen voorbij en in juli gebeurde het ondenkbare. Op een warme zaterdagmiddag was Alexandrei gaan jagen met zijn soldaten en de Keizerlijke Garde, zoals ze vaak deden bij volle maan. Hij zei dat hij bij zijn jachtmaatje zou blijven en de volgende ochtend terug zou komen. Maar midden in de nacht kwam hij onverwacht terug. Ik zat nog te lezen, want het was te warm om te slapen.

Er klonk geklop op mijn deur. Ik deed open. Alexandrei stond daar, lang en indrukwekkend, in een strakke paardrij-outfit. Zijn zwarte ogen glansden, zijn lippen stonden gespannen en zijn spieren tekenden zich af onder zijn overhemd. Hij keek me anders aan dan ooit. Hij wilde me. Er was een honger in zijn ogen. Zijn blik brandde door me heen. Dit was de man die ik lang geleden in de tuin van Danai Dea had ontmoet, de dag dat ik door de keizerin tot grootmeesteres werd benoemd.

Zijn blik betoverde me. Zijn ogen boorden zich in mijn ziel en ik gaf me over aan de enorme liefde die hij voor mij voelde. Zijn huid was zacht, onbeschermd door leer of schubben, en ik zag zijn ware kleur: geel, als de zon. In dat moment verscheen er een gouden gloed in zijn ogen. Zijn warmte dreigde me te verbranden, maar ik wilde die hitte voelen. Ik kon hem niet langer weerstaan.

‘Ik heb lang gewacht om je dit te vertellen, mijn liefste,’ zei Alexandrei vastberaden. ‘Ik hield van je vanaf het moment dat ik je die dag in de tuin zag. Je bent nu van mij, voor altijd.’

‘Ik hou ook van jou,’ antwoordde ik. ‘Vanaf het moment dat ik je ontmoette, wist ik dat ik je wilde.’ Ik sloot mijn ogen, klaar voor wat zou komen, terwijl ik het gevoel negeerde dat er iets niet klopte. Alexandreis ogen gloeiden nooit goud. Ze waren altijd rood. Maar misschien gloeiden ze deze keer goud omdat hij zo zijn liefde toonde. Hij was tenslotte een magisch wezen. Dat wilde ik geloven.

Alexandrei kuste mijn vingers. 'Wat is er, mijn liefste?'

'Vertel eens... hou je net zoveel van Tameira?' Ik opende mijn ogen en keek hem onderzoekend aan.

De keizer keek me bedroefd aan. Zijn donkere stem klonk streng. 'Nee. We werden gedwongen te trouwen omwille van de troon.'

Zijn eerlijkheid deed mijn hart smelten. Ik staarde in zijn zwarte ogen en hield mijn adem in toen ze langzaam goudkleurig werden.

'Eerlijk gezegd dacht ik altijd dat ze me niet mocht, dat ik iets van haar had afgepakt.' Alexandrei pakte mijn hand en kuste mijn vingers één voor één.

Mijn adem haperde. Mijn lichaam stond in brand en een diep verlangen prikte in mijn onderbuik.

Alexandrei sprak zachtjes maar overtuigend. 'Ik had nooit gedacht dat ik iemand zou ontmoeten voor wie ik zulke sterke gevoelens zou krijgen.' Hij gleed met zijn vingers door mijn haar en keek me recht aan. 'Jij, met je rode krullen, je intelligentie je directheid.' Hij bracht mijn hand naar zijn hart, dat zo snel klopte dat ik bang was dat het ter plekke zou stoppen. Zijn hand streek over mijn rug en hij trok me naar zich toe, zijn warmte bedwelmend, zijn adem verzengend heet. Genot gierde door me heen, want dit was de man die ik in de tuin had ontmoet. Al die tijd had hij zich ingehouden, maar nu liet hij me zijn vuur voelen.

Toen zijn lippen de mijne raakten, opende ik ze vanzelf. Een oerhonger nam me over. Ik wilde hem volledig, en ik wist dat hij mij wilde. Ik sloeg mijn armen om zijn lichaam en trok hem dichterbij. Zijn strakke spieren onder mijn vingertoppen en zijn handen op mijn middel wonden me op. Zijn hand vond mijn borst en ik kreunde van verlangen.

Alexandrei gromde laag. 'Ik heb lang genoeg gewacht. Je was zo koud.'

Ik drukte mijn hoofd tegen zijn borst en sloot mijn ogen terwijl hij me optilde alsof ik niets woog. Hij droeg me door de hal naar zijn slaapkamer en legde me op het bed.

'Je bent heet nu,' mompelde hij in mijn nek terwijl hij me daar kuste.

Hij nam me mee in een ritme van warmte en genot en een intens verlangen naar nog een keer. En nog een keer. De hele nacht lang.

Tijdens het ontbijt hadden we diepe gesprekken en raakten we elkaar voortdurend aan. Daarna wandelden we door de tuin voor wat frisse lucht. In een afgelegen hoek, onder de rode rozen met hun bedwelmende geur, kuste hij me. Ik opende mijn mond zodat zijn tong de mijne vond. Hij trok mijn jurk omhoog en toen hij bij me naar binnen ging, wist ik dat ik de hemel had gevonden.

Ik was vergeten dat ik niet zwanger wilde worden.

Alexandrei en ik zouden elkaar pas bij het avondeten zien. Mijn nieuwe liefde had gezegd dat hij brieven moest schrijven, iets met huurders op het kasteel die hun betaling niet konden voldoen. Het was niets bijzonders. Ik vond het niet erg, want zo kon ik een lang bad nemen en mijn haar wassen om me klaar te maken voor weer een heerlijke nacht.

Die avond zweefde ik op zachtroze wolkjes door de hal op weg naar de bibliotheek om een boek te zoeken. De rok van mijn favoriete zachtroze jurk golfde om me heen. Mijn haar rook naar rozen, Alexandreis lievelingsparfum. Ik had me de hele middag verzorgd en nu wilde ik het boek vinden dat ik in gedachten had.

Ik had zoiets nog nooit gedaan vlak voor het eten, maar het zou maar vijf minuten duren. Waarom ik ineens die behoefte had om dat boek te pakken, wist ik niet. Toen ik langs de voordeur liep, opende de butler die.

Ongeïnteresseerd in wie er voor de deur zou staan, draaide ik langzaam mijn hoofd. Ik weet niet wat ik had verwacht. Zijn aanblik voelde als een buitenlichamelijke ervaring. Ik was als een los bloemblaadje dat van een roos dwarrelde op een zacht briesje, voor eeuwig wachtende de grond te raken.

Alexandrei stond verstijfd, zijn handen vol jachtmateriaal – dode hazen en fazanten – zijn ogen wijd open, zijn gezicht zwart gesmeerd voor camouflage. De jacht leek goed te zijn gegaan.

Ik kon niets zeggen. Snel rende ik naar de bibliotheek, mijn toevluchtsoord, vond het boek binnen twee minuten en nam het mee naar de eetzaal, mijn zenuwen op hol.

Tijdens het diner legde Alexandrei uit dat de jacht overdag was doorgegaan omdat ze drie witte vossen hadden gezien en hun vacht wilde hebben. De vossen waren ontsnapt. Hij wilde hun vacht voor een jas voor mij.

Een schok trok door mijn lichaam. Ik legde beide handen op mijn buik alsof ik de scherpe pijn kon blokkeren die als een mes door me heen sneed. *Met wie had ik het bed gedeeld?* Met trillende vingers bladerde ik door het boek en deed alsof ik las. Ik herinnerde me waarom ik het zo graag wilde: het was zijn lievelingsboek. Een boek over de oude politiek van Kros Eilean, het land waar de hele wereld op leefde voor de Grote Verschuiving. Ik had het tijdens het diner willen bespreken.

De enige persoon die met de keizer kon ruilen was Vadim. Ze waren een eeneiige tweeling. Nee... dat kon niet. Of toch? *Nee, nee, nee. Die rotzak!*

Alexandrei had geen idee wat er tijdens zijn afwezigheid was gebeurd. De geschokte blik op zijn gezicht toen hij me in de gang zag, was dezelfde blik van verbijstering die ik had gehad toen ik hem zag. Ik liep weg in plaats van hem te begroeten, verbluft als ik was. *Hij moet zo overstuur zijn geweest.*

Een knagende pijn vrat zich door mijn maag. Ik kreeg geen lucht en begon te huilen. Hoe kon Vadim me dit aandoen? De rotzak. Ik besloot het nooit aan Alexandrei te vertellen. Hij was de keizer. Hij zou me vermoorden. Mijn gehuil werd luider tot mijn hele lichaam trilde van spanning en angst.

Alexandrei stoof naar me toe en hield me in zijn armen. 'Het spijt me zo dat ik de hele nacht ben weggebleven,' fluisterde hij. 'Ik had je nooit mogen verlaten. Het spijt me verschrikkelijk. Alsjeblieft, vergeef me.'

Diezelfde nacht nam hij me mee naar zijn bed en troostte me teder. De passie was weg. De platonische relatie die we hadden gehad, bleek de enige juiste vorm van relatie. Maar nu was er geen weg meer terug.

Een maand later ontdekte ik dat ik zwanger was, en ik overtuigde mezelf ervan dat het van Alexandrei moest zijn.

44

MEDEA

De theocratie van Cepheus

De wind blies in mijn ogen, die ik tot spleetjes dichtkneep. Ik ademde luid en diep in. De lucht vulde zich met een sterke, zwavelachtig geur, en toen pas besefte ik dat die van mij kwam.

De herinneringen kwamen in één klap terug. Ik was instinctief opgestegen vanaf de vlakte voor Danai Dea en halverwege vergeten hoe ik moest vliegen. Ik besloot mijn instinct te volgen in plaats van te proberen te begrijpen wat er gebeurde. Ik had blijkbaar de hele tijd afwezig gevlogen, dus gaf ik mijn instinct de leiding. Mijn vleugels sloegen in een vast ritme, net als mijn grote drakenhart, mijn geest leeg.

In een flits zag ik het vriendelijke gezicht van een jongeman met donker haar, goudbruine ogen en een smeulende blik. Ik wist niet wie hij was of waarom ik hem herinnerde.

Ik vloog verder. Een hard, krijsend geluid bracht me terug in het moment.

‘Kroaaa! Kroaaa!’

Athan. Mijn lieve gevederde vriend. Mijn Scildend.

Ik had geen idee hoelang we al vlogen. Minstens een dag, vermoedde ik. Hoelang kon een draak überhaupt blijven vliegen? En Athan dan? Hij kon onmogelijk in één keer over het grote water zijn gevlogen.

Ik keek naar beneden en verstijfde bij het zicht. Ik liet mijn angst los en gaf me over aan de kracht van de draak in mij. Mijn thuisland strekte zich voor me uit.

Toen wist ik het weer. Dit was mijn dorp. Instinctief was ik naar huis gevlogen. Zwarte Waterval lag aan de zuidkant van de berg, met houten huizen op hoge palen. Het was me nog niet eerder opgevallen hoe arm ons dorp eruitzag. Iedereen wist dat al, en sinds mijn ontmoeting met Fyona besefte ik dat velen zo arm waren dat ze het pad van de duisternis hadden gekozen. Maar ik niet.

Een beeld van mezelf, vechtend met een zwarte draak, schoot door mijn gedachten. Ik had de menigte gered – zelfs toen ik zelf een zwarte draak was geworden, mijn hart verduisterd door haat voor Vadim en zoveel meer. Toch had ik het pad van het licht gekozen, het pad van de Maangodin. Mijn ouders, van wie ik nu wist dat ze spionnen waren, hadden me altijd aangemoedigd om op het rechte pad te blijven en daarom hield ik des te meer van ze.

Er was geen tijd meer voor herinneringen. ‘Kroaaa! Gevaar!’

Ik keek opzij, langs hem heen. Twee zwarte draken doken op ons af: twee paar rode, moordzuchtige ogen. Da Grulls. Ze kwamen me halen.

Geschrokken versnelde ik, maar omdat ik eigenlijk niet wist hoe ik moest vliegen, aarzelde ik en had ik even het gevoel alsof ik in de lucht struikelde. Toch herstelde ik me.

De Da Grulls kwamen hard en snel aanvliegen. Hun zielloze ogen dwongen me van een afstand te landen. Hun zwarte lichamen waren gehavend door oude veldslagen, hun schubben gescheurd en littekens overal. De vleugels van een van hen waren rafelig. Ze ontblootten hun tanden en spreidden hun klauwen.

Op het randje van flauwvallen dwong ik mezelf te ademen. Athan vloog voor me uit en wees duidelijk dat ik hem moest volgen. Hij nam een duikvlucht. Ik volgde zonder aarzelen. Zodra ik de grond raakte, transformeerde ik terug naar mijn menselijke vorm, waarbij ik bijna uitgeput door mijn knieën zakte.

Athan landde op een tak.

De Da Grulls landden ook en veranderden meteen in mensen in witte gevechtsjassen, met een rode schedel op hun borst.

Ze wankelden, hun rode, lege ogen speurend, terwijl ze snuivend ademhaalden.

Ik hield mijn adem in en keek omhoog naar Athan. Mijn lieve gevederde vriend liet zich van de tak vallen en spreidde zijn vleugels om weg te vliegen. Ik rende achter hem aan, tot mijn voet een twijg liet kraken. Het korte geluid denderde door de stilte.

De monsters schreeuwden meteen naar elkaar. 'Daar!' Een afschuwelijk gebrul kwam uit hun wijd uitgespreide monden vol vlijmscherpe tanden.

Ik sprintte naar de trap die helemaal naar de vallei leidde – dezelfde trap waar ik ooit een eenhoorn had gezien. Maar ik was niet snel genoeg.

Een hand greep naar mijn arm. De greep deed pijn, maar ik sloeg hard op zijn vingers, waardoor hij losliet. Vloekende woorden weerklonken achter me. Terwijl dit gebeurde, pakten de wolken zich samen. De eerste bliksemflits doorkliefde de donkere lucht.

Ik stormde de trap af en dacht aan mijn moeder die ooit met mij in haar armen naar een sloep was gerend om aan boord van de Zeegodin te gaan, bang voor haar leven. Haar moed – haar keuze om alles op te geven om mij te redden – gaf me kracht. Maar die gedacht leidde me af. Ik verloor mijn houvast, viel, stond op en rende verder, wetend dat er geen andere weg was.

Ik had geen idee waarom ik hierheen was gevlucht. Het was instinctief geweest. Niets meer. Ik bleef rennen en bereikte bijna de bodem van de trap. Tijdens het rennen dacht ik aan Pa. Hij had me deze vallei laten zien toen ik nog klein was. 'Dit wordt jouw speelplek,' had hij gezegd. 'Je bent wild, kind. Dan moet je de gevaren kennen.' Hij had gelachen en me geknuffeld.

In plaats van recht over de planken naar het Verboden Meer te rennen, draaide ik onderaan de trap naar rechts, langs de berg. Daar bleef ik staan en haalde adem, wachtend op de Da Grulls.

Athan zat op een tak, gespannen, wachtend op mijn volgende zet. De twee Da Grulls stonden onderaan de trap, roerloos, kijkend wat ik zou doen – alsof ze wisten dat ik iets van plan was. Ik keek terug, brutaal, uitdagend.

De eerste Da Grull gromde en stormde op me af. Ik boog voorover, klaar om te rennen. Toen sprong hij. Ik explodeerde uit mijn startpositie en zigzagde richting het Verboden Meer.

Het monster stoof achter me aan, maar zijn partner schreeuwde naar hem. 'Stop! Ze lokt je het moeras in, dwaas.'

Ik zigzagde verder tot ik de oever bereikte. De zwanen en kikkers in het riet hadden geen idee dat ik voor mijn leven rende.

De zware, geladen lucht voorspelde dat de storm elk moment zou losbarsten. Op dat moment donderde de hele vallei. Een bliksemflits verlichtte alles, en ik zag dat de mannen weer draken waren geworden. Ze vlogen op me af.

De eerste regendruppels vielen. Adrenaline pompte door mijn lijf. Mijn benen voelden alsof ze vastgenageld waren. Mijn plan lag in duigen. Ik had ze het moeras in willen lokken, maar ze lieten zich niet misleiden. Een golf van wanhoop nam de overhand en raakte me zo hard dat ik bijna flauwviel. Ik rende niet naar links, naar de planken, maar naar de rechteroever. Zo moesten de Da Grulls over het water vliegen om me af te snijden. Dit gaf me net genoeg tijd om tijdens het rennen te transformeren.

Athan vloog vooruit.

Terwijl ik rende, veranderde ik in een draak. Mijn vleugels sloegen en tilden me van de grond. Mijn instinct nam het over en ik volgde Athan naar de begraafplaats.

Voor het mausoleum landde ik en veranderde terug in mijn menselijke vorm.

Bliksem flitste. Donder rolde. Regen kletterde neer.

'Astraeus, help me!' riep ik. 'Alsjeblieft!' Ik hamerde op de dubbele deuren met gebrandschilderde ramen. Mijn haren plakten aan mijn gezicht, mijn kleding doorweekt.

Ik dacht aan Astraeus – de oude koning die in het mausoleum woonde – en die ik eerst in gedachten had gezien als een zwarte draak. Hij had verboden terug te keren voordat mijn zoektocht voltooid was. Mijn zoektocht moest voorbij zijn. *Ik heb de waarheid ontdekt. Vadim is mijn vader.*

Ik hoopte dat Astraeus me kon helpen. Als de Da Grulls me naar Ka-Ralyge brachten, was het voorbij. In Ka-Rori, het Land van IJs, zou mijn ziel uit mijn lichaam worden gerukt. Ik zou gedwongen worden te werken voor de God van de Onderwereld. Moordend. Ik zou Viktorya nooit meer zien. Of Phi Phi. Of Rafail. Of Cayden. Ik dacht aan mijn pleegouders, mijn familie, aan iedereen die ik zou verliezen als ik werd meegenomen.

Ik kon niet ademen, mijn ogen brandden en mijn hoofd vulde zich met chaos. In een helder moment wist ik weer dat de oude koning nutteloos was, want hij zat gevangen in een kelder en kon er niet uit, zelfs niet als hij dat wilde.

Voor me landden de twee Da Grulls. Er was geen tijd om na te denken. Ze keken me aan met moord in hun ogen, klaar om me te verscheuren. Toen namen ze opnieuw hun menselijke vorm aan.

Heel even dacht ik aan tijdreizen, maar dat kon misgaan. Misschien zou alleen mijn ziel reizen en bleef mijn verlamde lichaam hier achter, klaar om gevangen te worden. Ik voelde onder mijn shirt – de zegelring zat nog steeds veilig in het leren zakje.

'Medea, we hebben orders om je mee te nemen,' zei het slimme monster. 'Je kunt niet ontsnappen.'

Ik schudde uitdagend mijn hoofd.

Degene die me het moeras in wilde volgen deed ook een duit in het zakje. 'Je hebt geen keus. Je bent een zwarte draak. Ka-Ralyge wacht op je. Er is geen ontkomen aan je lot.'

'Je moet verantwoordelijkheid nemen voor je daden, meisje.'

Zijn partner knikte. 'Dat hebben wij ook gedaan.'

Ze kwamen dichterbij, hun natte haar langs hun gezicht, zwaarden in de aanslag. Hun witte gevechtskleding glansde in de nacht, de rode schedels lichtte op. Hun grijnzen waren grotesk.

'Kom op, Medea,' zei de slimmerik. 'Je wist dat dit zou gebeuren toen je hart zwart werd. Stop met schreeuwen om hulp.'

De idioot keek me met zijn rode ogen aan alsof hij wilde zeggen dat ik net zo dom was als hij. 'Je dacht dat Astraeus je zou helpen.'

Beide monsters barstten in lachen uit.

'Astraeus werd weken geleden gevangen door Ka-Ralyge,' zei de slimmerik. 'De oude koning stuurde je naar de Schaduwweiden, wetende dat de mensen je zouden herkennen als een dochter van Huis van Sjire Alda. De dwaas hoopte dat je de macht zou grijpen.'

Hun gelach sloeg om in gehuil. Ze gromden en toonden hun scherpe tanden.

Laten we gaan, meisje. Ka-Ralyge wacht op je.'

'Nee!' riep ik, vastberaden en onwrikbaar. 'Ik ga niet.' Ik probeerde weg te rennen, maar de slimmerik greep mijn pols.

Hij drukte zijn zwaard onder mijn kin. 'Niet bewegen, of ik snij je keel door.'

Ik slikte en zweeg. Net toen ik dacht dat ik gevangen zou worden en naar Ka-Ralyge werd gebracht, sloegen vleugels boven mijn hoofd en een melodieus gezang kalmeerde mijn ziel. De tijd vertraagde. Mijn pols gleed los. Ik dook onder het zwaard vandaan en rende naar de ijzeren poort. Die zat op slot. Ik trok aan de zwarte stalen deuren. 'Nee, nee, nee!'

Toen herinnerde ik me dat ik kon vliegen. Ik transformeerde en vloog hoog over de muur, over de helling van het plateau. De rode torens van het kasteel lachten me in de verte toe. Ik vloog naar de oever van het Verboden Meer, waar ik wachtte. Athan was achter me aangevlogen.

Het bleef hevig regenen. Een bliksemflits doorkliefde de lucht, onmiddellijk gevolgd door donder. Het onweer sloeg recht boven ons in. Flits na flits, slag op slag – de vallei trilde onder het geweld.

Uit wanhoop overwoog ik om op te geven, want ik wist niet waar ik heen kon. Ik kon niet naar mijn pleegouders, want de monsters zouden hen doden. Ik kon niet naar de Maantempel of Philline, want ik wilde hen niet in gevaar brengen.

Zeker van mijn lot besloot ik het te omarmen. Laat ze me naar Ka-Ralyge brengen. Laat hem mijn ziel eruit rukken. Ik draaide me om en keek de monsters aan, klaar om hun klauwen te voelen, klaar om een zielloze moordenaar te worden. Ik sloot mijn ogen terwijl de stem van mijn vader door mijn hoofd galmde. *Een echte krijger weet wanneer hij moet stoppen met vechten.* En ik wist dat ik een echte krijger was. Net voordat de monsters landden om me te grijpen, draaide ik me om en dook het donkere water in. Ik had niet verwacht dat Athan me zou volgen. Hij was een raaf, geen watervogel. Ik ving hem net voordat hij in de diepte zonk. Zijn lichaam was slap in mijn armen. Hij vertrouwde me. Hij sloot zijn ogen.

Ik zwom met krachtige slagen naar het diepste deel van het meer, naar de rand die grensde aan Funud, hopend dat daar een deur zou zijn – zoals de legende zei.

De modderige oever, met planten en mos, maakte mijn zicht wazig. Met mijn rechterhand tastte ik langs de wand. *Er moet hier een deur zijn. Alsjeblieft, laat er een deur zijn. Help ons, Heilige Moeder, Moigraisse, Godin van de Maan.*

Athan lag bewusteloos in mijn arm. Mijn zuurstof raakte op. Mijn zicht vervaagde. Water vulde mijn longen. In een waas zag ik een hand. En ik voelde hoe hij me naar binnen trok.

45

MEDEA

De zoute lucht vulde mijn longen. Mijn ogen voelden te zwaar om te openen, mijn armen te zwak om op te tillen en mijn benen deden zo'n pijn dat ik niet bewoog. Ik kreunde zacht. Mijn vingers zaten onder het zand. Het ruisende geluid van terugtrekkend water en een zacht getokkel drongen mijn oor binnen. Een warm lichaam drukte tegen de zijkant van mijn hoofd. Een liefdevolle melodie kalmeerde mijn zenuwen. *Athan.*

Ik kreunde opnieuw, deze keer luider.

Er klonk geritsel in de lucht, gevolgd door een zachte plof in het zand. *Wie is daar?*

Een lichtflits, gevolgd door zachte voetstappen die dichterbij kwamen, deed me opnieuw kreunen. Mijn stem weigerde dienst. Een vreemd, zwak geluid ontsnapte uit mijn keel. Een warme deken werd over me heen gelegd. Iemand tilde me op. Nog een flits. Wind drukte tegen mijn lichaam. Soms verloor ik het bewustzijn terwijl het landschap onder me veranderde.

Uiteindelijk kwam ik bij. Iemand veegde mijn gezicht af met een warme doek. De geur van vanillezeep vulde mijn neus. Een man fluisterde lieve woorden. Ik kwam terug naar het heden.

'Rustig maar,' zei hij zacht. 'Alles komt goed. Je bent veilig.'

Rafail.

Een zacht grok-grok-grok.

Athan.

Mijn lichaam begon te trillen. Tranen stroomden. De herinnering aan een zwarte draak die het gevecht begon kwam terug. Viktorya. Ze was gewond geweest. Haar moeder veranderde in de keizerin. Viktorya en Cayden kusten. Rafail was hier. Hij was echt hier. Mijn lichaam trilde nog harder. Ik hapte naar adem. Alles werd zwart.

Het maanlicht viel de kamer binnen door de halfgesloten gordijnen. De oceaan lag er kalm als een spiegel bij. Een figuur zat in een leunstoel bij het raam. Rafail. Hij sliep.

Ik schoof opzij en probeerde de pijn te negeren. Ik klemde mijn kaken op elkaar om het niet uit te schreeuwen. Toen tilde ik de dekens op. Ik droeg nachtkleding. Mijn armen en benen waren bedekt met donkere vlekken. Hij moest mijn kleren hebben verwisseld. Het schaamrood steeg naar mijn wangen.

Ik lag in een hemelbed met scharlakenrode gordijnen. Pastelkleurige tapijten en schilderijen van de oorspronkelijke bewoners hingen aan de muur. Ik herkende niemand.

De zee deed me denken aan mijn moeder, die zich in de diepte had geworpen om mijn leven te redden. *Kalliste. Haar dagboek. Nee...* ik had het niet uitgelezen en nu zou ik nooit het einde kennen. *Het zwaard van mijn vader. Ook weg.*

Ik kreunde en bedekte mijn mond. Ik was alles kwijt.

In een oogwenk stond Rafail naast mijn bed. Hij knielde. ‘Gaat het? Wat kan ik voor je doen?’ Hij pakte mijn hand. Zijn liefdevolle aanraking op mijn koele huid verwarmde mijn hart en ik merkte dat mijn huid weer zacht was, met zichtbare aderen. *Ik ben veilig.*

‘Ik heb dorst,’ zei ik zwak.

Rafail pakte het kopje op het nachtkastje en bracht het naar mijn mond. Ik nam een slok.

‘Ik was zo bang,’ fluisterde hij. ‘Je hebt geen vliegervaring, dus je viel. Op het strand van de Drakenzee.’

‘Ik vloog?’ zei ik. Ik sloot mijn ogen, te moe om verder te spreken.

‘Er zit een draaikolk in de lucht. Op de een of andere manier kwam je erin terecht en werd je naar de Drakenzee geslingerd. Zonder die draaikolk is het zestien uur vliegen. Met draaikolk slechts vier uur.’

‘Hoe is dat mogelijk?’ fluisterde ik buiten adem. Met de rug van mijn hand veegde ik het zweet van mijn voorhoofd.

Rafail negeerde mijn vraag. ‘Je moet eten om op te laden. Je hebt twee dagen geslapen.’ Hij wees naar de rode rozen in de vaas. ‘Je moet veel rode rozen eten. En het hart van een eenhoorn.’

Ik legde mijn hand op zijn arm en schudde mijn hoofd. Ik hield mijn pijnlijke hoofd stil. ‘Nee. Geen eenhoorn. Ik voel dat er een belofte is gedaan.’

‘Een hert dan...’ Hij keek me onderzoekend aan. ‘Medea... Ik was vastbesloten je niet te verliezen. Cayden vertelde me dat hij je had opgeëist omdat de keizerin een magiër had gebruikt voor betoveringen. Jij was ook betoverd, maar het werkte niet.' Een flikkering ging door zijn ogen terwijl hij dat zei.

Maar jij en ik kunnen nooit samen zijn.

'Ik wil dat je het me belooft,' zei ik streng. 'Geen eenhoorn. En je weet toch dat we broer en zus zijn? Jij en ik...'

Rafail knikte en keek me scherp aan. 'Ik weet het. Het is oké.'

Nee, dat is het niet. En ik draaide mijn hoofd weg van de jongeman voor wie ik gevallen was. En ik voelde dat Rafail precies hetzelfde voelde. Verward, en toch zo verliefd.

46

VIKTORYA

Een maand na het toernooi

Het bos had een verrassend frisse geur. Het was twintig minuten voor zonsopgang. Eén voor één begonnen de schemerdieren zich te roeren en door het gras te bewegen. Wij waren ook schemerdieren, zoals vleermuizen, vossen, egels en uilen. We hielden van de schemering waarin we onszelf konden zijn. Onze schubben glinsterden in het vroege ochtendlicht: die van Cayden prachtig blauw, de mijne smaragdgroen.

Cayden hield niet van jagen in het bos. Hij voelde zich meer thuis in de oceaan, omdat hij een Zeedraak was.

Ik wist dat hij het leuk vond om met mij mee te gaan, omdat slangen anders jagen dan zeedraken. Zij zwommen hun prooi razendsnel achterna en verzwolgen hem in het water. Slangen namen hun tijd. Er was geen haast.

De grote bomen maakten het me gemakkelijk om hier te jagen. Af en toe verbrak een vogel de stilte met een zacht, beheerst gefluit.

Ik dompelde mezelf onder in de geuren van het bos. Ik liet alle geluiden, hoe klein ook, mijn oren bereiken. Als slang door het bos glijden voelde heel anders dan als mens rondlopen. De wetenschap dat ik een maand geleden de kop van de zwarte draak eraf had kunnen rukken, vervulde me met een trots die ik nog nooit had gevoeld. Ik richtte mijn drie meter lange lichaam op en speurde tussen de bomen naar een prooi.

Ik zag geen feeën, natuurgeesten of dieren. De natuur sprak niet tot me. Ik was op jacht, en dat wisten ze allemaal.

Cayden stuurde me een gedachte: *een hert is het beste, liefje, maar een zwijn kan ook. En anders kan je altijd nog konijnen vangen.*

Met mijn hoofd laag bij de grond, een beetje beledigd dat Cayden na een maand nog steeds twijfelde aan mijn jachtvaardigheden, snoof ik de geuren op en kroop zo stil mogelijk tussen de bomen.

Langzaam bewoog ik mijn lange lichaam over de vochtige aarde. Instinctief had ik mijn lichaamstemperatuur verlaagd zodat mijn warmte onzichtbaar bleef. Cayden volgde me op korte afstand, wetende dat hij me anders alleen maar in de weg zou lopen.

Ik dacht terug aan mijn gesprek met Moeder. Ze had me aangeraden Cayden om mijn vinger te winden. 'Je mag dan wel als tweede geboren zijn, waardoor je zus op de troon zit,' had ze met haar natuurlijke zangstem gezegd, 'maar dat betekent niet dat je nooit op een troon mag zitten. De troon van de Zuster Eilanden ligt voor het grijpen. Ik zal je helpen hem te veroveren, en als Cayden je in de weg staat...' Ze had haar zin niet afgemaakt. Ik had moeder met grote ogen aangekeken. Ze wist altijd precies de juiste woorden om het Groene Monster in mij te kalmeren, waarvan ik nu wist dat het een koningscobra was. En die koningscobra had honger, dus zette ik mijn zicht op infrarood.

Vanachter een boom kwam een wild zwijn tevoorschijn. Het gloeide geel, groen en rood op de warmste plekken van zijn lichaam. Ik liet hem gaan. Ik zocht een grotere prooi. Ik voelde Caydens trots, en dat gaf me vertrouwen om door te zetten.

Na een tijdje rook ik de geur van een groter dier en ik kroop zo stil mogelijk over de grond tussen de bomen.

Ik zag de gele gloed van de prooi in de verte en kroop dichterbij. Ik haalde langzaam en oppervlakkig adem en maakte zo min mogelijk geluid. Met de wind in mijn voordeel wist ik dat ze me niet rook. Ik rook haar wel – mannetjes hadden een penetrantere geur – en mijn mond liep al vol. Haar zoete, moederlijke geur woei mijn neusgaten binnen. Ik ademde diep in en proefde de lucht met mijn gevorkte tong. *Heerlijk.* En ik trilde van genot.

Mijn prooi graasde rustig en draaide haar oren van links naar rechts. Af en toe keek ze op en boog haar nek weer om verder te eten. Ondertussen was ik dichterbij gekomen. Mijn ogen waren op mijn prooi gericht. Ik zag niets anders meer.

Het dier keek op en spitste haar oren. Ze liet haar kop zakken en at verder.

Ik kroop steeds dichterbij en toen ik dichtbij genoeg was, lanceerde ik mezelf op haar lichaam. Ik verbreedde mijn kaken en sloeg mijn giftanden in haar nek, waarbij ik gif injecteerde.

Het verse bloed stroomde uit haar nek in mijn mond. Ik slikte het door. Het was heter dan ik me had kunnen voorstellen, anders dan het bloed dat ik eerder had geproefd. Ik dronk meer en meer, tot ik voldaan was.

Terwijl het dier langzaam verlamde, sprong Cayden naast me en stuurde een snelle gedachte: *haar hart zal je de energie geven die je nodig hebt om de hele maand door te komen. Ga je gang, mijn liefste.*

Ik opende mijn kaken zo wijd als ik kon en schepte het dier op. De kop ging er eerst in. Daarna slikte ik het door.

Ik voelde de energie van het dier in mijn hart stromen. Mijn zicht werd kristalhelder en een golf van opwinding ging door mijn lijf. Een caleidoscoop van kleuren verlichtte het hele bos. Ik had nog nooit zoveel kleuren gezien. Het was anders dan de andere keren nadat ik het hart van een prooi had gegeten.

De bosgeesten liepen rond in de mooiste pasteltinten. Ze kwamen dichterbij en schudden afkeurend hun hoofd.

Genoeg energie voor een maand... Welk dier geeft me energie voor een maand? Toen zag ik een glimmende hoorn op de grond liggen, half bedekt door bladeren. Die moest afgebroken zijn toen ik het dier doorslikte. Ik keek beter: het was de hoorn van een eenhoorn.

'Bij de Zonnegod, Cayden,' zei ik met schorre stem. 'Ik heb een eenhoorn gedood. Twee maanden geleden vroeg Fidora, koningin van het Eenhoornrijk, me te beloven haar soort niet te doden. Uit frustratie en pijn schreeuwde ik tegen haar. En ik heb die belofte nooit gemaakt, maar toch... Ik was woedend over wat me was overkomen. Je weet wel, met de man met de groene ogen?' Ik viel stil. Mijn ogen vulden zich met hete tranen van schuld en schaamte. Met verstikte stem ging ik verder. 'Ik heb de belofte niet gedaan, maar toch. Ze was een magisch wezen.'

'Het is oké, Vik. Je wist niet dat het een eenhoorn was, en ik wist niet dat je er een ontmoet had. Je was gefixeerd op je prooi. En je bent nog niet erg ervaren. Wees niet te hard voor jezelf, alsjeblieft, mijn liefste.' Hij veegde de tranen weg met zijn poot en glimlachte, zijn scherpe witte tanden zichtbaar.

‘Cayden, de bosgeesten keuren dit niet goed. Ze staan om ons heen en schudden afkeurend hun hoofd.’

Cayden draaide zijn hoofd naar alle kanten. Hij zag er geweldig uit als zeedraak, met zijn glanzende blauwe schubben, zijn opgevouwen vleugels op de rug en zijn warme, begripvolle ogen. Hij sprak tegen de geesten, die hij niet kon zien, terwijl hij langzaam begon te cirkelen. ‘Het spijt ons vreselijk voor deze fout. Viktorya zal dit nooit meer doen, toch, mijn liefste?’

Ik knikte bevestigend. ‘Het spijt me heel erg dat ik een eenhoorn heb gedood, maar eerlijk is eerlijk: ik heb de belofte nooit gedaan.’

‘Dit is Parissa Deveraux, de Goddelijke Moeder van alle Boswezens.’ De stem schalde door het bos. ‘Ben je bereid om die belofte nu te maken, Viktorya?’

Parissa? Zo heette mijn kat. Het besef drong tot me door: het beeld van de zwarte kat die de beer verjaagde op de dag dat ik met moeder ging paardrijden, de hogepriesteres die haar kende.

‘Parissa! Ben je al die tijd bij me geweest?’

Een sprankelende lach klonk door de lucht en een zachte wind streelde mijn wangen.

Ik hief mijn slangenkop op. ‘Parissa, het spijt me, maar ik moet eerlijk zijn. Zo’n belofte kan ik niet maken!’

‘Vik, echt? Kan je die belofte niet maken?’ fluisterde Cayden.

Er kwam geen antwoord van Parissa. De bosgeesten losten op. In mijn ooghoek zag ik een raaf op een tak zitten. Een tweede raaf kwam aanvliegen. De geur van bloed had zijn weg gevonden naar de aaseters.

Het viel me op dat men dacht dat raven uitgestorven waren na de Grote Verschuiving, maar sinds Athan naar dit eiland kwam, waren er weer meer raven verschenen.

Ik zat naast Cayden met een volle buik, tevreden met de jacht, ook al had ik een eenhoorn gedood. Caydens blauwe schubben glansden in het ochtendlicht. Mijn spiegelbeeld schitterde in de prachtige ogen van de blauwe draak: de groene gloed van mijn schubben, mijn rode ogen en de bloedvlekken rond mijn mond. Ik lachte, en hij lachte met me mee.

Cayden stuurde me een mentale boodschap: *het is tijd om te gaan, liefje.*

We hoefden niet meer stiekem te doen en bewogen ons vrolijk voort door het bos in onze magische vorm, waar de oude machtige bomen ons alle ruimte boden. Nu kon ik feeën zien rondvliegen. De bijen, libellen en bosdieren begroetten ons. Vogels zongen nog vrolijker dan eerst. De geesten van de bomen glimlachte naar me en streelde me met hun takken vol kleine groene blaadjes en hun paarse aura reikte tot aan de hemel. Ik glimlachte terug, strekte mijn armen uit en brulde. Cayden brulde ook. Toen veranderde ik terug in mijn menselijke vorm.

We bereikten de rand van het D'Cybannebos, dat eindigde bij een klif. Ik keek naar de prachtige zeedraak naast me en naar de oceaan, die zo kalm was als maar kon. Cayden pakte mijn hand en we draaiden ons om. We stonden naast elkaar met onze rug naar het water.

Caydens stem fluisterde in mijn gedachten: *laat jezelf vallen, Viktorya.*

Tegelijkertijd vielen we achterover.

Cayden wierp me op zijn rug en terwijl ik me vasthield aan zijn uitsteeksels, vouwde hij zijn vleugels uit en zweefde vlak boven het water. Met grote snelheid vloog hij op en cirkelde rond de Westelijke Zee.

De wind blies om me heen en het water kabbelde tegen de kliffen. Meeuwen krijsten terwijl de wind tegen me fluisterde.

‘Dit is vrijheid, meisje, dit is vrijheid.’

47

MEDEA

Twee maanden na het toernooi

Het leek een mensenleven geleden dat ik voor de vertrouwde brug stond, gemaakt van in elkaar gevlochten takken van de eeuwenoude eiken die aan weerszijden van de gracht groeiden.

Het was nog maar drie maanden geleden dat ik hier wegging, rennend naar de begraafplaats voor ons schoolreisje naar het mausoleum.

Rafail gaf me een geruststellende blik. 'Je kunt het, Medea.'

Het was hartverwarmend om hem aan mijn zijde te hebben, ook al waren we gewoon vrienden. Soms was ik nog steeds een beetje in de war dat we nooit meer dan dat konden zijn. Het zou tijd kosten, dat wist ik, en ik wilde het alle tijd geven, omdat Rafail en ik zielsverwanten waren, ongeacht het feit dat we dezelfde vader hadden.

Ik had nooit gedacht dat ik zo naar de Maantempel zou terugkeren, als draak met een zwart hart. Ik wist niet eens wie of wat ik was toen ik twee maanden geleden aan mijn reis naar de andere kant van het Slangenrif begon. En nu wist ik alles.

Een maand geleden hadden de eerste zonnestralen en het luide gekwetter van Athan me wakker gemaakt. Ik legde mijn handen tegen mijn oren. 'Athan. Stop.'

Het geluid van een lachend kind drong mijn oren binnen. 'Athan, ik zweer het je. Ik pluk al je veren van je lijf als een kip.'

Het geluid stopte abrupt, gevolgd door een zachte Kee. Mijn gevederde vriend vloog naar mijn bed en ging naast me op de rand zitten. De vogel keek me aan met zijn zwarte kraaloogjes. 'Het is al goed. Je hebt het geweldig gedaan om Rafail te halen. Ik hou van je, gekke vogel.' Ik veegde met mijn vinger een traan van zijn kop. Ik glimlachte zachtjes. 'Athan. Mijn Scildend, mijn trouwe beschermer.'

Maar mijn glimlach vervaagde toen ik me iets veel belangrijkers herinnerde. Ik was nu een draak met een zwart hart. Hoe kon ik weer normaal worden? Ik dacht diep na en herinnerde me dat Winta zei dat een zwart hart alleen kon worden teruggebracht naar zijn oorsprong door de kracht van de diamant. Flitsen van mijn gevecht met de zwarte draak gingen door mijn hoofd. Ik herinnerde me dat ik een of twee diamanten tranen had gehuild, misschien wel drie. Toen kwam de gedachte op dat Vrouwe Ydrenya wist wat te doen.

We stonden aan de waterkant en keken naar de Maantempel. Het ronde hoofdgebouw en de twee halvemaanvormige bijgebouwen zagen er nog precies zo uit als maanden geleden, toen ik was weggerend naar de begraafplaats om het mausoleum te bezoeken. Wat zou de hogepriesteres ervan vinden als ik het haar vertelde?

In gedachten zag ik de man die ik had vermoord voor me. Zijn intens groene ogen hadden me spottend aangekeken. Mijn zwaard droop van dik, kleverig bloed. De bloedspatten op mijn hand waren net zo hardnekkig als de spatten op mijn ziel. Die op mijn ziel konden nooit verwijderd worden. Wat zouden de gevolgen van mijn daden zijn? Het was de wraak van de Zonnegod en hij had het lot gevraagd om mij als wapen te gebruiken, maar toch… het was een koelbloedige moord geweest.

Rafail klopte me op de schouder en duwde me zachtjes naar voren, alsof ik een klein kind was dat niet naar de dokter wilde.

Als officiële verschoppeling moest ik de harde waarheid onder ogen zien. Ik zou in een Da Grull veranderen, tenzij Vrouwe Ydrenya me kon helpen.

Aan de andere kant, als ik gevangen zou worden genomen en naar de Onderwereld werd verbannen, zou ik mijn moeder daar kunnen ontmoeten. Ergens was daar een stiekem verlangen waar ik niet aan toe durfde te geven. Mijn voeten kleefden aan de grond, terwijl Rafail een stap naar voren zette.

De deur van de Maantempel ging open en tot mijn verbazing en grote opluchting stapte Vrouwe D'Haviland naar buiten. Door de liefdevolle blik in haar ogen en de warmte van haar wezen en de zachtroze gloed van de getatoeëerde zon op haar voorhoofd wist ik dat ik mijn weg terug naar huis had gevonden.

Beschaamd over wat ik had gedaan, rende ik niet naar haar toe. Ik wist dat ze het niet zou goedkeuren en daarom liep ik met Rafail aan mijn zijde met hernieuwde moed over de gevlochten brug.

Toen we elkaar ontmoetten, glimlachte Vrouwe D'Haviland en gooide het protocol overboord, sloeg haar armen om me heen en gaf me een dikke knuffel. Ze streelde mijn haar en pakte Rafails hand, terwijl de tranen over haar wangen stroomden.

Haar stem was iets luider dan een fluistering. 'Je hebt ons allemaal laten zien hoe we ons lot onder ogen moeten komen, Medea. Ik denk dat het eerlijk is om te zeggen dat iedereen hier trots op je is! Ik wist dat je hiertoe in staat was.'

Mijn lerares gebaarde ons binnen te komen en nam ons mee naar de vertrekken van de hogepriesteres. We liepen de ronde koepel binnen, waar de energie net als bij mijn vorige bezoek levendig aanvoelde, alsof de Maangodin bij ons was en ook meeluisterde. Haar aanwezigheid was voelbaar.

Vrouwe Ydrenya stond met gebogen hoofd en gesloten ogen achter het altaar. Ze klemde beide handen in elkaar, de vingers verstrengeld, alsof ze meeluisterde.

De hogepriesteres, Vrouwe Ydrenya, begon te spreken terwijl ze haar ogen gesloten hield. De tatoeage op haar voorhoofd gloeide dieppaars en ik realiseerde me dat ze de Maangodin kanaliseerde.

Moigraisse sprak door haar heen met een lage, hese stem. 'Kind... je zou je eigen leven hebben opgeofferd om de menigte te beschermen. Je wist dat je in een zwarte draak was veranderd door alle haat in je hart. Je had je bij je vader kunnen voegen en weg kunnen rennen, maar dat deed je niet. Je koos ervoor om te blijven en tegen je eigen vader te vechten. Dat heb je goed gedaan.'

Ik was verbaasd en had geen woorden. Ongevraagde herinneringen aan die angstaanjagende nacht flitsten aan mijn geestesoog voorbij en ik realiseerde me dat ik me er volledig van bewust was geweest dat ik een zwarte draak was geworden. Ik had me erbij neergelegd dat mijn hart nu zwart was.

Toen sprak Moigraisse. 'Je hart werd inderdaad zwart. Maar je hebt het teruggedraaid.'

Ik antwoordde, geschrokken dat Moigraisse mijn gedachten had gelezen. 'Het spijt me, Godin, maar Winta waarschuwde me dat mijn hart zwart zou worden. Ze zei dat het zwart alleen kon worden teruggebracht naar zijn oorsprong door de kracht van de diamant.'

'Lief kind,' antwoordde de Maangodin vastberaden, 'je verkoos licht boven duisternis. Je hart transformeerde na het huilen van de diamanten.'

'Maar waarom ben ik een zwarte draak gebleven?' vroeg ik, terwijl de tranen kwamen. 'Mijn schubben veranderden van ivoor naar rood, en toen ik Vadim ernstig verwondde, werden ze zwart. Om eerlijk te zijn ben ik de kluts kwijt.' Mijn stem was een octaaf gestegen en ik verloor mijn houvast.

Rafail was er om me op te vangen.

'Mijn lieve kind, ik hoop dat iemand je heeft verteld dat een zwarte draak blijven nadat zijn zwarte hart weer normaal is geworden de hoogste vorm van draak zijn is. Je kunt alle draken met een zwart hart genezen door je diamanten tranen op hen te leggen. Jij bent het kind van de profetie!' De stem van de Maangodin donderde door de koepel.

Novicen kwamen uit de schaduwen en keken me bewonderend aan. Een van hen rende op me af en wierp zich in mijn armen. Het was Philline. Ik riep haar koosnaam en begon zo hard te huilen dat al snel alle novicen hun ogen droog veegden.

Philline veegde haar tranen weg met een zakdoek. 'Ik wilde naar je toe rennen toen ik je de koepel binnen zag komen, maar ik moest wachten.' Ze sloeg haar armen weer om me heen.

Vrouwe D'Haviland boog haar hoofd.

Rafail wees naar mijn gezicht. 'Medea, je voorhoofd verandert.'

Ik streek met mijn vingers over mijn voorhoofd. De lijnen voelden dik, alsof ze erop geborduurd waren.

Vrouwe D'Haviland haalde een handspiegeltje uit de kast en gaf het me met een glimlach. 'Zoals de hogepriesteres al zei, kan je de zon niet op jouw voorhoofd tatoeëren. En door dit teken op jouw voorhoofd weten alle draken dat jij een zwarte draak met een zuiver hart bent.'

Mijn spiegelbeeld toonde een jonge vrouw met bleke huid, amandelvormige zwarte ogen zonder wit, hoge jukbeenderen, lang zwart haar en een diamant op haar voorhoofd. Het litteken dat jarenlang op mijn gezicht had gezeten was verdwenen.

De Maangodin sprak weer. 'Medea Sjire Alda. Je bent nu in mijn dienst. Je training begint over een paar weken. En je zal vergezeld worden door meer krijgers. Geniet eerst van een welverdiende korte vakantie.'

Samen met meer krijgers?

Een bekende stem klonk achter me. 'Nou, nou, jullie vermaken je wel, hè, vrienden?'

Tian?

Rafail en ik draaiden ons snel om. Zodra ik Tian herkende, sloeg ik mijn armen om hem heen. Het gezicht van de jongeman werd rood en zijn ogen glinsterden.

'Mijn vrienden, vergeet mij alsjeblieft niet,' zei een warme stem. Een lange vrouw met de tred van een panter liep uit de schaduwen. Haar ogen lichtten geel op. 'Waarom op vakantie gaan als we nu kunnen oefenen? Wat zeggen jullie ervan? Zullen we een zwarte draak met een zwart hart vangen en hem imponeren met de kracht van de diamant?' Ze sloot haar ogen langzaam en opende ze weer.

Athan vloog naar Winta toe en landde op haar brede schouder. Hij tikte met zijn snavel tegen haar gezicht.

Mijn hele wezen vulde zich met liefde voor mijn vrienden. Een traan van vreugde rolde over mijn wang. Ik keek opzij naar Rafail, die me een warme glimlach schonk. We waren broer en zus. Ik moest deze gevoelens loslaten. *Alsjeblieft, Moigraisse, help me.* Maar deze keer zweeg de Maangodin.

Vrouwe Ydrenya begon zich achter het altaar te bewegen. De atmosfeer in de koepel verschoof en de lucht werd warmer. Toen opende de hogepriesteres haar ogen en een novice gaf haar een glas water. Ze nam een paar slokjes, schraapte haar keel en haar blik verhelderde. Ze kwam achter het altaar vandaan en liep naar me toe, terwijl ze de sleep van haar dieppaarse jurk optilde.

'Mijn kind, we konden je niet vertellen waarom je naar Oraku moest gaan. Kan je ons hiervoor vergeven?' Ze keek me verwachtingsvol aan.

Ik knikte alleen maar. *Een zwarte draak met een zuiver hart. De kracht van de diamant.* Op de een of andere manier was het nog niet geland. 'Mevrouw, kunt u mij vertellen waar mijn diamanten tranen zijn?'

De hogepriesteres glimlachte vriendelijk en keek naar Philline, die een glazen doos aanreikte.

'Cayden heeft ze afgegeven,' zei Philline. 'Hij vloog door dezelfde draaikolk als jij.'

Ik nam de doos van Philline en opende haar. 'Is Cayden hier?'

'Hij en Viktorya zijn op bezoek bij zijn ouders op de Zuster Eilanden,' antwoordde de hogepriesteres. 'Ze zullen zich over een paar weken bij ons voegen.'

Omdat ik de juiste woorden niet kon vinden, knikte ik alleen maar. Langzaam ademde ik in en uit. Toen bestudeerde ik het glazen doosje. Drie perfecte diamanten tranen lagen op een fluwelen bed.

'Hoe plaats ik ze op het hart van een zwarte draak, mevrouw? Is er een bepaalde manier om dat te doen?'

Vrouwe Ydrenya antwoordde geheimzinnig. 'Daar zal je alles over leren tijdens je opleiding, lief kind. En je zal het zwaard van je vader, de Dagol Sarr, nodig hebben. Je zwaard terugkrijgen wordt het eerste wat je moet doen wanneer jij en jouw crew aan jullie ware zoektocht beginnen. Wacht maar af.'

EPILOOG

Brief van Kalliste aan Medea en Viktorya

Het jaar 312, 28 december

Mijn lieve dochters,

Ik hou zoveel van jullie allebei. Ik mis jullie en mijn hart bloedt.

Ik schrijf jullie vandaag om te vertellen wat ik meemaakte op 28 november 312, de dag waarop ik het ultieme offer bracht aan de Zeegodin.

Ik schrijf dit vanuit het kasteel diep onder de zee. Er is inmiddels een hele maand verstreken. Ik ben niet dood, maar ik leef ook niet echt. Dit is een tussenwereld en Ka-Ralyge is de heerser. Ik heb al veel ontdekt over deze wereld, maar ik zal jullie er meer over vertellen in mijn volgende brieven. Eerst moet ik jullie het belangrijkste vertellen dat ik hier ontdekte: het nieuws dat de Maangodin me gaf op de eerste dag dat ik hier aankwam.

Ik herinner me hoe ik op de glibberige, natte stenen stapte en uitkeek over de Drakenzee, die de fonkelende sterren weerspiegelde en waarin Moigraisse zichzelf bewonderde. In een flits zag ik mezelf weer als zestienjarige, meegesleurd door de golven, Fea die me meenam om de Zeegodin te ontmoeten.

Er brandde een vuur van vastberadenheid in me om dit te laten slagen. Ik hief mijn armen, sloot mijn ogen en haalde een paar keer diep adem. Daarna opende ik mijn ogen en keek omhoog naar de volle maan.

'Moigraisse, Godin van de Maan, hier sta ik, Kalliste Tjuvavak, moeder van Viktorya en Medea Sjire Alda,' riep ik met luide stem. 'Ik offer mezelf op uw bevel. Medea moet op het vasteland blijven. Ik zal afdalen naar het kasteel van de Zeegodin en *haar* plaats innemen, nu en voor altijd. Zo zal het zijn.'

Ik sprong in het water en liet me gewillig zinken. Een lichtflits sneed door het water toen ik erin dook. Bellen stegen op uit de diepte met een kracht die het water deed rimpelen. Een groot, helder licht kwam tevoorschijn. Ik kneep mijn ogen dicht om het überhaupt te kunnen zien.

De Zeegodin steeg op naar de hemel, als de ster die ze was, om zich te verenigen met haar zussen en haar plaats in te nemen in het sterrenbeeld Cepheus.

Haar stem dreunde in mijn hoofd. *Kalliste, meisje, wat heb je gedaan? Nu moet jij heersen.*

Onder water volgden verblindende lichtflitsen elkaar in razend tempo op. De kinderen werden vrijgelaten, en daarna bracht Fea een baby naar de oppervlakte. Ik trok mijn wenkbrauwen op en mijn mond viel open. Had Alkaide al een baby? Van wie? Was ik niet de enige met wie ze een afspraak had gemaakt?

Fea keek me aan. 'Gefopt.'

Toen was ik alleen. Met een zwaar hart en betraande ogen zwom ik naar het lege kasteel. *Waarom is hier niemand?*

Terwijl ik door het kasteel zwom, probeerde ik instinctief bellen te blazen. Ik tuitte mijn lippen en blies er vol vertrouwen lucht doorheen. Het werkte. De bellen lieten het water kolken, waardoor de ruimte zich openende en ik rond kon lopen.

Het personeel liep doelgericht door de dubbele deuren en boog hun hoofd. Fea volgde en liep met een blij gezicht op me af.

Ik omhelsde haar. 'Ik heb je gemist.' Er viel een traan op haar hoofd.

In een flits verdween Fea in het niets. Een vrouw met donkerblauw haar, lavendelblauwe ogen en een sneeuwwitte huid stond op haar plaats. Ze sprak met een lispeling. 'Gefopt.' Daarna glimlachte ze.

'Was jij het al die tijd? Jij bent toch de Maangodin?' Ik zette mijn rechtervoet naar voren, boog mijn knieën en leunde op de bal van mijn voet terwijl ik haar recht aankeek.

De Maangodin hielp me overeind met een vriendelijk gebaar. 'Godinnen buigen niet voor elkaar,' zei ze met haar lage, natuurlijke stem.

'Ik moest het doen, Moigraisse. Het was de enige manier om mijn kinderen te redden. Jij zou hetzelfde hebben gedaan!'

Moigraisse keek me verbaasd aan. 'Schat, misschien vergis je je daar. En ik wilde je laten weten dat je de zin helemaal verkeerd hebt uitgesproken. Oh, lieverd, je had moeten zeggen dat je Medea's plaats in het rijk onder de zee wilde innemen! In plaats daarvan zei je dat je de plaats van Alkaide wilde innemen, wat niet was wat je bedoelde toch?'

Ik slaakte een zucht, haalde mijn schouders op en liep naar mijn grote oesterschelptroon, waar ik met een plofje ging zitten. Ik liet mijn kin op mijn hand rusten en keek met een droevige glimlach naar de Maangodin.

Ik zuchtte. 'Het is goed, echt. Alexandrei zei dat ik het precies zo moest zeggen. Hij liet me heel vaak oefenen. O, het was een onschuldig foutje! We hebben tenslotte onze kostbare kleintjes gered!' Er gleed een traan over mijn wang, maar de lieftallige Maangodin kwam voor me staan en veegde hem weg.

'Alles is gegaan zoals het moest gaan,' zei ze met een glimlach.

'Wat bedoel je?' vroeg ik, bezorgd door haar woorden.

Ze kuste me op mijn hoofd en begon te lachen. 'Alexandrei heeft je nooit meegenomen naar het Drakennest. Dat was Vadim. Je hebt hem ontmoet in de bibliotheek in Danai Dea toen je achttien was. Alexandrei en Vadim zijn een eeneiige tweeling, maar dat wist je al. Maar je wist niet dat ze vaak van plaats verwisselden zonder dat iemand het merkte. Behalve Tameira. Zij wist het altijd. Daarom moest ze weg. Alexandrei orkestreerde dat grote gevecht om te voorkomen dat zijn vrouw zou terugkeren.'

Ik stond op en liep verontwaardigd langs Moigraisse naar de boekenplank, waar ik een boek uitpakte. Ik begon erin te bladeren. 'Nee, dat kan niet! Alexandrei houdt evenveel van mij als ik van hem. Dat is de waarheid. Je weet minder dan je denkt! Bovendien praatten we twee of drie keer per week urenlang in de bibliotheek!' Ik bladerde door de pagina's en keek Moigraisse niet aan, maar ik kon haar woorden nog steeds horen, als ongewenste dieven van mijn gezond verstand.

'Dit kan niet!' Mijn voeten wilden stampen als een klein kind met een driftbui, maar ik beheerste mezelf. In plaats daarvan klapte ik in mijn handen.

'Lief kind,' zei Moigraisse warm, 'het spijt me dat ik je dit moet vertellen, maar het was Vadim vanaf het begin. Laat het me uitleggen.'

'Nee!' Een afschuwelijke gil ontsnapte tussen mijn uitgedroogde lippen. Terwijl ik fluisterde, klonk mijn stem alsof er een vreemde in me was gekropen. 'Het is niet waar. Je liegt. Alsjeblieft!' Mijn benen zakten onder me weg.

Moigraisse legde het met een vermoeide stem uit. 'Vadim, die in een zwarte draak was veranderd, vroeg de Zonnegod om hulp. Hij had bescherming nodig, want hij was niet van plan een Da Grull te worden. Dus sloten de twee een pact: Vadim zou jou verleiden en de Zonnegod zijn plaats laten innemen, voor één nacht.' Moigraisse pauzeerde voor ze verder ging.

'Toen wendde Vadim zich tot zijn broer en vertelde hem over jouw deal met de Zeegodin. Alexandrei zou zichzelf niet zijn als hij geen kans zag. Hij had lang gezocht naar manieren om de vloek te verbreken die ik ooit over mijn – en Alexandreis – dochter had uitgesproken. Alkaide was voor eeuwig de Zeegodin geworden.

De twee broers sloten een pact: Vadim zou een manier vinden om de vloek te verbreken die ik had uitgesproken, en Alexandrei zou zijn broer toestaan jou te verleiden. De arme man zocht dagenlang naar een manier om de vloek te verbreken. Maar uiteindelijk vond hij die: een Godin moest vrijwillig geofferd worden aan de Zeegodin, en gelukkig voor Vadim vond hij er een. Jij.' De Maangodin zuchtte.

Moigraisse veegde een lok van haar blauwe haar weg. 'Vadim leerde Alexandrei precies hoe hij de zin moest uitspreken, met nadruk op 'haar' in plaats van 'Medea'. De ooghoeken van de Godin rimpelden.

Ik was zo geschokt dat ik bijna flauwviel. 'Alkaide is de dochter van Alexandrei?' Ik nam even de tijd om op adem te komen en liep terug naar de troon, waar ik ging zitten. 'Ik wist het. Ik wist het. Ik wist het. Vadim ging jagen en hij kwam midden in de nacht terug, maar ik betrapte hem toen hij vlak voor het avondeten thuiskwam. Iemand anders had me de avond ervoor verleid. Zeg eens, Moigraisse, was het Alexandrei die zich voordeed als zijn broer?' Ik had nog steeds hoop.

Ik wreef in mijn handen terwijl ik begon te ijsberen. 'Het was Alexandrei, die ik in de tuin ontmoette op mijn eerste dag in Danai Dea. Ik wist het!' Ik hief mijn handen in triomf.

'Mijn lieve kind... Nee. Je hebt het helemaal mis. Heb je niet geluisterd? Het was Alexandrei niet. Het was de Zonnegod, Alco-Raeye. Ik zei het je: die twee hadden een pact gesloten.'

'Onmogelijk,' zei ik terwijl de tranen over mijn wangen stroomden. Boos veegde ik ze weg met mijn vingers. Ik schudde mijn hoofd. 'Alco-Raeye is jouw echtgenoot.' Ik opende walgend mijn mond, alsof ik het woord 'echtgenoot' op de grond wilde spuwen.

'Alco-Raeye wilde een kind met jou, wat zijn recht is. Hij is de schepper van alles. En om eerlijk te zijn: je werd die dag in de tuin verliefd op Alco-Raeye. Het was liefde op het eerste gezicht.' Moigraisse schonk me een kleine glimlach. 'Je kunt je ontspannen. Ik ben geen jaloers type.'

'Ik ben nu zo in de war, Moigraisse. Het is óf de Zonnegod, óf Vadim die de vader is van Medea en Viktorya. Vertel het me, alsjeblieft!' Ik schreeuwde de laatste woorden.

'Je was zwanger van zowel Alco-Raeye als Vadim. Dat is mogelijk. Ik zou het moeten weten. Ik ben de Maangodin. Ik fluister in de oren van onderzoekers. Je had twee eicellen, en twee verschillende mannen hebben ze bevrucht. Dat is geen magie, mijn kind. Dat is pure biologie!'

Toen ik Moigraisse aankeek, waren haar ogen vol begrip en vriendelijkheid.

Daarna richtte de Maangodin haar ogen op het plafond van het roze kasteel waarin we ons bevonden. 'Jij bent nu voor eeuwig de Zeegodin. Dat weet je toch?'
Ik liet me omhelzen door Moigraisse. Ze streelde mijn haar en daarna mijn rug, alsof ik een gewond dier was, haar aanraking zacht en kalmerend.

Plotseling begreep ik het. Ik rechtte mijn rug en veegde mijn ogen droog. 'Je wist het! Je wist dat ik mezelf zou opofferen om mijn dochter te redden. Jij zit hierachter! Ik weet wie je bent. Jij was het bij de bakker, de vrouw die zei dat ik moest oppassen mijn vlieger niet te verliezen!' Op het randje van gekte strompelde ik naar de oesterschelptroon en liet me zakken. Ik hield mijn hoofd tussen mijn handen en snikte in stilte. 'En nu zit ik hier vast.' Moigraisse had me vanaf het begin bespeeld.

Ik ben er voor jou, net zoals ik er was voor Alkaide, mijn koppige dochter, die ik al die jaren geleden moest straffen.' Ze zuchtte en staarde een paar seconden in de verte, alsof ze het zich herinnerde. Ze schudde haar hoofd en ging op een vrolijke toon verder. 'Het mooiste is dat ik me niet hoef te vermommen bij jou, dat is fijn.' Ze glimlachte vriendelijk, terwijl ik huilde als een kind.

De Godin nam mijn handen in de hare en wreef er zacht over. 'Alles komt goed, lief. Denk maar aan het feit dat je een Godin kon vervangen.' Toen, in een flits, was ze weg en liet me achter met een gebroken hart.

Mijn lieve dochters, jullie kennen nu de waarheid. Vergeef me, alsjeblieft.

Liefs,

Jullie moeder, de nieuwe Zeegodin.

DANKBETUIGING

Het schrijven en publiceren van een fantasyboek is altijd mijn droom geweest. Ik ben zeer dankbaar voor de vele mensen die daaraan hebben bijgedragen.

Allereerst bedank ik mijn moeder. Mam, dank je wel dat je me de liefde voor het lezen hebt bijgebracht. Dankzij jou ben ik van een boekenwurm in een boekenvlinder verandert.

Dank je wel Kim voor het tot twee keer toe lezen van mijn manuscript. Jouw enthousiasme en feedback hebben mij geholpen het boek te publiceren.

Een gigantisch dank je wel gaat uit naar Enzi van Dreynschlag in Oostenrijk. Enzi, dank je wel. Het was een eer om zulke goede begeleiding te krijgen van een echte meester in de wapenkunst. Ik hoop dat ik jou recht heb gedaan.

Als laatste wil ik een heel belangrijk persoon bedanken. Deze Nederlandse vertaling zou er nooit zo geweldig hebben uitgezien zonder het uitstekende werk van Joyce Weij. Joyce, dank je wel! Jij hebt dit verhaal zeker weten "lekker leesbaar gemaakt". Het was een echte boekenmatch. Op naar boek twee.

De volgende mensen wil ik heel erg graag bedanken voor hun steun: Josien, Patsy, Motti, Rebecca, Geraldine, Theo,

Jack, Kim. Dank jullie wel. Dankzij jullie kon ik de Engelstalige versie laten redigeren.

Heel veel dank aan de influencers op Instagram en TikTok voor het lezen en reviewen van mijn werk. Jullie zijn geweldig!

Als laatste wil ik graag de lezer bedanken. Een boek is maar een boek als het op de plank blijft liggen. Dank je wel voor het tot leven brengen van dit verhaal.

OVER DE AUTEUR

Mary J. Sahanaja is een Nederlandse schrijfster met roots in Nederlands-Indië. Haar voorliefde voor sprookjes komt duidelijk naar voren in haar werk. Naast lezen en schrijven houdt zij van reizen. Zij neemt altijd een aantal boeken mee naar huis. Dit is haar eerste fantasyboek.

Wil je ook het originele Engelstalige boek lezen? The power of the diamond is verkrijgbaar op Amazon en direct bij de auteur.

Heb je genoten van dit eerste deel van de trilogie? Deel 2, de Kracht van de Roos, volgt in 2027.

www.ingramcontent.com/pod-product-compliance
Lightning Source LLC
LaVergne TN
LVHW020652110826
845149LV00012B/1970

* 9 7 8 9 0 8 3 5 5 2 0 1 9 *